Guido M. B

Der Schmetterlin

Über dieses Buch:

Ein Mädchen liegt im Walde, ganz still und stumm. Die Augen weit aufgerissen, der Körper eiskalt. Die Würgemale am Hals sind die einzigen Spuren von Gewalt. Nur Profiler Tim Schuster erkennt einen Zusammenhang: Bereits vor einigen Monaten wurde ein Mädchen stranguliert aufgefunden, ebenfalls ohne Missbrauchsspuren. Handelt es sich um denselben Täter? Was ist sein Motiv? Schuster ermittelt mit Hochdruck und ahnt nicht, wie nah er dem Mörder dabei kommt. Da wird das nächste Mädchen entdeckt – erhängt an ihrer eigenen Strumpfhose. Sie ist viel jünger als die anderen Toten – sie ist genauso alt wie Schusters Tochter …
Blicken Sie in die Abgründe eines Menschen: Guido M. Breuer lässt Sie in seinem Psychothriller von der ersten Seite an in den Kopf des Täters blicken!

Über den Autor:

Guido M. Breuer, geboren 1967 in Düren, machte zunächst eine Ausbildung zum Bankkaufmann, bevor er Wirtschaftswissenschaften studierte. Anschließend war er viele Jahre als Unternehmensberater tätig. Seit 2009 schreibt er Kriminalromane und Thriller. Er lebt und arbeitet in Bonn.

Guido M. Breuer

Der Schmetterlingsmörder

Psychothriller

Genehmigte Lizenzausgabe 2017
der Buchvertrieb Blank GmbH, Vierkirchen
Copyright by 2015 dotbooks GmbH, München
Umschlaggestaltung: HildenDesign, München, www.HildenDesign.de
Umschlagabbildung: © HildenDesign unter Verwendung
mehrerer Motive von Shutterstock.com
Gesamtherstellung: GGP Media GmbH, Pößneck
Printed in the EU
ISBN 978-3-946012-36-8

Der unebene Boden hatte ihr keine Schwierigkeiten bereitet. Beinahe geschwebt war sie. Er hatte ihre anmutigen Bewegungen bewundert. Leichtfüßig und doch kraftvoll. Schnell.

Aber nicht schnell genug, um ihm zu entkommen. Er hatte ihren Widerstand vorausgesehen und nahm es ihr nicht übel. Sie konnte ja nicht wissen, welch schreckliches Schicksal er ihr ersparte.

Er spürte das rasende Trommeln ihres Herzens, als sich seine Hände um den schlanken Hals legten. Sie wollte es nicht akzeptieren, wehrte sich mit der ganzen Energie ihres jungen, unverbrauchten Körpers. Am Ende des Kampfes, als ein letztes Zucken durch ihre Glieder ging und ihr Puls sich dann beruhigte, war es ihm, als halte die Natur für einen Moment den Atem an. Alles stand still.

Kapitel 1

Die Dunkelheit war schneller hereingebrochen als vermutet. Eben war er noch in den wärmenden Strahlen der Frühlingssonne gelaufen, nun lag die Straße im Zwielicht vor ihm. Sein Jaguar schaltete automatisch die Scheinwerfer ein. Er war froh, dass die Dämmerung ihn nicht im Wald erwischt hatte. Dann wäre es vielleicht nicht so glatt abgelaufen.

Sachte ließ er den Wagen vor dem Haus ausrollen, stieg aus und erschauerte, als die kühle Abendluft seine verschwitzte Haut traf. Im Gehen betätigte er die Fernbedienung. Der Verschluss der Zentralverriegelung klackte laut.

Die Nachbarin nutzte den Freitagabend für das Treppenputzen. Alles war wie immer.

»Guten Abend, Herr Jeschke, mal wieder sportlich gewesen?«

Er erwiderte den Gruß mit einem Lächeln und trat zum Eingang. Nadine öffnete die Tür, als habe sie dort schon länger gelauert, in der Hand ein Telefon. Sicher hatte sie gerade stundenlang mit einer Freundin telefoniert und ihn abgepasst, damit er sie nicht dabei überraschen konnte. Manfred Jeschke vermutete, dass dies alle Mädchen in diesem Alter taten.

»Hi, Papa!«

»Hallo, mein Schatz«, sagte er und schob seine Tochter beiseite.

Er hatte das dringende Bedürfnis, lange und ausgiebig zu duschen. Es war nicht der Schweiß oder Reste des Waldbodens. Auch nicht die Furcht, es könnten an ihm Spuren eines anderen Körpers haften – ein fremder Geruch, Hautschuppen, Haare. Es war eher so, wie würde er ein Werkzeug nach der Benutzung säubern. Am Schluss drehte er wie immer das warme Wasser ab. Die Kälte empfand er als reinigend, sie verhinderte das dampfig matte Gefühl, das eine heiße Dusche hinterließ. Klares kaltes Wasser.

Kapitel 2

»Papa, liest du mir noch was vor?«

Jeden Abend, wenn er Max zu Bett brachte, stellte der Junge diese Frage. Manfred Jeschke sah sich im Bücherregal um. Da stand nichts, was er nicht schon mindestens zwei- oder dreimal vorgelesen hätte.

»Wir müssen unbedingt demnächst neue Bücher kaufen. Ich weiß wirklich nicht, was ich dir noch vorlesen soll.«

Max strampelte mit den Beinen die Bettdecke fort und drückte so seinen Protest aus. »Du hast doch gesagt, du willst mir mal eine eigene Geschichte erzählen!«

»Die ist aber noch nicht fertig.«

»Dann den Anfang!«

Max war acht Jahre alt und glaubte, dass sein Papa alles konnte, beispielsweise aus dem Stehgreif eine Geschichte zu erzählen.

Manfred holte tief Luft.

»Okay, aber es ist noch nicht viel, und danach wird ohne Protest sofort geschlafen!«

»Juchhu!«, rief Max, aber er beruhigte sich schnell und legte sich in Schlafposition, bevor der Vater es sich anders überlegen konnte.

»Das Märchen vom lieben Gott«, begann Manfred.

»Hä?«

»Unterbrich mich nicht, sonst kann ich mich nicht konzentrieren!«

Max nickte ernsthaft und schloss die Augen als Zeichen, dass er sich von nun an nicht mehr regen würde. Er wusste, dass sein Vater sich schnell aufregte, wenn man ihn in einem Plan störte.

»Wie der liebe Gott die Welt erschaffen hat«, fuhr Manfred fort. »Es war einmal vor langer, langer Zeit, da gab es die Welt, in der wir heute leben, noch gar nicht. Es gab noch keinen Himmel, keine Erde, keine Tiere oder Pflanzen und auch keine Menschen. Noch nicht einmal Luftballons oder Tennisbälle gab es. Da war nur der liebe Gott. Willst du wissen, wie der liebe Gott damals aussah?«

»Wie denn?«

»Nun, das weiß niemand so genau, denn es war ja niemand da, der ihn hätte sehen können! Aber vielleicht sah er ja aus wie ich, vielleicht auch wie Mama, es kann aber auch sein, dass er wie ein Eumel oder wie ein Schuschlik aussah oder wie ein Vrumfondel.«

»Was ist ein Vrumfondel?«

»Keine Ahnung. Stell dir irgendwas vor.«

»Ach so, ein Phantasietier!«

»Genau. Jedenfalls, wenn du den lieben Gott einmal triffst, musst du mir nachher erzählen, wie er aussieht, damit ich es allen Kindern weitererzählen kann. Der liebe Gott war also damals ganz allein, und wie er so dasaß und ganz allein war, dachte er sich, wie schön es doch wäre, wenn es einen Himmel gäbe mit Sonne, Mond und vielen glitzernden Sternen und eine Erde mit vielen Bergen, Wäldern und Wiesen. Und wie der liebe Gott sich diese Dinge so ausdachte, ging es Flatsch! Pardautz! und Rubbeldidupp! – und alles war so, wie der liebe Gott es sich vorgestellt hatte. Und als er sich den Himmel ansah und in einem wunderschönen Wald spazieren ging, dachte er weiter: Wie schön wäre es doch, wenn Rehe im Wald leben würden, auf den Bäumen Vöglein sitzen könnten und kleine Mäuschen im Laub rascheln würden! Und als er sich einen Augenblick später umsah, zwitscherten kleine Vöglein muntere Lieder, eine Eule blinzelte ihm zu und machte freundlich Hu-hu, und plötzlich war alles voller Leben. Es gab auch Wölfe und Löwen, Schmetterlinge und Käfer, Elefanten und Kängurus, und überhaupt alle Tiere, die du kennst. Kannst du dir vorstellen, wie der liebe Gott sich gefreut hat, als er all das Schöne sah, was er geschaffen hatte?«

Max nickte eifrig und sah den Vater erwartungsvoll an.

»Er ging noch eine Weile herum und besuchte die Fische im Fluss, die Pinguine am Südpol und die Wale im Meer. Und als es langsam dunkel wurde und zum ersten Mal der Mond aufging, legte sich der liebe Gott zufrieden und müde unter einen Apfelbaum und schlief ein. Und als er so schlief, träumte er von all den schönen Dingen, die er am nächsten Morgen erschaffen wollte.« Manfred beugte sich über den Jungen und küsste ihn auf die Stirn.

»Das ist eine schöne Geschichte. Geht sie noch weiter?«

Max richtete sich halb auf und umschlang seinen Vater mit seinen kleinen Armen. Manfred drückte ihn fest an sich.

»Klar geht es bald weiter. Aber für heute ist erst mal Schluss. Ich wünsch dir eine gute Nacht. Schlaf gut und träum was Schönes.«

»Du auch, Papa. Genau wie das Vrumfondel!«

Manfred löschte das Licht und schloss die Tür. Bevor er hinunterging ins Wohnzimmer, schaute er noch bei Nadine vorbei, die sich gerade die Zähne putzte und mit Schaum vor dem Mund ein »Gute Nacht« murmelte. Sie konnte allein zu Bett gehen und brauchte keine Geschichte.

Kapitel 3

Tim Schuster liebte seine Arbeit. Die Recherchen vor Ort, das Grübeln am Schreibtisch. Das Zusammensetzen von Details zu einer Art von Wirklichkeit, die er für die Leser erschuf. Das Puzzeln mit Fotos und Texten. Er mochte die Diskussionen mit Kollegen und Polizisten, das Gegeneinanderstellen von Theorien, Schlussfolgerungen und Vermutungen. Auch das Schreiben selbst, die zahllosen Telefonate mit diversen an Ermittlungen beteiligten Behörden und sogar Pressekonferenzen mochte er.

Es war ein sonniger Samstagnachmittag, den er eigentlich auf der Geburtstagsparty seiner Tochter hatte verbringen wollen. Aber er stand in einem Waldstück bei Köln, um sich ein totes Mädchen anzuschauen.

Tim war nicht oft am Fundort eines Mordopfers. Zumindest nicht, wenn es noch dort war. Meist hatte er nicht die Gelegenheit dazu, denn er war in der Regel zu weit entfernt, als dass er es schaffen könnte, dort zu sein, bevor die Spurensicherung beendet und die Leiche fortgeschafft war.

Dieser Ort war jedoch nicht sehr weit von seiner Wohnung gelegen. Sein Kontakt bei der Kripo hatte schnell geschaltet. So bot sich ihm an diesem Tag eine seltene Gelegenheit.

»Hallo, Tim! Da bist du ja verdammt flott gewesen!«

Die Stimme gehörte zu der angenehmen Erscheinung der Kölner Kriminalhauptkommissarin Helena Berger. Sie löste sich aus einer Gruppe von uniformierten Beamten und kam auf ihn zu. Ihr Gang war energisch wie immer. Sie machte so lange Schritte, wie ihr enger Rock und das unwegsame Gelände es gerade erlaubten, und holte Tim am Rand des Waldwegs ab, an dem er stand. Weiter hatten ihn ihre Kollegen nicht an die Leiche herangelassen. Da nützte auch sein Presseausweis nichts.

Helena war eine Frau von klassischer Schönheit und ebenso klassischem Wuchs. Sie reichte ihm mit einem angedeuteten Lächeln die Hand.

»Hallo, Lena. Nett von dir, mir Bescheid zu geben.«

»So bin ich zu dir.«

Ihr Gesichtsausdruck wurde sofort wieder ernst. Tim schaute hoch in ihre auffallend blauen Augen, die sie jetzt leicht zusammenkniff. Die Sonne blitzte zwischen den Bäumen hervor und blendete sie. Die Kommissarin wandte sich ab und deutete auf den Körper, der vor ihnen im Unterholz lag. Die Spezialisten der Kriminaltechnik hatten die Arbeit bereits beendet. Eine Bahre nebst Leichensack lag bereit.

»Sie ist transportfertig, Frau Berger.«

»Warten sie bitte noch etwas«, mischte Tim sich ein.

Lena Berger nickte den Männern zu, die einen zweifelnden Blick auf den Journalisten warfen. »Schon in Ordnung. Herr Schuster ist mit meinem Einverständnis hier.«

Die Tote lag zusammengekrümmt und mit weit aufgerissenen Augen da. Sie trug Funktionsbekleidung, wie sie beim

Sport üblich war, ein hauchdünnes Synthetikshirt, dazu eine enganliegende, kurze Jogginghose und Laufschuhe. Die bunten Sachen waren verschmutzt, aber unbeschädigt.

»Schau dir bitte diese Würgemale an.« Lena wies auf den Hals des Mädchens.

»Die gleichen Spuren wie die Tote letztes Frühjahr?«

»Ganz genau. Ich hab nur einen kurzen Blick drauf geworfen und sofort an diesen Fall gedacht. Was weißt du denn schon wieder davon?« Sie klang leicht irritiert.

»Du kennst mich doch«, antwortete Tim kurz, während er das die Leiche umgebende Unterholz musterte. Lena kannte ihn in der Tat und wusste, mehr würde er nicht dazu sagen. »Was wisst ihr über Todesursache und -zeitpunkt?«

»Sie wurde offenbar gestern erwürgt. Mit Sicherheit hat sie die Nacht hier gelegen. Einzelheiten gibt's später nach der Obduktion.«

Tim packte seine kleine Nikon aus, die er immer mitführte, und schoss ein Foto vom Gesicht des Opfers.

Dann hockte er sich neben die Leiche und betrachtete den Ausdruck ihrer weit geöffneten Augen. Neben Panik und Anstrengung konnte er auch sein Spiegelbild in ihren glänzenden Augäpfeln erkennen. Dies rührte wohl von den Augentropfen her, die die Kriminaltechniker benutzten, um eine Pupillenreaktion hervorzurufen und so Informationen über den Zeitpunkt des Todes zu gewinnen. Diese Augen waren jedoch sicherlich zu nichts mehr zu bewegen gewesen. Tim hätte dem Mädchen gern die Lider geschlossen, doch er hielt sich zurück. Er fand, dass ihm das nicht zustand.

Dann erhob er sich und schoss noch ein Foto. Nun, nachdem er sie durch den Sucher der Kamera verarbeitet hatte, wirkte ihr blasses Gesicht weniger schrecklich.

»Die Fotos bleiben erst mal bei dir, Tim«, sagte Helena Berger in bestimmtem Ton, ganz Kriminalbeamtin.

Er sah die schöne Frau an, die ihm in ihrem schicken Kleid plötzlich ziemlich deplatziert vorkam. »Ist doch logisch, Lena.«

Die Kommissarin führte weiter aus: »Die Tote letztes Jahr hatte die gleichen Merkmale: Fundort im Wald, die Würgemale am Hals, keine Vergewaltigung, ungefähr gleiches Alter. Deshalb wollte ich, dass du den Tatort siehst. Du bist der beste Profiler, den ich kenne. Das ist dasselbe Schwein, Tim.«

»Du legst dich also schon darauf fest, dass es sich um einen männlichen Einzeltäter handelt?«

Sie ignorierte die Kritik in seiner Frage und zeigte in die Richtung des Waldwegs, der wenige Meter neben ihnen verlief.

»Die Spurensicherung sagt, dass das Opfer von einer anderen Person vom Weg hierher gezerrt und zu Boden gerissen wurde. Es gibt deutliche Kampfspuren.«

Ein Mann im weißen Polyethylen-Anzug, der gerade die letzten Utensilien in seine Koffersammlung packte, fügte hinzu: »Die beiden sind mit großer Wucht durch das Unterholz gekracht, vermutlich in vollem Lauf. Viele Äste wurden dabei zerbrochen, der Boden hier vorne aufgewühlt. Wir untersuchen die Proben auf Gewebe-, Textil- und Sekretspuren. Ich wette, das Material unter den Fingernägeln des

Opfers gibt auch etwas her. Das war ein Pas de deux der besonderen Art.«

»Danke sehr«, sagte Lena. »Morgen sprechen wir weiter, was das angeht. Sie können sie jetzt fortschaffen lassen.«

Sie überließen das tote Mädchen Lenas Kollegen für den Abtransport und gingen zum Weg zurück. Dort schaute Tim sich in allen Richtungen um. Er versuchte, die Autos und die anderen Menschen aus seiner Wahrnehmung zu verdrängen, und atmete tief die Waldluft ein. Die Nachmittagssonne flutete durch das Blätterwerk. Er befand sich in einem idyllischen Stück Natur, das so gar nicht zu der Toten mit den aufgerissenen Augen passen wollte. Ein leichtes Frösteln durchschauerte ihn.

»Welch ein schöner Ort zum Sterben.«

»Wie meinst du das?« Lena sah ihn verständnislos an.

Tim dachte an die laute, graue Stadt, die ganz in der Nähe lag. »Ich meine, der Täter hat sich ein schönes Fleckchen ausgesucht. Vielleicht nicht nur der Einsamkeit wegen.«

»Die Rheinpromenade ist auch schön, aber wenn er's da gemacht hätte, bräuchte ich dich nicht mehr«, rief sie aufgebracht.

»Ich finde dich heiß, wenn du wütend bist.«

Lena entgegnete nichts, sondern schaute ihn nur einen Moment neugierig an. Dann kam ein junger Mann in Zivil, in dem Tim Lenas Mitarbeiter vermutete, auf sie zu.

»Lena, wir haben die Tote wahrscheinlich identifiziert. Ein dreizehnjähriges Mädchen mit passender Beschreibung wurde erst vor zwei Stunden als vermisst gemeldet. Die Eltern haben Aussehen und Bekleidung in genauer Übereinstimmung angegeben. Sie wohnen hier ganz in der Nähe in Forsbach. Ihre Tochter ist gestern Nachmittag zu Fuß los zum Joggen und nicht zurückgekommen.«

»Danke dir.« Lena nahm den Zettel entgegen, den der Mann ihr reichte.

»Ich befürchte, der Tag wird für dich noch viel unangenehmer werden, als er ohnehin schon ist.« Tim versuchte dem Klang seiner Stimme ein wenig Mitgefühl beizugeben. »So wie es aussieht, wirst du jetzt gleich einen schweren Termin wahrnehmen.«

Lena Berger nickte. »Ich denke, es reicht, um mit den Eltern zu sprechen. Zwar muss ich mit ihnen noch die eindeutige Identifizierung vornehmen, aber es gibt hier wohl keine ernsthaften Zweifel.«

»Hast du ein vorzeigbares Foto?«

»Klar doch. Ich kenne meinen Job, Tim.«

»Das war wirklich nett von dir, mich anzurufen. Du hast was gut bei mir. Ich werde jetzt versuchen, den Geburtstag meiner Tochter ein wenig mitzufeiern. Nicht so schwierig wie dein Job, aber auch nicht gerade einfach nach dem hier.«

Er zeigte mit dem Kinn in Richtung des Plastiksacks, der über dem angstverzerrten Gesicht eines Kindes geschlossen wurde.

Lena reichte ihm die Hand. »Ich denke, wir sprechen uns dann nächste Woche wieder. Ich bin mir sicher, du wirst dich revanchieren können.«

Sie nickte ihm noch einmal zu, drehte sich um und ging

zu dem Dienstwagen, in dem ihr Kollege wartete. Tim schaute ihr nach und betrachtete den straffen Po, der sich in dem engen Rock abzeichnete. Er nahm sich vor, sie bald in angenehmerem Ambiente wiederzusehen. Dann ging er ebenfalls zu seinem Wagen zurück. Er kam an dem Parkplatz vorbei, auf dem immer noch Beamte mit der Befragung von Spaziergängern befasst waren. Wahrscheinlich brachte das einen Tag nach der Tat nichts mehr. *Aber man weiß ja nie,* dachte Tim. Er erkannte den Polizisten, der ihn eben von dort aus weitergewiesen hatte, und winkte ihm kurz zu.

Er fuhr los und passierte bald das Ortsschild von Forsbach. Hier würde die Kriminalpolizei gleich zwei unglücklichen Menschen ein schlimmes Foto ihrer Tochter zeigen. Tim hoffte, Lena Berger würde trotzdem den Mut aufbringen, die Eltern zu fragen, weshalb sie erst vor zwei Stunden die Vermisstenmeldung aufgegeben hatten, wenn ihre Tochter am Vorabend nicht vom Joggen zurückgekehrt war. In seinem Blickfeld stieg ein Flugzeug steil in den Himmel über der Wahner Heide. Er fuhr in Richtung Bergisch Gladbach zum Autobahnkreuz Köln-Ost weiter, von wo aus er am schnellsten nach Hause kam. Die Sonne stand schon tief. Der Kindergeburtstag würde wahrscheinlich schon vorbei sein. Damit hatte Veronika wieder die ganze Arbeit allein gehabt – keine guten Vorzeichen für einen netten Samstagabend. Tim dachte an seinen Vater, der ihm eine angenehmere Gesellschaft gewesen wäre, weniger anstrengend. Aber er war an diesem Wochenende in England bei einem Treffen mit ehemaligen Studienkollegen.

Seine rechte Hand tastete aus Gewohnheit nach dem Ein-schaltknopf des Radios, doch er zog sie zurück. Eigentlich wollte er nichts hören, sich nicht ablenken lassen. Plötzlich fühlte er sich sehr allein. Er wünschte sich weit fort, vielleicht in die Stille eines hohen Gebirges, wo er Ruhe finden könnte und Frieden.

Kapitel 4

Manfred kaute genüsslich an einem Stück Tafelspitz, den Claudia wie immer hervorragend zubereitet hatte. Das zarte Fleisch zerging im Munde allein durch sanfte Kaubewegungen, wie man sie bei den rosigen Knospen der aufblühenden Brust eines jungen Mädchens anwenden würde. Es schmiegte sich an Manfreds Gaumen, als er es langsam hinunterschluckte.

»Mama, die Mutter von Tobias nennt alle Menschen, die Fleisch essen, Mörder!«

Manfred lachte. »Mäxchen, willst du deinen Papa auch einen Mörder nennen?«

»Gestern hat man im Königsforst ein ermordetes Mädchen gefunden!« Nadine blickt triumphierend in die Tischrunde, als hoffe sie darauf, den anderen eine spektakuläre Neuigkeit vorauszuhaben.

Claudia schüttelte betroffen den Kopf. »Die Ärmste. Gerade mal dreizehn Jahre alt. Sie haben gemeldet, sie sei ein Lauftalent gewesen und habe beim ASV schon für internationale Wettkämpfe trainiert.«

»Ich hab gehört, dass sie erwürgt wurde.«

Manfred genoss weiter den vorzüglichen Tafelspitz an Apfelkren mit Petersilienkartoffeln und Lauchgemüse. Dabei

21

versuchte er, von allem etwas in den Mund zu schieben, um die Harmonie der Speisen voll und ganz auszukosten. Nebenher amüsierte er sich über Max. Der ging mit Messer und Gabel um, als gelte es, ein Rind zu schlachten und nicht etwa ein zartes Stück Fleisch zu schneiden. Dann wieder Nadine, die sich wortlos, dafür mit umso drastischerer Mimik über den Apfelmeerrettich beschwerte, den sie nicht mochte. Nach Claudias Dafürhalten gehörte er aber unbedingt zum Tafelspitz dazu. Normalerweise wäre dieses Mittagessen der Auftakt für einen beschaulichen Nachmittag im Kreise der Familie, dachte Manfred. Vielleicht ein Kurzausflug ins Bergische Land bei dem herrlichen Frühlingswetter. Doch heute musste er noch arbeiten. Schon am nächsten Samstag erwartete ihn sein Schweizer Kollege Beat Ruedi im Wallis zu einer Klettertour. Bis dahin wollte er ein gehöriges Arbeitspensum vorlegen, um ein dringendes Projekt abzuschließen. Mit den letzten Bissen murmelte er etwas dahingehend. Claudia zeigte sich enttäuscht. Manfred hörte ihr nicht wirklich zu, als sie von seinen ständigen Extratouren ins Gebirge redete, dass man noch weniger von ihm hätte wegen der Arbeit und so weiter. Er ließ sich seine gute Laune nicht verderben, dankte ihr für das hervorragende Essen und zog sich in sein Arbeitszimmer zurück. Aus Höflichkeit verlor er im Aufstehen noch ein paar Worte zu dem Projekt: Komplexe Workflow-Analyse bei einem in Aachen ansässigen Versicherungshaus sei ohne seine Mitarbeit nicht zu machen. Claudia redete immer weiter, auch Nadine gab etwas von sich, aber Manfreds Bedarf an Kommunikation war gedeckt. Sein Kopf schmerzte etwas.

Kapitel 5

Veronika zog sich die Decke bis ans Kinn und drehte sich von Tim weg, um im Schein ihrer Nachttischlampe zu lesen.

Es schien ihm eine ihrer typischen Gesten zu sein. Sie wollte ihm vermutlich bedeuten, dass ihr kalt war. Und dass es zu früh gewesen war, das Winterplumeau schon gegen die Sommerdecke zu tauschen. Dabei hatte er in den letzten Tagen nur ein- oder zweimal beiläufig angemerkt, dass es immerhin Mai und damit die Heizperiode wohl endgültig vorbei sei. Er hatte unter der dicken Wintergarnitur geschwitzt.

Er hatte sie nicht gezwungen oder auch nur aufgefordert, die leichte Sommerdecke aufzulegen, wenn sie abends noch fror. Trotz ihrer Intelligenz wäre sie niemals imstande, zuzugeben, dass es ihre Entscheidung gewesen war, die Garnitur zu tauschen. So wie alles im Haushalt in ihrer Entscheidungsgewalt lag. Nicht, dass Tim das gestört hätte. Aber er hatte die Decken nicht gewechselt, also war er auch nicht schuld, wenn sie jetzt fror.

Vermutlich war sie immer noch verärgert wegen des gestrigen Nachmittags, an dem sie Monikas Kindergeburtstag ohne ihn hatte bewältigen müssen. Zwar hatte sie den Grund seiner Abwesenheit als Entschuldigung akzeptiert, aber jetzt war sie umso mehr verärgert, da sie sich zwar immer noch im Stich gelassen fühlte, gleichzeitig aber auch ein schlechtes Gewissen hatte. Was war schon ein Kindergeburtstag gegen ein totes Mädchen, dessen Mörder frei herumlief? Jetzt ärgerte sie sich, weil Tim nicht da gewesen war und weil er einen guten Grund hatte, nicht da gewesen zu sein, und sie sich trotzdem ärgerte. Dabei wehrte sie sich immer heftig gegen seine regelmäßig geäußerte Feststellung, sie sei kompliziert. Tim seufzte. Solche Gedanken ermüdeten ihn. In Wahrheit hatte er keine Ahnung, was Veronika dachte oder was er empfand. Er drehte sich zu ihr hin, betrachte ihre von der Decke verhüllte Gestalt und stellte sich ihren Körper darunter vor. Sie war eine attraktive Frau, mit einem runden, aber nicht breiten Po und vollen Brüsten. Sie war vielleicht keine umwerfende Schönheit, aber sie ertrug ihn, und er fand, dass sie ein gutes Team waren. Er fragte sich, wie er sie nach dem verkorksten Wochenende zum Sex animieren könnte. Er rückte näher an sie heran und fasste an die Stelle, wo er unter der Decke ihre Schulter erwartete.

»Hast du heute noch etwas geschrieben?«

Das Interesse an ihrer Arbeit war immer ein probates Mittel der Entspannung, das hatte er gelernt. Sie drehte sich um und sah ihn an.

»Ich habe den Text für die Kaufhaus-Werbung überarbeitet und das komplette Konzept an die Agentur gemailt. Für einen Kino-Spot, der nächsten Monat regional laufen soll.«

»Das ist toll. Damit dürfte uns deine Kreativität mal wieder den Sommerurlaub gerettet haben.«

Sie lächelte ihn an. »Tim, warum habe ich das Gefühl, dass du dich bei mir einschleimen willst?«

»Im Gegenteil, ich hätte Lust dir den Hintern zu versohlen«, antwortete er und rückte noch näher heran, näherte sich ihrem Mund und versuchte einen Kuss, der mit einigem Verlangen erwidert wurde. Sollte er sich über ihren Gemütszustand getäuscht haben?

Seine in zögerlicher Schlaffheit verharrende Männlichkeit regte sich sofort. Eine Hand wanderte unter ihr Nachthemd, streichelte ihren Bauch hinauf bis zu den Brüsten, auf denen sich einladend harte Nippel reckten. Ob das von der dünnen Decke herrührte? Aber Veronikas Körper fühlte sich warm an und ihre Haut glatt, außer da, wo sich ihre hellbraunen Warzenhöfe zerfurcht unter seinen Fingerspitzen anspannten. Seine Lippen wurden von diesen Stellen magisch angezogen, und Veronika atmete heftig, während er ihre Brustwarzen saugend bearbeitete. Das war ja leichter, als er gedacht hatte. Sie waren seit zehn Jahren verheiratet, aber er wusste ihre Launen und Befindlichkeiten immer noch nicht einzuschätzen. Mit einer Hand streichelte er ihr Haar, während die andere über die Innenseiten ihrer Schenkel fuhr, um dann ihre warme Mitte zu finden. Die war so feucht und offen, dass sie schon beim Lesen auf ihn gewartet haben musste, während er sich den Kopf über ihre vermeintliche Verärgerung zerbrochen hatte. Während er darüber noch grübelte und weiter an ihr herumspielte, zog sie sich ihr Nachthemd vollends über den Kopf und packte sein Glied mit fester Hand. Damit bedeutete sie ihm unmissverständlich, dass sie es kurz und hart wollte. Er hatte wohl völlig danebengelegen.

Wenige Minuten später griff Tim in die Schublade des Nachttischs, in der die Küchenpapier-Rolle lag. Da sie schon seit einiger Zeit keinen Sex mehr gehabt hatten, musste er ihr ein zweites Blatt nachreichen.

»Schau, was du alles in mich reingetan hast«, entrüstete sie sich scherzhaft und grinste dabei wie ein koketter Backfisch.

»Darauf hab ich Wochen gespart«, entgegnete er im gleichen Tonfall.

»Aber ich weiß ja, dass ich selber schuld bin, mein Schatz. Ich vernachlässige dich, und nicht umgekehrt.«

»Das will ich aber auch meinen, mein rasender Reporter.«

»Starjournalist, wenn schon, meine Liebe.«

»Oh, entschuldige bitte, mein Lieber. Wenn du es nur zum einfachen Reporter gebracht hättest, könnte ich dir die Vernachlässigung von Frau und Kind niemals verzeihen.« Sie stand auf, sammelte die feuchten, zerknüllten Küchentücher ein und ging hinaus in Richtung Badezimmer, um sich zu waschen und abzuschminken. Das würde eine Weile dauern.

Es hatte Tim gutgetan, wieder mit ihr zu schlafen. Das konnte ihn jedoch nicht darüber hinwegtäuschen, dass zwischen ihnen nicht mehr alles in Ordnung war. Veronika war attraktiv und hatte durch ihre Tätigkeit als Kreative in der Werbebranche Kontakte mit interessanten Menschen. Tim kümmerte sich nicht sonderlich viel um seine Familie.

Es hätte ihn nicht gewundert, wenn sie einen Liebhaber gehabt hätte. Eigentlich war er fast sicher, dass es so war. Aber die Ehe funktionierte. Sie hatten eine liebe Tochter und verstanden sich insgesamt recht gut. Tim fragte sich, warum sie etwas ändern sollten. Als Veronika ins Schlafzimmer zurückkehrte, immer noch nackt, erwachte sein Trieb aufs Neue.

»Hast du Lust, mir noch einen zu blasen?«

Sie lachte, schüttelte aber entschieden den Kopf. »Timothy, jetzt wirst du übermütig. Nun wird geschlafen!«

Sie streifte ihr Nachthemd über, küsste ihn flüchtig und zog sich die Decke ans Kinn. Als das Licht ausging, lag er einige Zeit auf dem Rücken und starrte an die Decke. Langsam gewöhnten sich seine Augen an die Dunkelheit. Er sah den Holzbalken, der quer über das Bett hinweg die Dachschräge hinaufstrebte und sich irgendwo verlor, wo auch nicht mehr der leiseste Lichtstrahl eine Kontur erahnen ließ. Eigentlich hätte er jetzt zufrieden sein und ruhig einschlafen können. Doch kaum war er sich selbst überlassen, kehrte jene seltsame Melancholie zurück, die ihn erfüllte, seit sich der Reißverschluss über dem Gesicht des toten Mädchens geschlossen hatte. Es war weiß Gott nicht die erste Tote, die er gesehen hatte, und einige der Leichen, die er in den letzten Jahren betrachtet hatte, waren schlimmer zugerichtet gewesen. Vielleicht war er im Moment etwas empfindlich. Mehrere Monate ohne lohnendes Projekt lagen hinter ihm. Es fehlte einfach ein Erfolgserlebnis. Ein Jäger ohne Beute. Der Gedanke kam ihm ganz natürlich, unschuldig und wie von selbst: Er hoffte, dort draußen würde ein Monster lauern, das aus dem Labyrinth seines kranken Hirns herausgetreten war, um zu morden. Und dass es nur von ihm aufgespürt werden konnte.

Tim starrte an die Decke und versuchte, aus dem Dunkel ein Bild entstehen zu lassen. Doch da war nichts – noch nichts.

Kapitel 6

Wie fast jeden Morgen setzte Manfred Jeschke in der Küche seiner Firma den ersten Kaffee auf. Es war halb sieben. Um diese Zeit musste er sich um so etwas schon selbst kümmern. Bis er die Kaffeemaschine befüllt hatte, würde auch der Computer, den er eben gestartet hatte, hochgefahren sein. Irgendjemand hatte am Vorabend herumgesaut. Eine eingetrocknete Milchlache klebte auf der Arbeitsplatte. Schnell wischte er die ekligen Rückstände mit dem Spültuch auf, dann wusch er das Tuch unter fließendem Wasser aus und reinigte anschließend seine Hände gründlich. Warum hatte dieses Schwein seinen Dreck nicht selbst beseitigt? Jeder in der Firma wusste, wie sehr er so etwas hasste. Ganz besonders bei Milch. Niemand trank in seiner Gegenwart Milch. Wenn er Gäste hatte und Uschi Kaffee servierte, achtete sie darauf, dass die Milchkanne immer weit weg von ihm stand.

Es war Montag. Manfred hatte gestern nicht annähernd so viel geschafft, wie er geplant hatte. Und nun fing die neue Woche mit diesem Milchfleck an. Er flüchtete in sein Büro, wo mittlerweile der Rechner mit dem Eingabedialog für das Netzwerk-Kennwort aufwartete. Er schrieb *Steileis* hinein. Im Eingabefeld standen nur die acht Sternchen als Platzhalter.

Steiles Eis. Er konnte es kaum erwarten, diese Faszination wieder hautnah zu erleben. Die Frische des Gletschers, die körperliche und geistige Herausforderung. Nirgends standen die Sterne klarer am Himmel als in den Bergen. Keine Computer, keine Krawatten, kein dummes Geschwätz. Nur er und die Kraft und Ausdauer, die ihm zur Verfügung standen. Sein Büro kam ihm klein und stickig vor, obwohl es das größte im Haus war. Fast konnte er den kalten Wind spüren, der dem Bergsteiger am Morgen die Gelenke versteift und die ersten Schritte zu einer Willenssache macht. Dann aber erwärmt ihn der steile Anstieg. Das schwere Seil drückt im Rucksack, und er ist froh, wenn es gefährlich wird, die Absturzgefahr zunimmt und er die Sicherung einsetzen muss.

Plötzlich hatte Manfred das Gefühl, beobachtet zu werden. Irgendetwas stimmte nicht. Er lauschte angestrengt.

»Moin, Manfred. Schläfst du?«

Das war Rolfs Stimme. Er drehte sich um. Sein Geschäftspartner stand in der Tür und grinste.

»Was machst du denn so früh hier?«, antworte Manfred.

»Was heißt hier früh? Es ist halb neun.« Rolf grinste immer noch.

Manfred schaute auf die rechte untere Ecke des Bildschirms, in der standardmäßig die Uhrzeit eingeblendet war. Doch da war nichts zu sehen. Der blinkende Cursor hinter den acht Sternchen zeigte an, dass er die Anmeldung noch nicht abgeschlossen hatte. Ein Blick auf die Armbanduhr offenbarte, dass es tatsächlich schon so spät war. Er wollte nicht glauben, dass wirklich zwei Stunden vergangen waren. Doch bevor er sich Gedanken darüber machen konnte, redete Rolf weiter. Offenbar war ihm die Sache mit der Uhrzeit völlig egal.

»Wie weit bist du mit der Ausarbeitung? Ich sollte doch ab heute Morgen korrekturlesen?«

»Ich bin spät dran. Ich kann dir erst in ein oder zwei Stunden was zu lesen geben.«

Mit einem Tastendruck bestätigte er das Kennwort und wandte sich wieder dem Bildschirm zu. Jetzt würde er sich voll und ganz auf die Arbeit konzentrieren. Er spürte, dass sein Kollege noch einen kurzen Moment hinter ihm im Türrahmen stand, bevor er ihn dann endlich allein ließ.

Kapitel 7

»Du stehst immer noch im Schach.«

Die tiefe Stimme holte Tim aus seiner Gedankenwelt zurück an den Tisch in der Bibliothek seines Vaters. Die beiden saßen bei gedämpftem Licht und Rotwein vor dem großformatigen Schachbrett aus Teakholz, das Tim ihm zum sechzigsten Geburtstag geschenkt hatte.

»Entschuldige, aber ich weiß wirklich nicht, was ich machen soll.«

»Meinst du Veronika oder die Partie?«

Der alte Schuster sah Tim in der ihm eigenen Art an. Die dunklen Augen ruhten im Schatten buschiger Brauen auf seinem Sohn, seine Miene drückte weder Neugier noch Gleichgültigkeit aus.

»Beides. Es ist simpel und völlig vertrackt zugleich.« Tim formulierte bewusst unscharf, um seinen Vater zu einer persönlichen Wertung zu bewegen. Das gelang nicht oft.

Der Alte trank einen Schluck, drehte das Weinglas in der Hand und ließ die rote Flüssigkeit im Gegenlicht der Leselampe funkeln. Tim sah die Andeutung eines Lächelns um seinen Mund.

»Wenn du deine Stellung in diesem Spiel meinst, so unterstreiche ich die Bezeichnung *simpel*. Du kannst das Matt in zwei Zügen nur mit dem Turmopfer vermeiden, was dich ebenfalls die Partie kostet. Falls du aber darauf anspielst, dass deine Frau einen Liebhaber hat und ihr dennoch eine gute Ehe führen wollt – mal ganz abgesehen davon dass du auch andere Frauen hast –, so finde ich *vertrackt* das richtige Wort.«

»Du weißt, dass ich Veronika liebe, und ich glaube, dass sie mich auch liebt. Ist das nicht das Wesentliche? Ich denke, dass es okay ist, jedenfalls fühle ich mich nicht als Betrüger und auch nicht betrogen. Müsste ich das?«

Robert Schuster seufzte. Tim wusste, dass sein Vater nur höchst ungern ad hoc Urteile fällte, und das nicht erst, seit der pensionierte Staatsanwalt nicht mehr im Gerichtssaal arbeitete. Doch er wollte an diesem Abend ein klares Wort hören.

»Meiner Erfahrung nach kann man mit einer Frau, die regelmäßig mit einem anderen Mann ins Bett geht, langfristig genauso wenig eine erfolgreiche Partnerschaft führen wie mit einem Turm weniger eine Schachpartie gewinnen.«

Auch wenn Tim eine Wertung hatte hören wollen, ärgerte ihn diese Haltung doch. Sie kam ihm ein wenig zu traditionell vor. Er wagte die Gegenfrage: »Hast du Mutter damals nicht betrogen, obwohl du sie liebtest?«

Sein Vater zog die Brauen hoch und sah ihn erstaunt, fast bestürzt an. Vielleicht war er zu weit gegangen. Robert Schuster lehnte sich zurück und schloss einen Moment die Augen. Tim wusste, dass er das tat, um nicht impulsiv und vorschnell zu antworten. Dann sagte er mit leiser, aber fester Stimme: »Jawohl, Tim, das tat ich, und genau daran ist meine

Ehe mit deiner Mutter gescheitert. Und es tut mir heute noch leid, nach all den Jahren.«

Es entstand eine Pause. Tim versuchte sie für sich zu füllen, indem er nach dem Glas griff und einen Schluck Wein trank. Manchmal vergaß er, dass er seine blockierte Emotionalität nicht von seinem Vater geerbt hatte. Das Gespräch war in dieser Intensität nicht fortzusetzen. So wie ein Bergsteiger nach dem Erreichen eines hohen Gipfels wieder hinunter muss, bevor die dünne Luft seine Kraft völlig ausgehöhlt hat.

Tim spürte, dass dieses Thema Gefühle in ihm auslöste, aber er vermochte sie wie immer nicht zu deuten. Sie erschienen ihm zu vage, vielleicht auch zu komplex. Lieber spann er einen leichteren Faden weiter.

»Hast du Mutter in London getroffen?«

Sein Vater schaute ihn wieder mit dem vertraut neutralen Gesichtsausdruck an. Wahrscheinlich war er dankbar für diese Wendung des Gesprächs.

»Sie ist immer noch deine Mutter, jedoch seit zwanzig Jahren nicht mehr meine Frau. Ich wollte dort Studienkollegen treffen.«

»Und, hast du nicht trotzdem zwischendurch auch deine Ex-Frau besucht, wenn du schon einmal in ihrer Nähe warst?«

Der Alte lächelte. »Doch, das habe ich. Es geht ihr gut, aber sie vermisst dich. Sie hat sich beschwert, dass du in diesem Jahr noch nicht bei ihr warst.«

Tim hatte seiner Mutter niemals vorgeworfen, dass sie nach der Trennung von seinem Vater Deutschland den Rücken gekehrt hatte und in ihre englische Heimat zurückgekehrt war.

Sie dagegen hatte sich nie damit abfinden können, dass ihr Sohn Deutschland nicht verlassen wollte und sie ziehen ließ. Und seitdem beklagte sie sich regelmäßig darüber, wie selten er sie besuchte. Sie meinte, der Trip auf die britische Insel sei viel schneller und einfacher als seine »ständigen Ausbrüche in die wildesten und entlegensten Wüsteneien«. So nannte sie seine – für seinen eigenen Geschmack viel zu seltenen – Reisen in die Berge der Welt. Er glaubte, sie im vorigen Jahr allzu sehr verwöhnt zu haben. Da hatte er fast vier Monate auf der Insel zu tun gehabt und sie oft in London besucht.

»Mutter beschwert sich immer. Sie wird noch etwas auf ihren verlorenen Sohn warten müssen.«

»Liegt arbeitsmäßig etwas Besonderes bei dir an?«

Das war der Oberstaatsanwalt Dr. Robert Schuster, wie Tim ihn kannte. Er nahm den kleinsten Hinweis auf und verfolgte ihn weiter. Tim drehte das Schachbrett herum und baute die Formation neu auf. So brauchte er nicht förmlich zu kapitulieren. Vor ihm standen jetzt die weißen Figuren. Er begann mit d2-d4.

»Du meinst, ob es ein Monster gibt, auf dessen Fährte ich mich setzen kann? Es ist durchaus möglich.«

»Handelt es sich um den Mord an der jungen Läuferin?«

»So ist es. Vor etwa einem Jahr wurde ein sehr ähnliches Verbrechen im Raum Köln verübt. Einiges deutet darauf hin, dass es sich um denselben Täter handeln könnte. Wenn das zutrifft, haben wir es mit einem Serienmörder zu tun. Aber ich weiß noch so gut wie nichts. Erst morgen erfahre ich Näheres. Aber immerhin war ich am Tatort, als das Opfer noch dort lag.«

»So.« Mehr sagte sein Vater nicht dazu. Er entgegnete Tims Eröffnung mit b7-b5 und brachte ihn damit gleich zum Grübeln. *Ein Schachspiel ist mindestens so einfach wie das Leben selbst,* dachte Tim. *Im Grunde genommen gibt es doch nur schwarz und weiß. Nur die unzähligen Variationen lassen uns alles grau erscheinen und stürzen uns in immer neue Verwirrungen.*

Kapitel 8

Das Knirschen des hartgefrorenen Firns war das einzige Geräusch an diesem frostigen Morgen. Die Zacken der Steigeisen bohrten sich in die kristalline Masse und brachen sie auf. Die unberührte weiße Pracht reflektierte das Licht der Stirnlampe. Das tiefe Dunkel rings umher schluckte den matten Schein trotzdem schon nach wenigen Metern. Manfred Jeschke empfand sich als kleine, lebendige Insel inmitten einer eiserstarrten Todeskälte. In ihrer Leblosigkeit erschien ihm diese Landschaft einzigartig schön.

Es war vier Uhr morgens. Manfred zog langsam und bedächtig eine Spur durch den Festigletscher, der von der eisigen Westwand des Doms in das Mattertal herunterfloss. Tief unten lag das kleine Örtchen Randa im Schweizer Wallis. Dort hatte er am Vortag seinen Kollegen Beat Ruedi getroffen, der ihm ein paar einsame Eisrouten dieser Gegend zeigen wollte. Beat war der nur durch das Licht seiner Stirnlampe sichtbare Fixpunkt des Seils, das bei jedem Schritt vor Manfred hin und her baumelte. Obschon sie sich noch im Gehgelände befanden, war das Seil angebracht. So früh im Jahr waren die wenigen Spalten, mit denen der Gletscher in dieser Passage aufwartete, verdeckt und in ihrer Lage unmöglich auszumachen. Die beiden Männer waren im Dunkel des frühen Morgens unterwegs, um den Nachtfrost und die Festigkeit der Schneebrücken über den Gletscherspalten auszunutzen. Manfred war müde, und seit einiger Zeit quälten ihn Kopfschmerzen. Trotzdem war er immer darauf gefasst, dass Beat mit einem plötzlichen Ruck von der Oberfläche verschwinden konnte. Dann würde er sich herumwerfen und die Haue seines Eispickels in den harten Untergrund rammen.

Er drückte mit handschuhvermummten Fingern an dem Höhenmesser herum, der am Brustgurt seines Rucksacks festgezurrt war. Nach einigen vergeblichen Versuchen leuchtete das Licht des Displays auf. Er las die aktuelle Höhe ab. Dreitausendsechshundert Meter. Es waren nur noch rund hundert Höhenmeter bis zum Bergschrund, der den Einstieg in die selten begangene Westflanke des höchsten Schweizer Berges markierte. Tatsächlich dauerte es nicht lange, bis das Seil vor ihm schlaff wurde und er es beim Gehen in großen Schlingen aufnehmen musste. Das bedeutete, dass Beat vor ihm stehen geblieben war.

Manfred erreichte ihn und leuchtete ihm mit seiner Stirnlampe direkt ins Gesicht. Beat grinste und fragte: »Manni, was machen deine Kopfschmerzen? Willst du wieder runter ins flache Rheinland?«

»Leck mich, du alter Bergfex!«

Beat lachte und wies mit der Hand nach rechts ins Dunkel. Der Bergschrund zog sich schräg nach oben bis zu der Stelle, wo die Kluft zwischen dem fließenden und dem hängenden Teil des Gletschereises schmaler wurde. Das war der Startpunkt der eigentlichen Kletterroute.

»Da geht's lang, Manni. Noch ein Stück weiter hoch, vielleicht vierhundert Schritt, und wir lassen die Felsen da oben dann links liegen. Denk daran, dass wir ein Stück versetzt vom Standplatz steigen. Sonst gibt's vielleicht unangenehm was auf den Helm.«

Manfred nickte nur kurz. Beat ging schon weiter. Unnötige Pausen mochte er nicht, denn er wollte die erste eis- und steinschlaggefährdete Passage noch im Nachtfrost durchsteigen. Noch war alles festgefroren. Die Dom-Westwand bestand im linken Teil aus brüchigem Fels, der sich zum Klettern nur schlecht eignete. Die rechte Wandhälfte zeigte sich als eine glatte und steile Eiswand, die ziemliche Anstrengungen versprach. Das war der Grund, weshalb diese Route kaum begangen wurde. Genau darum war Manfred hier.

Die Kopfschmerzen wurden langsam unangenehm. Eigentlich lag die Vermutung nahe, dass sie von der großen Höhe herrührten, doch er glaubte nicht daran. Schon auf der Fahrt nach Randa hatte ein Stechen in seinem Hinterkopf gesessen. Es zog aus dem Nacken hoch und pflanzte sich langsam, aber stetig fort. Später war es ein Schmerz in den Augenhöhlen, der bei jeder Bewegung der Augäpfel aufflammte. Wahrscheinlich war nur sein Nacken zu sehr verspannt durch die vielen Stunden, die er in den letzten Tagen und Nächten vor dem Computer gehockt hatte. Dem Aachener Versicherungshaus hatte er kurzfristig eine umfassende Systemanalyse geliefert. Jetzt würden sie gar nicht anders können, als das Projekt mit ihm zu machen und eine satte Viertelmillion in seine Firma zu spülen. Consulting konnte sehr einträglich sein, dachte er. Das bisschen Brummschädel war ein fairer Preis dafür. Die sportliche Betätigung in dieser wunderbaren, glasklaren Bergluft sollte ihn das schnell vergessen lassen.

Beat war am Einstieg angelangt und richtete mittels zweier Eisschrauben die Standplatzsicherung ein. Die ersten zwei oder drei Seillängen würden die steilsten sein. Hier könnte nur einer klettern und der andere sichern. Beat kannte die Route und war im Eis der bessere Kletterer. Er stieg vor, und während Manfred das Seil durch den Sicherungskarabiner führte, bewegte Beat sich erst ein paar Meter schräg zur Seite weg. So würde das lose Eis, das er lostrat, nicht auf Manfred herunter prasseln. Jetzt ging es zügig aufwärts. Die Wand war nicht mehr als sechzig Grad steil, also nichts Extremes. Ohne Sicherung wollte Manfred das trotzdem nicht machen. Während Beat kletterte, trat er von einem Fuß auf den anderen, um sich warm zu halten. Der Frost biss im Mai zu dieser Tageszeit noch kräftig zu. Bald war Beat aus seinem Blickfeld verschwunden. Nur die zuckenden Reflexionen des Scheins seiner Stirnlampe in der weißen Wand und das herunterbröckelnde Eis ließen seine Position erahnen. Meter um Meter lief das Seil durch den Karabiner.

Während Beat oben schwitzte, hatte Manfred Zeit zum Grübeln. Er hatte sich sehr auf diese Tour gefreut, denn zu dieser Zeit war die Region menschenleer. Die während des Sommers so beliebte Domhütte war noch gar nicht geöffnet. Der Hüttenwirt hatte Beat die Schlüssel überlassen. Sie würden sie in den paar Tagen, die sie die Hütte bewohnten, schon etwas saisonfertig machen. Beat war ein alter Freund von Renato, der die Domhütte bewirtschaftete, und kannte diese Berge hier wie seine Westentasche. Manfred kannte sich eher im Fels der Dolomiten oder des Wilden Kaiser aus und hatte erst vor einigen Jahren so richtig Spaß am Eis bekommen. Die weiße Pracht des vergletscherten Hochgebirges übte eine magische Anziehungskraft auf ihn aus. Am wichtigsten war ihm die Einsamkeit in den Bergen.

Beat Ruedi war der Leiter seiner Schweizer Niederlassung in Zürich. Ein ruhiger, durch und durch männlicher Kerl, der die Natur liebte und wenig Worte machte. Mit ihm in diesen Bergen ein paar Tage unterwegs zu sein, sollte eine wunderbare Erholung werden. Kein Krawattenzwang. Keine faltigen Raupen in Seidenstrümpfen, die die Zivilisation mit ihrem Geschwätz und mit ihrem Anblick durchsetzten. Selbst Claudia mit ihren sanften Schmetterlingsaugen wurde langsam, aber sicher in diesen unaufhaltbaren Prozess gezogen, der auch sie irgendwann in eine Raupe verwandeln würde. Lange Zeit hatte Manfred es nicht wahrhaben wollen, doch eines erschien ihm unausweichlich: Es gab letztlich nur eine Möglichkeit, diese unheilvolle, perverse Metamorphose zu verhindern. Für Claudia war es eigentlich schon zu spät. Er hätte verzweifeln können bei dem Gedanken, dass er dabei tatenlos zusehen sollte. In den Augen seiner Frau sah er einen Abglanz der früheren kindlichen Leichtigkeit. Wenn sie ihn ansah, streifte ihn der Hauch eines samtenen Flügelschlags. Wenn er nur eine Möglichkeit gefunden hätte, diesen Blick von ihrem beinahe verbrauchten Raupenkörper abzutrennen, ohne dass die Augen ihren Glanz verlören.

»Stand!«

Der Ruf seines Kletterpartners brachte ihn in die Gegenwart der Berge zurück. Beat hatte einen Standplatz eingerichtet und war jetzt selbst gesichert. Manfred konnte die Partnersicherung abbauen und sich zum Nachklettern fertigmachen. Er drehte die Eisschrauben heraus und entfernte den Eiskern in ihnen, indem er sie kurz gegen seinen Stiefel schlug. Dann hängte er sie in den Klettergurt ein und packte seine Eisgeräte. Es zupfte an dem Karabiner, mit dem er sich ans Ende des Seils geknüpft hatte. Beat hatte oben das Restseil eingeholt und rief: »Kannst kommen!«

Jetzt wurde Manfred von oben gesichert und konnte ruhig die erste Seillänge angehen. Die Route hatte schönes, griffiges Blankeis, in das die Hauen der Eisgeräte mühelos eintauchten. Rein damit über Kopf, und dann mit den Frontalzacken der Steigeisen nachstapfen. Eisgeräte lösen, und noch mal das Ganze. Schon hatte Manfred die erste Zwischensicherung erreicht. Raus mit der Schraube, ausklopfen, in den Gurt einhängen und weiter. Alles ging reibungslos. Bald wurde ihm warm. Einige Minuten später erreichte er Beat. Der forderte ihn mit einer Handbewegung auf, gleich weiterzuklettern und die nächste Seillänge zu führen. So mussten sie den Standplatz nicht wechseln und waren schneller.

»Einfach geradewegs nach oben, Manni!«

Manfred querte erst zwei Meter zur Seite und stieg dann weiter aufwärts. Es ging leicht. Erst nach mehr als zehn Metern setzte er eine Eisschraube zur Zwischensicherung. Ein

Karabinerpärchen an der Schraube eingeklinkt, das Seil in den baumelnden Karabiner eingehängt und weiter. Die Kopfschmerzen ließen nicht nach. Eher wurden sie durch die Anstrengung des Steigens stärker. Er wollte sich aber den Spaß nicht verderben lassen und kletterte weiter. Da ermahnte ihn ein Ruf von Beat, Stand zu machen. Die Seillänge war fast ganz ausgeklettert. Er schlug eine breite Stufe, in die er sich bequem hineinstellen konnte, und sicherte sich mit einer kurzen Schlinge an den eingerammten Eisgeräten. Dann drehte er zwei Eisschrauben für die Partnersicherung ein, in die er sich zusätzlich auch mit einhängte. Nun holte er das verbliebene Restseil ein und knüpfte den Halbmastwurf-Knoten in den Sicherungskarabiner. So sicherte er den nachsteigenden Partner.

»Komm nach, wenn du sonst nichts zu tun hast!«, rief er Beat zu.

Nach gerade mal zwei Seillängen spürte er schon seine Waden, die beim Klettern mit den Steigeisen extrem gefordert wurden. Doch Beat hatte diese Tour mit Bedacht ausgewählt, denn nach spätestens fünf Seillängen würden sie eine flachere Mulde erreichen, die ohne Einsatz der Frontalzacken begangen werden konnte. Damit wäre die Belastung vorläufig zu Ende.

In Manfreds Kopf lärmte es mittlerweile. In rasch aufeinander folgenden Wellen raste ein ungewöhnlich heftiger Schmerz durch sein Hirn. Er beschloss, noch eine Schmerztablette zu nehmen. Er sicherte mit nur einer Hand und hakte die andere in die Sicherungsschlaufe ein, die an einem der beiden Eisgeräte hing, und fummelte an der Außentasche seiner Jacke herum, in die er die Packung vorsorglich gesteckt hatte. Doch in dieser Haltung, noch dazu mit dicken Handschuhen an den Fingern, konnte er nicht einmal die Tasche öffnen, geschweige denn der Packung eine Tablette entnehmen. Er gab es auf und wartete auf eine bessere Gelegenheit. So lange musste auch der Kopfschmerz warten. Schon war Beat heran und betrachtete im Vorbeiklettern mit einem trockenen Grinsen Manfreds Standplatzeinrichtung.

»Vorbildlich, Manni. So sichert man einen Elefanten im Eisfall.«

»Na, dann reicht's ja gerade für dich.«

Beat lachte leise vor sich hin und kletterte zügig weiter. In diesem Tempo würden sie bald flacheres Gelände erreichen. Die Anstrengung würde gleich geringer werden, hoffte Manfred. Er sah nach oben, um seinem Partner beim Klettern zuzuschauen und die Kulisse der Eiswand in der Morgendämmerung zu genießen. Sein Nacken fühlte sich steif an wie ein Stück Holz, die Kopfschmerzen wurden dabei unerträglich. Er senkte den Blick schnell wieder und schaute auf seine Füße, während er das Seil Stück für Stück nachließ. Wie ein endloser, bunter Wurm wand es sich durch seine Hände. Es krangelte sich im Sicherungsknoten um den Karabiner und strebte dann zappelnd die Wand empor. Irgendwo dort oben verbiss es sich in die dunkle Gestalt des Kameraden und schaffte damit die Verbindung, die einem Kletterer in dieser lebensfeindlichen Umgebung ein trügerisches Gefühl der Sicherheit verlieh. Die Zehen und Finger waren eisig und schmerzten vor Kälte. Manfreds Hirn lärmte und trieb ihm den Schweiß aus den Poren. Er wusste, dass seine Anstrengungen in den Bergen völlig sinn- und zwecklos waren. Dennoch erschien ihm das Bergsteigen als eine der wenigen Betätigungen, bei der sich die Frage nach dem Sinn nicht stellte. Er sah sein ganzes Leben als einen Kampf um Sinnhaftigkeit. Dort, wo alles Lebendige nur für eine kleine Weile zu Gast sein durfte, war kein Platz für Perversion. Der ewige Kreislauf von Gebären und Verfaulen hielt in der kalten, reinen Höhenluft inne. Hier fiel alles von ihm ab.

Es wurde langsam hell. Das Weiß, das den Berg bedeckte, schien auf den Himmel überzugehen. Alles wurde in ein fahles, beinahe unwirkliches Licht getaucht.

»Stand!«

Endlich ging es weiter. Er musste sich bewegen und das Blut zirkulieren lassen. Schon steckte die Kälte in den Beinen. Er konnte kaum noch klettern, fühlte sich schwach und elend. Die Kopfschmerzen wurden immer schlimmer. Er musste herauf zu Beat, heraus aus dieser Wand, wollte sich in den Schnee legen und die Augen schließen. Er kämpfte sich hinauf. Jeder Schlag mit den Eisgeräten wummerte in seinem Hirn. Fast konnte er seinen Körper nicht mehr richtig strecken, um Höhe zu gewinnen. Diese Seillänge erschien ihm ewig lang, das Herausdrehen der Eisschrauben eine Tortur. Seine Beine zitterten. Übelkeit breitete sich in seinem Magen aus.

»Wo bleibst du?«, rief Beat von oben herab.

Das bedeutete, dass er wirklich so langsam war, wie er sich fühlte. Er wollte nicht antworten. Die Übelkeit schnürte ihm die Kehle zu. Da endlich tauchte Beat in seinem Blickfeld auf. Die Wand neigte sich, die letzten Meter bis zu ihm hin konnte er gehen.

Beat meinte: »Mein Gott, schaust du beschissen aus!«

Manfred nickte matt, als könnte er sich selbst sehen und diese Aussage bestätigen. Im nächsten Moment musste er sich übergeben. Es war ihm, als versuche sein Leib, den Kopfschmerz hinauszuwürgen. Als handle es sich um ein böses Getier, das sich in ihm eingenistet hatte und ihn vergiftete. Vielleicht konnte es die Reinheit dieser Welt nicht ertragen und rebellierte nun. Wahrscheinlich aber waren die Kopfschmerzen nur so stark geworden, dass ihm schlecht werden musste, und die Anstrengung hatte ihm den Rest gegeben.

»Herrgott, du wirst mir hier doch nicht höhenkrank werden«, sagte Beat sichtlich erschrocken angesichts des ekligen Auswurfs.

»Red keinen Blödsinn«, antworte Manfred schnaufend. »Das ist nicht möglich.«

Er setzte sich in den Schnee und versuchte den Kopf so zu halten, dass es am wenigsten wehtat. Er konnte sich nicht erinnern, jemals solche Kopfschmerzen gehabt zu haben. In dieser Höhe von etwa viertausend Metern war er schon oft gewesen, ohne die geringsten Probleme verspürt zu haben. Dies schien etwas anderes zu sein. Das waren keine normalen Kopfschmerzen. Beat öffnete seinen Rucksack, holte einen Biwaksack hervor und breitete ihn auf dem Schnee flach aus.

»Leg dich da drauf und ruh dich aus.«

Willenlos gehorchte Manfred der ruhigen Stimme des Kameraden. Als er flach auf dem Rücken lag und ein paarmal tief durchatmete, ließ der Schmerz etwas nach.

»Was ist hier eigentlich los?«, hörte er sich stammeln. Er nahm alles wie im Nebel wahr und hatte das Gefühl für seinen Körper völlig verloren.

»Bleib noch ein paar Minuten liegen, und dann müssen wir so schnell wie möglich runter zur Hütte.«

Sein Kletterpartner hatte offenbar entschieden, dass die Tour zu Ende war. Er hatte keine Kraft, sich dagegen zu wehren. Also hatte Beat wohl recht.

Manfred fühlte sich schwerer und schwerer. Eine bleierne Müdigkeit machte sich in ihm breit. Sein Hirn pulsierte und zuckte. Es wollte den Schädel sprengen und seine dunkle Höhle verlassen. Er stellte sich vor, wie er es aus seinem Kopf herausreißen würde, die zitternde, blutige Masse in den Händen. Dann würde er sie in den weißen Schnee werfen, wo Reinheit und Kälte dem Spuk ein Ende bereiteten. Der leere Schädel bliebe vom Schmerz befreit erleichtert zurück.

Er kratzte etwas Firn zusammen und kühlte den Nacken damit. Das linderte den Schmerz ein wenig. Dann blieb er liegen und litt still vor sich hin. Irgendwann quälte er sich hoch, unterstützt von Beat. Sie machten sich an den Abstieg. Beat seilte ihn ab, und Manfred bewegte sich die Eiswand herunter, so gut er eben konnte. Der Schweizer kletterte nach, um ihn wiederum eine Seillänge tiefer zu befördern. Als sie am Wandfuß anlangten, war es längst heller Tag. Manfred war so erschöpft, dass er sich wieder für einige Zeit hinlegen musste. Erneut nahm er Eis auf und legte es sich ins Genick. Er spürte, wie die ruhige Kraft der Kälte auf ihn einwirkte. Fast kam es ihm vor, als würde ihm vom Urwesen der Natur, das im ewigen Eis des Hochgebirges lebte, ein Teil seiner magischen Energie zufließen.

Dann begann der lange Marsch zurück zur Hütte. Manfred wankte in der Spur, die sie in der Frühe gelegt hatten, zurück. Sie mussten immer wieder stehen bleiben, weil ihm der Kopfschmerz jede Bewegung verbot. Jetzt trug er die Gletscherbrille, um sich vor der Sonne zu schützen, hatte dabei aber das Gefühl, dass die Brille seinen Kopf einzwängte. Also nahm er sie von Zeit zu Zeit ab, obwohl er sich nur wenige Augenblicke später erneut vor dem Licht schützen musste und sie wieder aufsetzte. Ständig stolperte er über seine Steigeisen. Sie kamen kaum vorwärts. Immer wieder nahm er Eis auf und spürte seine tröstende kalte Kraft, die den Schmerz für ein paar Schritte erträglich machte. Es waren keine zwei Kilometer, die sie noch zu gehen hatten, aber diese Strecke erschien fast unüberwindlich. Das letzte Stück trug Beat ihn fast. Sie waren erleichtert, als sie die Hütte erreichten. Kaum hereingekommen, legte Manfred sich hin, schloss die Augen und wollte von nichts mehr etwas wissen. Er bekam noch mit, wie Beat mit seinem Handy herumfuchtelte und in seinem Schwyzerdütsch einen Hubschrauber anforderte. Manfred war sterbenselend. *Fliegt mich nicht weg von hier,* dachte er. *Grabt mich ins Eis ein, wo jeder Schmerz den heilenden Kräften der Natur weichen muss und das Leben zum Stillstand kommt. Jetzt erst begreife ich wirklich, dass Stillstand des Lebens nicht etwa Tod bedeutet, sondern im Gegenteil die Abkehr von Vergänglichkeit und Sterben. Lasst mich im Eis, wo alle Zweifel erfrieren.*

Kapitel 9

Die Atmosphäre einer Pressekonferenz faszinierte Tim stets aufs Neue. Die genervten Kriminaler, die mit Mikrofonen und Blitzlichtern nur wenig anfangen konnten, machten ihm Spaß. Dazu die Menge an Pressevertretern, deren Gehabe er gern beobachtete. An diesem Tag war es besonders spannend, da der Fall in seiner Heimat verortet war, er viele Anwesende persönlich kannte, und besonders deswegen, weil Helena Berger im Zentrum der Veranstaltung stand. Wenn man sie kannte, war ihr die Nervosität anzumerken. Tim empfand die große Blondine wie immer als eine visuelle Wucht. Und damit war er nicht allein, wie er mit einem Blick in die Runde feststellte. Inhaltlich ging es um die karge Feststellung, dass vor wenigen Tagen ein Mörder im Raum Köln in einem sportlichen, erst dreizehn Jahre jungen Mädchen mindestens sein zweites Opfer gefunden hatte. Mit ihrer wohlklingenden Stimme berichtete Lena von der eindeutigen Übereinstimmung der DNA des Täters bei beiden Opfern, jetzt und vor einem Jahr. Sie erwähnte die deutlichen Fingerabdrücke auf der Haut des jüngsten Opfers und die guten Chancen auf einen raschen Fahndungserfolg. Sie hoffte, den Täter fassen zu können, bevor er erneut zuschlug. Diese Schlussfolgerung konnte Tim nicht teilen. Es gab offenbar keine Zeugen, keine noch so vage Täterbeschreibung. Der genetische Finger-abdruck passte zu keiner bekannten Gegenprobe, weder aus dem Umfeld der Opfer noch aus der DNA-Analyse-Datei des BKA.

Er musste eine Stunde warten, bis er Lena abfangen konnte. Er begleitete sie in ihr Büro, dort ließ sie sich erst einmal in einen Stuhl fallen und atmete tief durch.

»Mein Gott, war das nervig.«

Tim setzte sich auf ihren Schreibtisch. »Du hast aber eine verdammt gute Figur gemacht. Und kaum jemand hat ge-merkt, dass ihr einen Scheißdreck habt, aber keine Spur vom Täter.«

»Danke, dass du uns nicht verraten hast«, meinte sie tro-cken. »Aber es stimmt leider. Ohne einen Verdächtigen nüt-zen uns die Analyseergebnisse gar nichts. Wir haben null Übereinstimmung in der DAD, keine Zeugen, und es gibt für solche Taten kein vernünftiges Motiv. Ich befürchte, ich werde Spezialisten vom BKA hinzuziehen müssen. Ich könnte deine Erfahrung mit Serienmördern gut gebrauchen, Tim.«

»Dann lass mich dir etwas über den Typen erzählen, den du suchst. Vielleicht glaubst du, der Täter ist ein Irrer, völlig durchgedreht und unberechenbar. Aber auch dieser Psycho-path, wenn er denn einer sein sollte, ist ein Täter mit einem Motiv und einer Vorgehensweise.«

Lena nickte, als würde sie wirklich verstehen, was er eben gesagt hatte. Er erinnerte sich daran, wie lange er für diese Einsicht gebraucht hatte.

Die Kommissarin lächelte müde. »Ganz unfähig bin ich natürlich auch nicht. Speichelproben aus Familie, Nachbarschaft und Sportverein werden erhoben und ausgewertet. Das dauert noch an. Ich bin aber skeptisch, dass uns das weiterbringt. Bei dem ersten Mord ergab der DNA-Abgleich im Opferumfeld keine Spur, bei folgenden Taten wird das eher noch weniger der Fall sein. Ansonsten schauen wir uns die Schuhabdrücke des Täters an und ermitteln das Modell. Gute Laufschuhe haben charakteristische Sohlen, und wenn er ein richtiger Läufer ist, kauft er regelmäßig neue Schuhe. Das ist neben der DNA-Analyse unsere heißeste Spur.«

»Gute Idee«, kommentierte Tim. »Das Modell hast du vielleicht bis morgen schon.«

»Just do it!«

Lena hatte ihren Humor noch nicht verloren. Tim wusste, dass sie eine verdammt gute Polizistin war. Bei der Kripo Köln hatte sie in den letzten Jahren beachtliche Erfolge verbucht. Ihr Scharfsinn und ihre Zielstrebigkeit waren schon damals abzusehen gewesen, als sie gemeinsam die Ausbildung im Kriminaldienst begonnen hatten. Tim hatte damit nur angefangen, weil er dachte, er wäre es seinem Vater, dem Staatsanwalt, irgendwie schuldig. Er brach dann aber die Laufbahn ab. Nun ja, da war auch dieses verdammte psychologische Gutachten gewesen. Seine Chancen waren danach gegen Null gesunken. Lena dagegen zog die Ausbildung mit Bravour durch, um danach ihr Talent erfolgreich in die Praxis umzusetzen.

Während sie Karriere bei der Kriminalpolizei machte, reiste

Tim viel. Er bestieg einige der schönsten Berge dieser Welt und lernte nebenher das Journalistenhandwerk. Einige Zeit verbrachte er mit Kriegsberichterstattung in den gottverdammtesten Winkeln dieser Erde. Dann spezialisierte er sich auf die Recherche in Serienmordfällen. Es hatte ihn mit Macht dazu getrieben. Sein angebliches Problem, das ihn die Polizeilaufbahn gekostet hatte, entpuppte sich hier als Talent.

Lena räusperte sich. Sie schien verlegen. »Tim, wir sind schon ziemlich lange befreundet, und du weißt mehr über Serienmörder als sonst irgendjemand, den ich kenne. Natürlich haben wir unsere Profiler. Ich bin dir aber für jede Hilfe dankbar, und du weißt, dass du auch etwas davon hast. Was kannst du mir zu dem Täter sagen?«

»Ein richtiges Profil kann ich dir noch nicht präsentieren, aber soviel ich bis jetzt weiß, könnte man Folgendes annehmen: Er ist ein sportlicher Mann und kann vermutlich schnell laufen. Er hat die Opfer mit bloßen Händen erwürgt, aber nicht vergewaltigt oder auch nur im Vaginalbereich berührt. Also ist er körperlich fit, triebhaft, aber beherrscht. Mindestens fünfundzwanzig, eher älter. Vielleicht hat er das Opfer im vorigen Jahr noch zufällig ausgewählt. Das ist dieses Mal sicher nicht mehr der Fall gewesen. Er plant seine Tat und ist ein kontrollierter Typ. Er lässt sich nicht völlig durch seinen Trieb beherrschen. Er beißt nicht, will kein Blut sehen. Er hat ein Motiv. Er ist kein Gewalttäter, der durch rüdes Verhalten oder Grobschlächtigkeit auffallen würde. Und er ist auch kein unscheinbares, mageres Jüngelchen, das nur mittels solcher Straftaten an Mädchen spielen kann.«

»Das trifft höchstens auf die Hälfte der männlichen Bevölkerung zu, beispielsweise auch auf dich.«

»Nun sei mal nicht so ungeduldig. Mein erster Ansatz ist folgender: Intelligente Menschen brauchen immer eine Legitimation für Gewalt, dumme dagegen haben Gewaltreflexe und denken sich nichts dabei. Ein Intellektueller kann zwar ebenfalls Gewaltreflexen erliegen, wird jedoch erst zum Serientäter, wenn er diese Gewalt legitimieren kann und somit eine Rechtfertigung für Wiederholungen hat. Da ich ein Tatmotiv suche, muss ich klären: Ist der Täter dumm oder intelligent? Mein zweiter Ansatz ist die Unterscheidung von chaotischen und planmäßig vorgehenden Tätern. Irgendwann verlieren aber auch die Planer die Kontrolle und werden chaotisch. Aber so weit ist dieser Mann vermutlich noch lange nicht.«

»Und werden wir deinen intelligenten Planer fassen können, bevor er im Chaos eine Serie von Mädchenleichen hinterlässt?«

»Du bist ja mindestens so zynisch wie ich, liebe Lena«, erwiderte Tim. »Das steht dir. Lass mich meine Ansätze gegen die bekannten Fakten spiegeln, und wir sehen weiter. Mal was anderes. Hast du jetzt noch Termine, oder sollen wir was trinken gehen und die Besprechung in angenehmerer Atmosphäre fortsetzen?«

»Bedaure«, sagte sie. »Ich bin noch verabredet.«

»Du glaubst doch wohl nicht, dass, wer immer es auch ist, er es dir besser besorgen kann als ich?«

»Kein Kommentar.«

»Okay. Rufst du mich an, wenn du was Neues hast?«

Lena nickte und warf ihre Tasche über, die an einer Stuhllehne gehangen hatte. »Klar.«

Tim trat auf den Gang vor Lenas Büro. Sie schloss die Tür ab, winkte ihm kurz zu und wandte sich dann ab. Er sah ihr hinterher, als sie den Flur hinunter ging und ihm dabei einen Blick auf ihr attraktives Hinterteil gewährte. Er schüttelte den Kopf. Er war dreiunddreißig Jahre alt, mit einer attraktiven Frau verheiratet und Vater einer wunderhübschen, siebenjährigen Tochter – und trotzdem hätte er Lena jetzt gern gefickt. Tim mahnte sich zur Konzentration. Die beiden toten Mädchen hatten es verdient, dass er sich mehr auf ihren Mörder konzentrierte als auf seine Libido. Seine Frau wahrscheinlich auch.

Er fragte sich, was der Täter in diesem Moment gerade machte. Worüber dachte er nach? Was bewegte ihn, trieb ihn an? Was empfand er, wenn er davon träumte, dass sich seine Hände um den Hals eines Mädchens schlossen? Dasselbe wie Tim, wenn er sich vorstellte, den knackigen Hintern von Lena Berger zu packen, während er in sie eindrang? Warum begehrte er, Tim, was ihm nicht zustand, und warum vernichtete der Mörder, was er begehrte?

Kapitel 10

Die Bilder an der weißen Wand gaben sich Mühe, nicht zu einem Krankenhauszimmer zu gehören. Es blieb jedoch beim Versuch. Manfred fand, dass dies auch auf ihn zutraf. Der Fernsehapparat in der oberen, fensterseitigen Ecke seines Domizils gähnte ihn an wie ein schwarzes Loch. Keine Fernbedienung griffbereit. Vielleicht war ihm das Fernsehen nicht erlaubt. Er wusste es nicht, denn er hatte noch niemals zuvor an Meningitis gelitten.

Ein Bakterium hatte ihn aus der Dom-Westwand getrieben und in dieses Sanatorium in der Nähe von Zürich gebracht. Die freundlichen Helfer der REGA hatten sich mit ihrem habichtgleichen rot-weißen Heli auf ihn gestürzt. Es war ihnen einfach nicht möglich gewesen, seinem kraftlos gestammelten Wunsch nach Verbleib im ewigen Eis zu entsprechen, stattdessen hatten sie ihn umgehend in niedere Gefilde geflogen. Da mussten sie dann schnell festgestellt haben, dass nicht etwa ein Höhenhirnödem, sondern eine ordinäre eitrige bakterielle Hirnhautentzündung seine Ausfallerscheinungen hervorgerufen hatte. Unter Ausnutzung seiner kurzfristigen geistigen Abwesenheit entzog man ihm ein Quantum Nervenwasser aus dem unteren, rückenmarklosen Teil der Wirbelsäule. Angeblich hatte man an der deutlichen Trübung des Liquors sofort das Übel erkannt. Es gehörte wohl zum Krankheitsbild, dass er in dieser Situation zu blöd zum Lesen war. Das hatte man ihm jedenfalls versichert.

Er schnaubte verächtlich beim Gedanken an die Ärzte. Da er ohnehin keinen Internet-Anschluss zwecks Recherche bekommen konnte, musste er glauben oder wenigstens gläubig hoffen, dass man ihm nicht ohne triftigen Grund intravenös täglich sieben Flaschen diverser Antibiotika verabreichte. Gerade genoss er eine Ampulle Rocephin, ein Teufelszeug. Niemand wollte ihm abkaufen, dass er es auf der Zunge schmeckte, wenn es ihm durch den Venenzugang in die künstlich offen gehaltene Ader drang. Ein leichtes Brennen an der Nadel signalisierte ihm, dass es Zeit war, einen neuen Zugang zu legen. Zwei Tage links, zwei Tage rechts, und dann von vorn das Ganze. Länger hielt die Vene nicht durch. Das antibiotische Höllengebräu aus diversen Säften war zu aggressiv. Neben Rocephin gab man ihm noch Penicillin und ein drittes Zeug, dessen Namen er auf dem Etikett schon mehrfach vergeblich zu buchstabieren versucht hatte.

Nun war die Flasche leer. Schon kam der Pfleger herein, der ältere mit dem Rauschebart und nicht der junge Schnösel. Der hatte Manfred einmal zu viel unprofessionell am Zugang herumgefummelt und durfte deswegen sein Zimmer nicht mehr betreten. Das Rocephin wurde abgehängt und im fliegenden Wechsel die Schmerzinfusion angekoppelt. Das Tramal war in einem halben Liter Kochsalzlösung enthalten. Zwei solcher Flaschen tropften pro Tag in ihn hinein, bei normaler Geschwindigkeit in etwa zwanzig Minuten. Es dauerte weniger als fünf Minuten, bis er die Wirkung verspürte – der Kopfschmerz war wie weggeblasen, und eine unfassbare Gelassenheit erfüllte ihn. Er stellte sich vor, dass er langsam auf den Grund einer tiefen, blau schimmernden Gletscherspalte hinabschwebte. Dort würde er Ruhe und Frieden finden.

Er befand sich schon fünf lange Tage in dieser Klinik, und es war zu befürchten, dass eine weitere Woche vergehen würde, bis man ihn herausließ. Der Chefarzt behandelte ihn sehr zuvorkommend, besonders seit er wusste, dass Manfred zwanzig seiner eidgenössischen Landsleute beschäftigte. Er hatte ihm gestern eröffnet, dass nach der zweiwöchigen Antibiose mit weiteren drei bis vier Wochen Aufenthalt in einer Rehabilitationsklinik zu rechnen sei. Manfred hatte versucht, ihm zu erklären, dass dies wohl für normale Arbeitnehmer gelten würde, aber wohl kaum für den Geschäftsführer einer Unternehmensberatung mit über einhundert Mitarbeitern in drei Ländern. Statt einer Antwort entbot der Arzt ihm ein väterliches Lächeln. Es sollte wohl so viel heißen wie »Abwarten, Bübchen«.

Manfred spürte Wut in sich. Niemand behandelte ihn mit dieser herablassenden Art, auf diese Ich-weiß-besser-was-gut-für-dich-ist-Weise, auch nicht dieser scheißfreundliche Professor. Manfred hatte keine Ahnung, was er in einer Rehabilitationseinrichtung sollte. Er war müde und fühlte sich wehrlos. Sein Denkapparat wollte nicht richtig funktionieren. Jede Bewegung bereitete ihm Mühe. Er vertraute darauf, dass sich das in den nächsten Tagen ändern würde. Niemand behandelte ihn wie eine Mutter ihr unselbständiges Kind.

Er hatte so viel vor, so viel zu tun. Man konnte ihn nicht aufhalten. Er ließ sich nicht mehr aufhalten, nicht von einem Heer Schweizer Neurologen, nicht von einem Bakterium, das in seinen Hirnhäuten lebte. Erst recht nicht mehr von ihm selbst. Alles lag klar vor ihm. Der Weg war bereitet. Er war es schon seit langem, doch nun erst sah Manfred ihn wirklich. Jetzt musste er Kräfte sammeln für all das, was vor ihm lag.

Heute war er allein ins Kellergeschoss gefahren, wo man ihn einer radiologischen Untersuchung unterzogen hatte. Anschließend saß er wieder im Aufzug, um in seine Station zurückzukehren. Aus Schwäche musste er einen der Klappsitze benutzen. Die im LED-Display des Aufzugs aufleuchtenden Etagenanzeigen ergaben für ihn keine sinnvolle Information. Ein altes Weib in einem unsäglich himmelblauen Morgenmantel stieg zu. Manfred musste, als der Aufzug angehalten hatte, nachfragen, wo man sich zurzeit befand. Die Frau sah ihn und die Anzeige abwechselnd an, bevor sie ihm die Auskunft gab, dass sie im dritten Stock seien. Und tatsächlich erkannte er das rotleuchtende Symbol als eine klar und deutlich lesbare 3. Dabei hatte er doch am Vortag schon die Etiketten auf den Flaschen lesen können, die man ihm regelmäßig in den Tropf hängte. Er fragte sich, was mit ihm geschah.

Für den nächsten Tag hatte Claudia sich mit den Kindern angesagt, um das Wochenende bei ihm zu verbringen. Er hatte ihr am Telefon gesagt, dass es ihm recht gut gehe und er ohnehin bald nach Hause käme. Sie hatte ihm nicht geglaubt. Er konnte ihren Besuch nicht verhindern. Allerdings vermisste er die Kinder. *So soll es denn sein,* dachte er. *Man kann niemals wirklich alles hinter sich lassen. Es wäre auch nicht klug, es zu versuchen.*

Kapitel 11

Gentamycin hieß das dritte Antibiotikum, das ihm täglich injiziert wurde. Manfred hatte es sich aufgeschrieben, damit er es nicht mehr vergaß. Er fragte sich, wieso ihm das Rocephin sofort geläufig gewesen war.

Claudia saß auf der Bettkante und redete in einem fort. Sie könne es nicht fassen und ihm sei nicht bewusst, wie knapp er dem Tod entkommen sei, und er solle sich nur ausruhen, und auf jeden Fall mache die Reha Sinn und so weiter. Solange die Kinder im Zimmer waren, hatte sie sich zurückgehalten. Zu Manfreds Leidwesen war Nadine mit Max hinausgegangen. Er vermutete, nach vorheriger Absprache mit ihrer Mutter. Sie sollte den Jungen in der Kinderspielecke der Klinik beschäftigen, damit Claudia nach Belieben auf ihn einreden konnte. Manfred argwöhnte, dass sie vorher mit dem Chefarzt gesprochen hatte. Als sei er ein kleines Kind ohne eigene Entschluss- und Urteilsfähigkeit. Jetzt glaubte sie, frei über ihn verfügen zu können. Diese typisch weibliche Einstellung schien der Arzt zu teilen, aus Gründen, die Manfred unverständlich waren. Bis dahin hatte er seine momentane Schwäche als äußerst ärgerlich angesehen, nun begann sie ihn ernsthaft anzuekeln. Sein Zustand gab Claudia die Gelegenheit, ihn zu bemuttern. Als wenn die Kopfschmerzen und die Übelkeit, verbunden mit dieser entsetzlichen körperlichen Mattheit, nicht genug gewesen wären. Nun musste seine Frau ihn auch noch zu ihrem schutzbedürftigen Kleinkind erklären.

Sie war in den letzten Jahren ohnehin mehr und mehr zum Muttertier geworden. Manfred räumte insgeheim ein, dass er vielleicht in seiner Erregung übertreiben könnte, jedoch wurde die Raupe in ihr mit einem Schlag sichtbar. Sonst wurde das durch ihre immer noch mädchenhaften Gesichtszüge kompensiert. Er wollte sie nicht bei sich haben und maskierte seine Unlust mit Müdigkeit. Die war leider kaum gespielt. Das wiederum gab Claudia Anlass für weiteres fürsorgliches Verhalten. Da hätte sie ja gleich seine Mutter mitbringen können.

Er fand es ekelhaft.

Nach dem Frühstück hatte er sich angestrengt. Der Chefarzt meinte, er solle sich nach Möglichkeit bewegen und seine Kondition etwas fordern. Also war er langsam alle sechs Stockwerke hinunter bis ins Foyer geschlichen. Dort drehte er noch eine Runde und schleppte sich dann auf der anderen Seite des Treppenhauses wieder hinauf. Es war ihm unerklärlich, warum eine Entzündung dieser ominösen Hirnhäute seine Fitness so auffraß. Er wurde sogar von alten Weibern überholt, die den Aufzug nicht fanden und orientierungslos im Treppenhaus umherirrten. Jede Stufe war eine neue Herausforderung. Oben angekommen, berichtete er sich selbst stolz von einer seilfreien Überschreitung des sechsten Stockwerks by fair means, also ohne die Benutzung von Aufzügen oder Sauerstoffgeräten.

Claudia meinte zu dieser Geschichte nur, dass nicht einmal eine lebensbedrohende Krankheit ihn von seinen Bergsteigerflausen und dummen Witzen abhalten konnte. Er erinnerte sich, dass sie früher Humor gehabt hatte.

Kapitel 12

Moni und Veronika planschten ausgelassen in der Bade-wanne. Tim hörte das Quietschen ihrer Körper auf dem Wannenboden und das Geplätscher durch die Decke bis in sein Zimmer.

Er gönnte es sich an diesem Sonntagabend, wieder einmal über Karten und Bildern zu sitzen und von neuen Routen durch die Gebirge der Welt zu träumen. Da lag noch die unfertige Reportage über Tibet auf dem Tisch, die er zur Finanzierung eines Besteigungsversuchs des Cho Oyu hatte nutzen wollen. Er war an diesem gewaltigen Achttausender wegen mangelnder Höhenanpassung gescheitert. Das hatte er aber nicht als schlimm empfunden. Das Leben der unter-drückten Tibeter war viel zu beeindruckend gewesen, um diesen Job nebenher am Rande einer Bergexpedition zu er-ledigen.

Im letzten Jahr hatte er während eines Aufenthalts in Glencoe, Schottland, die Gelegenheit gehabt, die 500 Meter hohe Nordwand des Ben Nevis zu durchsteigen. Er erinnerte sich an den Sturm der Entrüstung, als er in dem traditions-reichen Pub Clachaig Inn erwähnt hatte, dass seine Mutter eine geborene Campbell sei. Fast hätte man ihn hinausge-worfen, da alle Angehörigen vom Clan der Campbells dort

Hausverbot hatten. Ein gewisser Captain Robert Campbell hatte im 17. Jahrhundert in diesem Haus ein Massaker an den Angehörigen des Macdonald-Clans von Glencoe verübt. Es gelang Tim, die anwesenden Macdonalds davon zu überzeugen, dass jener Robert nicht zu seinen Vorfahren zählte. Einige Tage später hatte er nicht nur den Ben Nevis bestiegen, sondern auch einen Mörder dingfest gemacht, wegen dem er eigentlich dort gewesen war. So wurde ihm als einzigem Campbell-Abkömmling die Ehre zuteil, dass man im Clachaig Inn eine Flasche Whisky mit ihm teilte.

Tim betrachtete die Bilder der Berge von Glencoe, und ihm kam jener Mörder, den er in den schottischen Highlands hatte stellen können, in den Sinn. Ein einheimischer Bergführer, der einen krankhaften Hass auf Touristen entwickelt hatte. Er lauerte ihnen an ausgesetzten, abschüssigen Stellen auf, um sie in die Tiefe zu stoßen. Tim war von einem Pressereferenten des New Scotland Yard auf eine merkwürdige Häufung von Abstürzen in dieser Gegend aufmerksam gemacht worden. Man kannte seine Neigung zum Klettersport.

Er beobachtete die Touristen in der wunderschönen Natur, wie sie lärmten und ihren Müll in den Bergen oder auch in den Bothies, den in den Highlands zur Übernachtung dienenden Hütten, zurückließen, und schämte sich für diese Leute. Zufällig kam er mit jenem Bergführer über die Klettermöglichkeiten der Region ins Gespräch und spürte dessen unbändigen Zorn auf die Touristen. So hatte ihm der Zufall einen Verdächtigen in die Hand gespielt, den er schon kurze Zeit darauf bei einer aufsehenerregenden Verfolgung durch eine brüchige Felswand auf frischer Tat überführen konnte.

Dieser Fall brachte ihm den Ruf eines Profilers ein, der sich in jedes noch so kranke Hirn hineinzudenken vermochte. Was nützte es, wenn er erklärte, dass er ganz einfach genauso gefühlt hatte wie jener Mörder? Auch er hätte den einen oder anderen sogenannten Bergfreund packen und schütteln können. Warum ihn nicht gleich in den Abgrund stoßen? Es wäre gelogen, das für undenkbar zu halten. Nur die tatsächliche Ausführung trennt den rechtschaffenen Menschen vom Mörder.

Tim seufzte. Die Wirkung der schönen Bilder war dahin. Der Traum vom Bergsteigen in unberührter Natur wich der bedrohlichen Wirklichkeit. Seine Leser erwarteten von ihm, die Motivation und Vorgehensweise eines Mannes nach-zuvollziehen, der ein Mädchen verfolgt, es packt und mit bloßen Händen erwürgt. Ist es ihr jugendlicher Körper, der ihn magisch anzieht, oder ihre kindliche Unschuld? Ist er dabei bewusst sexuell erregt, oder empfindet er eher Hass? Oder will er nur Macht über sie?

Er fragte sich, warum er nicht ein talentierter Sportkletterer sein konnte, der in den allerhöchsten Schwierigkeitsgraden zu klettern vermochte. Oder vielleicht ein Goldschmied, dessen Hände die schönsten Schmuckstücke hervorbrachten. Warum musste sein Talent im Aufspüren von Serienmördern bestehen? Er mochte den Anblick übel zugerichteter Leichen in der Pathologie nicht. Es ekelte ihn nicht davor, aber er hatte keine Freude daran. Ebenso nicht an den Monstern, die irgendwann in der Zelle saßen und ihn über den Tisch, der zwischen Gut und Böse steht, anglotzten und ihm die unfassbarsten Dinge erzählten. Männer, die das Blut ihrer Opfer trinken, Männer, die Nägel in die Köpfe lebender Menschen einschlagen, Männer, die eine Frau erst von unten bis oben aufschlitzen, um sie dann zu penetrieren. Noch niemals hatte er es mit weiblichen Tätern zu tun gehabt. Es waren immer die Männer, die in Gewaltorgien dem Blutrausch verfielen und das Morden nicht mehr lassen konnten. Und immer ging es um Macht, Kontrolle und Sexualität. Die perverse Attraktion, die von grenzenloser Gewalt ausging, zog diese Männer auf ihre Art in den Bann und Tim auf seine. Warum kam er diesen Monstern auf eine ihm selbst unverständliche Weise näher als die Polizisten, die dafür ausgebildet waren? Er wusste es nicht. Er wusste nur, dass es ihn oft mit einem Gefühl der Stärke, der Überlegenheit erfüllte. Das waren Emotionen, die er identifizieren und mit denen er umgehen konnte. Und obwohl er oft wie ein Polizist arbeitcte, wollte er doch keiner sein.

Er verspürte plötzlich den unwiderstehlichen Drang, seine Mädchen in den Arm zu nehmen. Er ging ins Badezimmer. Moni und Veronika saßen immer noch in der Wanne und spielten.

»Wollt ihr beiden Süßen nicht mal langsam aus dem Wasser steigen?«

Monika streckte ihm ihre Händchen entgegen.

»Guck mal, Papa, ganz schrumpelig!«

»Dann wird es aber Zeit, sonst schrumpelst du uns noch weg, meine kleine Nixe.« Tim nahm ein großes Handtuch und hielt es ausgebreitet vor sich.

Veronika stand auf und hob die Kleine über den Wannenrand in das Badetuch hinein.

Er wickelte das Mädchen ein und drückte sie fest an sich. »Komm her, du tropfnasser Wurm!«

Das Federgewicht in seinen Armen duftete nach süßem Kindershampoo und kuschelte sich gemütlich bei ihm ein. Veronika stieg jetzt auch aus der Wanne und gab beiden einen Kuss. Dann begann sie sich abzutrocknen. Tim betrachtete ihren runden Po mit den feinen blonden Härchen, die er so mochte.

»Wollen wir Mama den Popo klatschen?«, flüsterte er. Das Mädchen kicherte. Er trat vorsichtig von hinten an Veronika heran und ging in die Knie, damit Moni mit ihren Händen auf der richtigen Höhe war. Dann tätschelte sie nach Herzenslust auf Veronikas Po herum. Die drehte sich lachend herum und umarmte die beiden wild. Tim genoss diesen Augenblick, denn er wusste, dass er zu dem Wertvollsten gehörte, was man auf dieser Welt erleben durfte.

Kapitel 13

Manfred fühlte sich auf der Beifahrerseite seines Wagens nicht wohl. Claudia lenkte den Jaguar, die Kinder saßen schweigend auf der Rückbank. Grüne Wiesen und Wälder wechselten mit kleinen Ortschaften. Eifelidylle im Schnelldurchlauf. Fachwerkhäuser, Kuhweiden, ein Kirchturm in jedem Kaff. Dann das erste Hinweisschild: *Eifelhöhenklinik Marmagen.*

Er konnte es selbst kaum glauben. Seine Familie brachte ihn in die Rehabilitationsklinik, die alle unbedingt für ihn gewollt hatten. Auf seinem Schoß lag ein Notebook mit einer Menge Arbeit, die Rolf für ihn hatte zusammenstellen lassen. Workflow-System bei der Versicherung. Das Projekt bedurfte nach Prüfung des Kunden nun noch einiger Verfeinerung. Es war für die Versicherer vermutlich schon ein kleiner Weltuntergang, dass er nicht sofort für die Nachbesprechung seines Pflichtenhefts zur Verfügung stand. Rolf hatte maßlos übertrieben und von seinem knapp überstandenen Todeskampf berichtet. Selbstverständlich arbeitete außer ihm selbst auch noch ein Team von Mitarbeitern daran, aber bei dieser Größenordnung musste er die wesentlichen Fragestellungen selbst überarbeiten.

Claudia lenkte den Jaguar recht geschickt durch die engen

Kurven der Landstraße. Sie deutete im Vorbeifahren auf das Ortsschild von Nettersheim und dozierte über die römischen Artefakte in dieser Gegend. Manfred hielt Ausschau nach der Klinik. Man hatte ihm gesagt, sie sei ein befremdlicher Klotz in der Landschaft, weithin sichtbar auf einem Hügel gelegen und völlig ohne umliegende Infrastruktur. Deswegen könne man dort hervorragend ausspannen. Er hatte mit Rolf gesprochen, dessen Tante voriges Jahr aufgrund eines Schlaganfalls in einer Rehabilitation gewesen war. Die war sehr begeistert von einer Einrichtung an der Mosel, wo angesichts der vielen Cafés und Weinstuben ganze Heerscharen von alten Säcken ihre Wehwehchen kurierten.

So fiel für Manfred die Wahl auf die Klinik in der Eifel, in der Hoffnung auf ein anderes Klientel. Man versicherte ihm, dort gäbe es neben der renommierten Neurologie eine große orthopädische Abteilung mit einer Reihe von jungen Patienten. Sport- und Arbeitsunfälle. Also hoffte er auf überwiegend normale Menschen seines Alters und weniger kurlaubende Rentner, die auf Kosten der arbeitenden Gesellschaft ihre Senilität und Gebrechlichkeit mit Massagen und Sahnetörtchen pflegten.

Rolf hatte ein neu renoviertes Einzelzimmer mit DSL-Anschluss arrangiert. Claudia war dazu nicht in der Lage gewesen. Oder sie hatte sich geweigert, auf solche Dinge zu achten. Auch die viele Korrespondenz mit der Krankenversicherung hatte Rolf beziehungsweise seine Sekretärin Uschi erledigt. Manfred hatte dafür im wahrsten Sinne des Wortes keinen Kopf gehabt. Bei jedem Telefonat wegen Kostenübernahme oder anderer Kleinigkeiten brach ihm der Schweiß aus. Er konnte sich gegen die kleinlichen Sachbearbeiter, von denen er in seinem Job sonst täglich zwei oder drei zum Frühstück verspeiste, kaum zur Wehr setzen. Also hatte er alles der Firma überlassen und sich seiner Rekonvaleszenz ergeben.

Wie konnten Menschen nur ihr Dasein fristen, die niemals über sein derzeitiges Leistungsvermögen hinaus zu denken und zu handeln imstande waren? Aber deren Glück schien es ja eben zu sein, dass sie den Unterschied nicht kannten. Darin lag wohl die wahre Bedeutung des Satzes: »Selig sind die, die arm sind im Geiste«. Doch war bei diesem Spruch sicher nicht von Meningitis-Patienten die Rede gewesen. Eher von Menschen, die zeitlebens so dämlich blieben, dass sie für nichts verantwortlich zu machen und daher ohne Schuld waren. Was war jedoch diese Unschuld aus Unvermögen gegen die Unschuld der Reinheit? Wenn die selig sind, die trotz ihrer moralischen Unzulänglichkeit nicht zur Verantwortung gezogen werden können, so sind jene heilig, welche die Sünde und den Verfall nicht kennen. Das hatte auch der Nazarener gewusst, als er die Kinder zu sich kommen ließ.

Die Asphaltspur schlängelte sich durch brütende, pollenschwangere Frühsommerlandschaften. Manfred war weit weg von der klaren, kalten Zauberwelt, die ihn in ihrer klirrenden Reinheit nicht geduldet hatte. Sein Hirn pochte. Widerwillig atmete er die künstlich gekühlte Luft ein, die der Kompressor der Klimaanlage durch die Mikrofilter jagte. *Künstliche Distanz zu der Welt, deren Ausgeburten wir sind.*

Abgrenzung von dem, was wir sind und was uns ausmacht, ob wir nun wollen oder nicht.

Er schaute in den Rückspiegel. Welche Schönheit dem Menschen innewohnte und welche Reinheit er ausstrahlte, so lange er sich die Frische bewahren konnte, die ihm die Natur mitgegeben hatte. Nadine saß hinter ihm. Sie träumte mit halbgeschlossenen Augen vor sich hin. Jeder Baum, der am Straßenrand an ihnen vorüberhuschte, verursachte ein Wechselspiel von Licht und Schatten auf ihrem luftigen Sommerkleidchen. Der dünne Stoff umspielte sanft den jungen Körper. Der ließ noch nicht erahnen, welche Metamorphose ihm bevorstand. Ein Blick nach links zeigte Manfred das nur zu genau. Claudias Gesicht trug immer noch mädchenhaft junge Züge, aber es erschien ihm zunehmend wie eine Puppenmaske, die irgendwann aufreißen und ein anderes Geschöpf zum Vorschein bringen würde. Nicht etwa ein Schmetterling würde dieser Hülle entsteigen, sondern die hässliche, unförmige Raupe, die unter der Oberfläche längst fertig ausgebildet war.

Claudia lenkte den Wagen jetzt durch Marmagen, den Hinweisschildern zur Klinik folgend. Der Ort präsentierte sich als eine bunte Mischung aus traditionellem Eifelfachwerk und moderner Stadtfluchtarchitektur. Hier und da gab es Hinweise auf Pensionen, Zimmer mit Frühstück – hoffentlich kam Claudia nicht auf die Idee, sich hier einzuquartieren. Am Ortsausgangsschild vorbei, wieder freies Grün links und rechts der Straße. Da sah Manfred den Klotz in der Landschaft. Drohend schwarz ragte er über Felder, Wiesen und

Baumwipfel hinweg. Die regelmäßigen Reihen der Fenster blitzten in der Sonne, vielleicht sechs oder sieben Stockwerke hoch. Das letzte Hinweisschild war nun unnötig. Eigentlich war es schon mehr ein Firmenschild. Das passte auch, denn die Klinik firmierte als Aktiengesellschaft.

Nach der Abzweigung von der Landstraße begannen die langen Parkplatzreihen, die sich bis direkt vor das Gebäude hinzogen. Freie Parkplätze nur ganz zu Beginn, dann bis zum Schluss eine endlose Reihe lückenlos abgestellter Autos. Claudia hielt direkt vor der Tür. Reserviert für Taxis und Krankentransporter. Das störte Manfred nicht, denn wer sollte das Gepäck so weit tragen? Max lief sofort durch die breite Eingangstür in das Foyer und schaute sich neugierig um. Nadine war ihrer Mutter beim Ausladen der Koffer behilflich. Manfred trug nur seinen Computer sowie die kleine Mappe mit allen Papieren, die er für die Anmeldung brauchte.

Die junge Frau an der Rezeption war sehr hübsch und sympathisch. Trotzdem hatte er das Gefühl, dass die nächsten Wochen grauenvoll würden. Alle Gestalten, die hier herumliefen und die er als Patienten identifizieren konnte, waren mindestens doppelt so alt wie er und größtenteils weiblich – der Albtraum schlechthin. Er hatte den Geruch von billigem Altweiberparfüm, Franzbranntwein und Großküche in der Nase. Dazu Desinfektionsmitteldünste, die offenbar in keiner Klinik fehlen durften. Er gab der jungen Frau die Rehabilitation betreffenden Papiere, die er in der letzten Zeit erhalten hatte. Dann füllte er ein weiteres Formblatt aus, in dem er irgendetwas erklärte und diversen Dingen zustimmte, eine nochmalige Aufnahme seiner Personalien und eine weitere Kostprobe seiner Unterschrift inbegriffen. Daraufhin bedeutete man ihm, sich in einen Wartebereich zu begeben. Mit der kofferschleppenden Claudia und Nadine im Gefolge nahm er artig Platz. Max war nicht bei ihnen. Er wuselte irgendwo herum.

Manfred setzte sich in einen Glaskasten, der eine Reihe von Stühlen sowie einen Tisch enthielt. Eifler Wasser und Gläser standen bereit. Es warteten noch weitere Personen in diesem Raum. Sie saßen stumm und hielten sich an einem Glas Wasser fest. Ein altes Weib hockte da, rechts und links daneben Tochter und Schwiegersohn, die sich mit ihrer Mutter langweilten. Die Tochter war für Manfred eindeutig zu erkennen. Das gleiche Gesicht, lediglich mit geringen Spuren erster Verwesung, die bei der Alten bereits weit fortgeschritten war.

Nach ein paar Minuten kam ein Mensch auf ihn zu. Verwaltungsangestellter der Klinik, trug eine schlecht sitzende Kombination nebst geschmackloser Krawatte. Der Mann redete einige Sätze auf ihn ein, denen er entnahm, dass er sich eine halbe Stunde gedulden musste. Heute sei Anreisetag, und besonders die Neurologie hatte viele Ankömmlinge zu verarbeiten.

Manfred nickte wortlos und sank im Stuhl zusammen. Claudia sah ihn fragend an. Sie erwartete eine seiner typischen verbalen Attacken, wenn ihn jemand nervte. Doch er hatte beschlossen, alles ruhig angehen zu lassen. Deshalb drückte er ihr die Hand und erklärte mit möglichst gelassen klingender Stimme, dass es ja offensichtlich keinen Sinn machte, hier mit ihm zu warten. Schon wegen der Kinder. Dabei deutete er auf Max, der gerade dabei war, eine Holzskulptur zu befingern, die das Foyer verunstaltete. Wahrscheinlich handelte es sich um die wichtige Arbeit eines ortsansässigen Künstlers. Vielleicht war es auch das Machwerk eines wenig ausgelasteten Masseurs, der die Liebe zur Modellierung härterer Materialien als des schlabbrigen Bindegewebes siebzigjähriger Weiber entdeckt hatte. Jedenfalls schien das Ergebnis der fehlgeleiteten Kreativität des Künstlers nicht ansehnlicher als der speckig-faltige Rücken einer Rentnerin.

Max fügte mit ausgestrecktem Zeigefinger der Skulptur noch weiteres Material hinzu, das er soeben seiner Nase entnommen hatte. Damit erwies er Manfred einen großen Gefallen. Claudia sah ein, dass es sich nicht lohnte, noch länger zu bleiben und auf die Einweisung zu warten. Sie stand auf und umarmte ihn. Ihr Blick mutete seltsam leer an. Es schien fast so, als wollte sie diesem Augenblick etwas Dramatisches geben. Dann machte sie sich daran, Max zu packen und von dem Objekt seiner künstlerischen Verachtung zu entfernen. Nadine hatte bis dahin gelangweilt neben ihrem Vater gesessen. Jetzt stand auch sie auf und gab ihm einen flüchtigen Kuss auf die Wange.

»Tschüss, Papa«, sagte sie ohne besondere Betonung. Ohne eine Antwort abzuwarten, ging sie hinaus zum Wagen. Ein junges Mädchen flüchtete vor der Aura des Bösen und Verbrauchten, die durch dieses Haus waberte. Manfred konnte es ihr nicht verübeln, hätte es gern genauso gemacht. Doch er hatte soeben die Aufnahme seiner Person in diese Klinik ausdrücklich bestätigt.

»Papa mach's gut!«, krähte Max im Vorbeirennen. Claudia entfernte mit einem Taschentuch seinen Naseninhalt von der Oberfläche der Skulptur. Sie winkte Manfred noch einmal zu, und er hatte den Eindruck, sie wolle ihrem Blick einen gewissen Trennungsschmerz geben. Dann ging sie hinaus, um die Kinder ins Auto zu befördern. Er beobachte, wie sie selbst einstieg, sich anschnallte und die Zündung betätigte.

Dann sah er seinen Jaguar davonrollen, sein Spiegelbild im Fensterglas: ein Zurückgelassener, der sich vergeblich bemühte, seine Verzweiflung zu kontrollieren. Ein Kranker unter Siechen, geschwächt und etwas desorientiert. Wie ein Patient, der darauf wartete, aufgerufen zu werden.

Kapitel 14

Er hatte nicht das neue Zimmer mit allen technischen Anschlüssen erhalten, sondern fand sich wieder im alten Flügel des Gebäudes. Der vergilbte Charme der siebziger Jahre sprang ihn an. Immerhin Einzelzimmer. Das war in dieser Klinik auch nicht selbstverständlich, wie er mittlerweile wusste. Er dachte mit Ekel an die Szene, in der man ihn aus dem Raum im renovierten Bereich der Neurologie hinauskomplimentiert hatte. Er hatte das gerade erst bezogene Domizil für eine andere Patientin räumen müssen. Eine fette Alte im Rollstuhl. Die wusste zwar die moderne technische Einrichtung nicht zu nutzen, kam dafür jedoch mit ihrem fahrbaren Untersatz dank einer behindertengerechten Bauweise ins Bad. Das wäre in dem Zimmer, das er jetzt bezogen hatte, wegen der zu schmalen Tür nicht möglich gewesen. Er hasste es, dass man ihn spüren ließ, ein Patient unter vielen zu sein. Seine Bedürfnisse wurden vordergründig gehört, nicht aber beachtet. Eindämmung des Siechtums hatte Priorität.

Die Eingangsuntersuchung und die Einweisung in die Gepflogenheiten des Hauses hatte er über sich ergehen lassen. Reflex- und Balancetests, Besprechung der Vorerkrankungen und des aktuellen Zustands aus subjektiver Patientensicht.

Frage: Was glauben Sie, wie leistungsfähig sind Sie zurzeit? Später Herumstehen im Speisesaal, Zuweisung des Sitzplatzes für jetzt und immerdar. Niemand isst, wo er will. Erläuterung der Essenszeiten, da getrennt nach Diät- und Normalköstlern. Niemand isst, wann er will. Überreichung der Essenskarte, die so etwas wie der hausinterne Lebensberechtigungsschein war. Hinweis auf den nachmittäglichen kostenfreien Erhalt von Kaffee und Kuchen bei Vorlage dieses Dokuments. Niemand isst, was er will. Am Abend hatte er den ersten Anwendungsplan erhalten. Anwendungen – so nannte man alle offiziellen medizinisch-therapeutischen Tätigkeiten, die auf Wiederherstellung der Gesundheit gerichtet waren. Fünf Termine täglich standen auf seinem Formular. Manfred sah sofort, dass es sich um einen Ausdruck aus einem Terminplanungssystem handelte.

Er hatte gefrühstückt und war anschließend noch einmal auf sein Zimmer gegangen. Nach dem unerquicklichen Menschengewusel wollte er noch etwas allein sein, bevor er zum ersten Hirnfunktionstraining ging. Name des Therapeuten, Zimmernummer, Etage und Zeit der Behandlung waren auf seinem Plan vermerkt. Um 08:30 Uhr musste er dort sein. Der Klinikbeschreibung und der Etagenangabe auf dem Terminplan entnahm er, wohin er sich begeben musste. Auf dem Weg dorthin begegneten ihm dieselben Gestalten, die ihm das Frühstück verdorben haben. Gebrechliche, sieche alte Weiber. Sie schlichen übergewichtig durch das Gebäude. Hässlich zumeist, viele mit Krücken. Es waren sehr wohl auch Männer dabei, alte Säcke zwar, jedoch nicht so ekelerregend.

Sie versuchten ihre neuen Hüftgelenke so wenig wie möglich zu belasten und belagerten in jeder Etage die stets überfüllten Aufzüge. Manfred fand es unfassbar, wie kränklich und mitleidheischend sie daherhumpelten. Wenn sich die Aufzugtür öffnete und es galt, einen Platz in der Kabine zu ergattern, schienen sie plötzlich enorm beweglich zu werden. Er selbst ging grundsätzlich alle Wege zu Fuß, wollte seine Fitness sobald wie möglich wiedererlangen. Allein die Vorstellung, sich mit diesen Wesen in einen engen Raum wie einen Aufzug zu begeben, war ihm zuwider. Das Treppenhaus war düster und nicht besonders sauber. Von Etage zu Etage sah alles gleich aus. Im nächsten Geschoss zweigte er ab und schaute sich um. Dort war das Schwimmbad und die Massage, hintenraus irgendwelche Hinweise auf EKG. Hier war er nicht richtig. Ein altes Weib saß da, wartete auf ihren Pfleger oder sonst wen, und sah ihn grinsend an.

»Wo möchten sie hin, junger Mann?«

Manfred spürte, wie Ärger in ihm aufkeimte. Offenbar sah die Alte ihm an, dass er sich verirrt hatte. Sie meinte wohl, sie könne ihm helfen.

»Ich muss zum Hirnfunktionstraining«, antwortete er so freundlich, wie es ihm möglich schien.

»Da müssen sie ein Stockwerk tiefer und dann den Gang nehmen, als würden sie hier ins Schwimmbad gehen, junger Mann.«

Die Alte nickte dazu bekräftigend, als wenn sie wüsste, dass er ihr kein Wort abnahm.

»Danke, das werde ich finden.« Er sagte das mit der geübten

Höflichkeit des gelernten Consultants. Er machte kehrt, um ins Treppenhaus zurück zu gehen, und wollte eine Etage tiefer nochmals sein Glück zu versuchen.

Die nächste Halle, in die er eintrat, sah genauso aus wie die obere. Er hielt sich rechts, wie die Alte ihm geraten hatte. Am Ende des Gangs gelangte er an eine gläserne Doppeltür mit der Aufschrift »HFT«. Das konnte nichts anderes bedeuten als »Hirnfunktionstraining«. Er klopfte an und trat sofort ein. Der Raum erschien hell und freundlich. Durch eine breite Fensterfront fiel Sonnenlicht herein. Er sah sofort, dass der Raum sich zu ebener Erde befand, obwohl er in einem Untergeschoss war. *Da soll man sich nicht verlaufen, bei dieser Unlogik,* dachte er.

Jetzt fiel ihm ein, dass die Klinik in einen steilen Hang hineingebaut war und die Untergeschosse sich trotzdem alle über Tage befanden. Während er darüber noch grübelte, wurde er begrüßt. Eine Frau kam auf ihn zu. Sie wirkte jugendlich, wenn auch offensichtlich bereits mittelalterlichen Datums. Das Namensschild auf ihrer Brust wies sie als Therapeutin aus. Kaum vermochte er dem zu folgen, was sie sagte. Er registrierte, dass man schon alles über ihn wusste, und nahm sich vor, sich diese Terminplanung einmal genau anzuschauen. Offenbar war sie in ein Patienteninformationssystem integriert.

Manfred wurde an einen mit einem PC ausgestatteten Arbeitsplatz geführt. Er lauschte der Erklärung, dass seinem Beruf entsprechend viel mit dem Computer an ihm gearbeitet werden beziehungsweise er viel damit arbeiten werde. Dies komme ihm natürlich entgegen und so weiter. Ein Programm wurde gestartet und ihm ausführlich erläutert. Es zeigte den grafischen Abriss eines Unternehmens mit verschiedenen Gebäuden und Abteilungen, die durch Wege miteinander verbunden waren. Die Aufgabe, so nahm Manfred auf, bestand darin, vier vorgegebene Termine in verschiedenen Örtlichkeiten rechtzeitig wahrzunehmen. Dabei wurde für die Wegstrecken von Ort zu Ort sowie für die Termine selbst eine bestimmte Zeitdauer benötigt. Es kam also auf eine clevere Reihenfolge der Terminwahrnehmung an, verstand er. Das sollte er im Schlaf beherrschen. Die Erklärungen langweilten ihn. Was glaubte denn die Frau, mit wem sie es zu tun hatte? Lächelnd sagte sie ihm, dass er eine halbe Stunde Zeit habe, also ganz in Ruhe an die Aufgabe herangehen könne. Dann ließ sie ihn allein. Manfred begann mit der Auswahl seiner Terminbearbeitung. Er lief vom Startpunkt zuerst zur Cafeteria, da dort eine früh angesetzte Besprechung stattfand, dann zur Druckerei. Danach ging er ins Hauptgebäude zurück, wo er eine lange Besprechung mit dem Chef hatte. *Der bin doch ich selbst, was für ein Blödsinn,* dachte er. Zuletzt dann zum Diktat ins Sekretariat, wo er erst um 19.00 Uhr erscheinen musste.

Er war fünf Minuten zu spät. Manfred fragte sich verärgert, was er falsch gemacht hatte. Alles rückgängig und noch mal von vorn. Diesmal musste er die Reihenfolge anders wählen. Aber wie? Er fühlte, wie der Schweiß aus seinen Poren trat, sich auf der Haut verteilte und sein Hemd kleben ließ. Es wollte ihm keine offensichtliche Lösung einfallen. Was er auch überlegte, der Haken schien ihm der späte Termin im Sekretariat zu sein. Der wurde dadurch vereitelt, dass die vorher wahrzunehmende Besprechung mit dem Chef sehr lange dauerte und der Weg dazwischen auch sehr lang war. Die anderen Termine waren aber früher anzusetzen. Ein Gedanke tauchte auf, den Manfred zuerst verwarf, der dann jedoch wieder aufkeimte und sich festsetzte. Wollte man ihn hereinlegen? Die Zeit verging, er grübelte und grübelte, doch es wollte ihm nichts Rettendes einfallen. Es fiel ihm schwer, die verschiedenen Kombinationen im Kopf durchzuspielen. Gerne hätte er sich Notizen gemacht, doch das war nicht erlaubt.

Die Therapeutin trat neben ihn. »Klappt es, Herr Jeschke?«

War da Spott oder Schadenfreude in ihrer Stimme? Manfred schaute auf die Zeitangabe des Programms. Die halbe Stunde war fast um. Das konnte nicht wahr sein. Er war nicht in der Lage, vier Termine an einem Tag zu koordinieren.

»Ich glaube, dass das gar nicht geht. Wollen sie mich hereinlegen?«

Die Frau lächelte. »Selbstverständlich nicht, Herr Jeschke. Lassen sie uns mal schauen.«

Sie beugte sich herunter. Er spürte ihre voluminöse Brust an seiner Schulter. Sie roch nach einer Körperlotion, wie sie von Frauen dieses Alters benutzt wurde, um zu retten, was nicht mehr zu retten war. Claudia verwendete so etwas auch.

»Warum versuchen sie unbedingt, am Schluss zum Sekretariat zu gehen? Die Besprechung vorher dauert doch zu lange, das muss an den Schluss.«

»Aber ich muss doch um neunzehn Uhr dort sein«, wandte er ein.

Wieder dieses verständnisvolle Lächeln, das ihn zum hilfsbedürftigen Patienten stempelte. »Sie müssen die Aufgabenstellung genauer lesen, Herr Jeschke. Dort steht, dass sie *bis* neunzehn Uhr zum Sekretariat gehen müssen, nicht um neunzehn Uhr. Sie können also auch ganz früh bereits diesen Termin wahrnehmen. Er dauert nur fünfzehn Minuten, und sie sparen Wegzeit, da das Sekretariat in der Nähe der Druckerei liegt. Versuchen sie es mal so.«

Sie hantierte an der Tastatur herum, trug als erstes den Cafeteria-Termin ein, dann das Sekretariat. Zorn stieg in ihm hoch. Wie konnte es sein, dass er einen so dämlichen Fehler und sich damit vor dieser Frau zum Narren gemacht hatte?

Um die Demütigung perfekt zu machen, ließ sie ihn jetzt die beiden letzten Termine noch selbst eintragen, obschon das Problem längst gelöst war. Sie tauschte ihren Busen an seiner Schulter nun gegen ihre Hand. Dies sollte wohl vortäuschen, Trost spenden zu wollen.

»Das sind Anfangsschwierigkeiten, Herr Jeschke. Versuchen sie es nun noch einmal.«

Mit einem Tastendruck startete sie eine neue Aufgabe. Wiederum vier Termine für einen Arbeitstag. Manfred atmete tief durch und las erst einmal genau die Aufgabenstellungen. Diesmal würde er nicht versagen. Er achtete darauf, wo er zu einem bestimmten Zeitpunkt sein musste und wo eine Zeitspanne angegeben war. Diesmal schien die Lösung ganz einfach, wenn man das Schema einmal kannte. Schnell hatte er die Reihenfolge gefunden.

Doch wieder war er zum letzten Termin zu spät. Alles rückgängig, und eine andere Reihenfolge. Wieder zu spät. Er spürte die Zornesröte in seinem Gesicht. Bei vier Terminen gab es doch eine überschaubare Anzahl von Kombinationen. Die probierte er der Reihe nach aus. Keiner der Versuche führte zum Erfolg. Immer war er einige Minuten zu spät. Wieder brach ihm der Schweiß aus, er fühlte die Verzweiflung des Ohnmächtigen. Wie einer seiner Azubis, der eine Aufgabe erfüllen sollte und dem er am Gesichtsausdruck ansah, dass er der Sache nicht gewachsen war. Was war nur los mit ihm? Wütend schob er die Tastatur weg.

Erneut der Busen an seiner Schulter. *Mama sieht nach dem Kind, das mal wieder in die Hose gemacht hat,* dachte er.

»Gar nicht so einfach, gell, Herr Jeschke?«

»Was mache ich falsch?«, fragte er zurück.

»So schaffen sie das nie, Herr Jeschke. Sie haben vergessen, dass sie für eine Teilstrecke das Auto benutzen können und dann nur die halbe Zeit benötigen. Machen Sie das auf dem längsten Stück.«

Manfred schoss das Blut in den Kopf. Die Option, ein Teilstück schneller zurücklegen zu können, war zu Beginn der Aufgabe klar und deutlich dargestellt worden. Er hatte es vergessen.

Wieder dieses Lächeln. Er hasste diese Frau, die ihn demütigte, die ihm zeigen wollte, wie sehr er sie und ihre verdammte Klinik brauchte. Sie demonstrierte mit flinken

Fingern, wie die Aufgabe zu lösen war. Er stellte sich vor, sie von hinten gnadenlos zu stoßen und dabei ihre Brust, die sie die ganze Zeit an ihn drückte, zu zerquetschen. Ihr vermaledeites Grinsen würde endlich aus ihrem Raupengesicht verschwinden. Sie sollte um Gnade winseln.

»Für heute habe ich Sie genug gequält, Herr Jeschke.«

Sie sah ihn scheinbar freundlich an. Manfred zwang sich zu einem Lächeln. Er war ein Berater, er konnte das.

»Sie werden sehen, in ein paar Tagen werden Sie solche Aufgaben mit links erledigen. Ihr Gehirn hat sich aus Selbstschutz teilweise ausgeschaltet, und jetzt müssen wir es Stück für Stück wieder anschalten. Das kriegen wir schon hin, da bin ich ganz sicher.«

Wieder ihre Hand auf seiner Schulter, während sie neben ihm stand, der Busen diesmal direkt vor seiner Nase. *Wenn ich jetzt aufstehe, habe ich ihre Dinger im Gesicht,* dachte er. Sie befreite ihn aus dieser Lage, indem sie zurücktrat und den Weg zur Tür freigab. Er verabschiedete sich mit einem weiteren gelogenen Lächeln. Manfred ging nicht aus dem Raum, er flüchtete. Sein ganzer Körper zitterte und klebte vor Schweiß. Er eilte durch die Gänge, wollte so schnell wie möglich sein Zimmer erreichen und eine kalte Dusche nehmen. Er war schon seit vielen Jahren nicht mehr so gedemütigt worden, nicht mehr seit – er wusste nicht, wie lange das her war.

In seinem Zimmer riss er sich die schweißnasse Kleidung vom Körper und legte sich aufs Bett. Sein Herz pochte rasend schnell. Er musste sich erst einmal beruhigen. Beinahe reflexartig griff er sich ans Geschlecht. Mit wenigen Handgriffen war er hart und bereit. Er stellte sich vor, wie diese Frau nackt vor ihm knien und ihn oral befriedigen würde, bittend, dass er sie nicht bestrafte, wie sie es verdient hatte. Es dauerte nicht lange, bis einige heftige Entladungen seinen Oberkörper mit milchigen Spuren überzogen. Ein Großteil der aufgestauten Spannung entwich. Jetzt brauchte er erst recht eine Dusche.

Kapitel 15

Der Tag neigte sich dem Ende zu. Es war immer noch viel los auf den Straßen Kölns. Tim freute sich auf eine Partie Schach mit seinem Vater und vielleicht auf ein Gespräch, bei dem er Kraft und Ruhe tanken konnte. Keine Gefühle, nur Logik.

Er hielt an einer Ampel. Eine Clique junger Mädchen ging über die Straße. Eines von ihnen telefonierte, ein anderes sah direkt zu ihm ins Auto hinein. Als sich ihrer beider Blicke trafen, zeigte sie ihm ihre Zunge. Die anderen lachten. Die Mädchen waren vielleicht vierzehn, höchstens fünfzehn Jahre alt. Der Mode entsprechend trugen sie bauchfreie Shirts, die den Blick auf gepiercte Nabel freigaben. Tim lächelte zurück und winkte kurz. Die heiteren, unbeschwerten Backfische hatten etwas Erfrischendes. Er vermutete, dass er für sie bereits jenseits des Alters war, in dem man noch wirklich lebte, und insofern eine Belustigung. Schlagartig drängte sich ihm die Frage ins Bewusstsein, wie der Mörder diese Mädchen sehen würde. Die schlanken Körper mit den flachen Bäuchen, darüber kleine Brüste und zarte Hälse. Flatternde Haare im warmen Abendwind. War es das, was ihn anzog? Tim sah der Reihe knackiger Hintern nach, bis sie um die nächste Ecke gebogen und aus seinem Blickfeld verschwunden waren.

Es würde sicher angenehm sein, einen solchen Körper zu berühren, an dem alles straff und frisch war. Welcher Mann dachte nicht hin und wieder daran, eine gerade aufblühende Brust oder einen niedlichen, festen Po zu streicheln? Duftete es zwischen den Schenkeln dieser Mädchen nicht nach Milch und Honig? Würde man ihnen nicht ein seliges Seufzen entlocken, wenn man sie dort berührte? Wenn der Mörder das so empfand und darüber hinaus zum Töten bereit war, warum nahm er sich dann nicht mit Gewalt, was so zum Greifen nah war? Wieso gönnte er sich nicht den Spaß? Oder hatte er etwa keinen Spaß daran?

Die Ampel schaltete auf Grün. Tim fuhr weiter. Ihm kam Sean Connerys Ausspruch aus dem Film *Family Business* in den Sinn: »Eine ältere Frau ist etwas Tolles – für einen jungen Mann.«

Er war fest davon überzeugt, dass dieser Mann sehr viel älter war als seine Opfer. Er war gewaltbereit, aber beherrscht. Ein junger Mann würde tun, was er sich am sehnlichsten wünschte, nämlich sein Ding in diese Mädchen hineinzustecken und seinen Samenstau loszuwerden. Der Mörder wollte das vielleicht auch, aber er war sich zu gut dafür. Er scheute davor zurück, diese jungen Mädchen mit seinem Sperma zu beflecken.

Tim bog in die Zufahrt zum Haus seines Vaters ein. Das Eisentor war offen. Vor der Garage stand der rote MG von Britta. Sie öffnete auch die Tür, kaum dass er den Klingelknopf berührt hatte.

»Hallo, Tim, grüß dich.«

»Hallo, Britta.«

Küsschen links und rechts. Britta war eine aparte Mittfünfzigerin, schlank, mit kurzen dunkelroten Haaren. Der alte Schuster war seit einigen Jahren mit ihr liiert.

»Ich glaube, dein Dad hat das Schachbrett schon aufgebaut. Außerdem freut er sich ungemein darauf, dir seine neueste Eroberung vorzuführen.«

»Seine neueste Eroberung? Ist er deiner überdrüssig geworden?«

Sie lachte. »Ich meine natürlich seinen aktuellen Weinerwerb. Er hat eine Kiste eines offenbar ganz besonderen Australiers gekauft, der angeblich jeden Bordeaux in den Schatten stellt.«

»Ich hoffe, er weiß, dass ich mit dem Auto da bin.«

»Soll ich dir gleich ein Taxi reservieren, mein Junge?«

Tims Vater kam ihm entgegen. Sie gaben sich wie immer beinahe förmlich die Hand.

»Ein Glas, Vater, nicht mehr!«

Britta rauschte an ihnen vorbei, warf Robert Schuster einen Kuss und Tim einen Wink zu.

»Ich bin bei meiner Schwester und nicht vor elf zurück. Viel Spaß beim Schach!«

»Danke«, antworteten Vater und Sohn unisono.

Sie gingen in die Bibliothek, in der das Schachbrett bereits aufgestellt war. Auf dem Tisch daneben schimmerte der Rotwein in der Dekantierkaraffe. Robert Schuster füllt zwei Gläser und reichte Tim eines. »Sag mir zuerst, welches Bukett er hat.«

Tim steckte die Nase tief in das Glas, obschon sein Vater das wahrscheinlich schrecklich laienhaft fand, und roch so intensiv er nur konnte. Da er wusste, wie vernarrt Robert Schuster in gute Weine war, gab er sich Mühe, etwas Sinnvolles zu sagen.

»Er hat viel Nougat und Brombeere. Sehr schwer, sehr sonnig. Ganz sicher ein echter Australier. Darf ich jetzt einen Schluck versuchen?«

Sein Vater lächelte. »Junge, ich weiß ja, dass du keine Ahnung vom Wein hast, aber was du sagst, stimmt dennoch. Es ist ein 97er aus dem Coonawarra, aber keiner von der Stange, sondern das Beste aus der Gegend.«

Sie stießen an und tranken einen Schluck. Der Wein war wirklich hervorragend.

»Gibt es einen besonderen Anlass für diesen edlen Tropfen an einem normalen Wochentag?«, fragte Tim, nachdem er den charaktervollen Abgang genossen hatte.

»Allerdings. Stell dir vor, ich bin nach Cambridge eingeladen worden, um dort einen Vortrag über einen Vergleich der historischen Entwicklung des britischen und deutschen Strafrechts nach dem Zweiten Weltkrieg zu halten.«

»Das ist ja – was soll ich sagen? Herzlichen Glückwunsch!«

Sie stießen noch einmal an.

»Hast du denn überhaupt Ahnung davon?«, fragte Tim dann. Natürlich wusste er, dass sein Vater über dieses Thema promoviert und seitdem niemals aufgehört hatte, sich damit zu beschäftigen.

Der Alte lachte nur und zeigte auf das Schachbrett. »Wenn

du mich ärgern willst, dann versuch doch zur Abwechslung mal, mich zu schlagen!«

»Ich tu mein Bestes«, antwortete Tim, rückte seinen Stuhl zurecht und tippte auf die Hand, die sein Vater ihm entgegen streckte. Der offenbarte den schwarzen Bauern und reihte ihn anschließend in die Phalanx der Spielfiguren ein. Dann setzte auch er sich in eine bequeme Spielposition.

»Vater, eine Frage, bevor wir anfangen?«

»Ja?« Robert Schuster sah seinen Sohn über das Schachbrett hinweg an.

»Hast du schon einmal eine Straftat begangen oder zumindest ernsthaft mit dem Gedanken gespielt, so etwas zu tun?«

»Eher nicht. Was meinst du genau?«

»Ich denke darüber nach, was einen Menschen, der sich wünscht, etwas Verbotenes zu tun, im Kern unterscheidet von einem Menschen, der diesen Wunsch in die Tat umsetzt. Ich meine, manchmal hat doch auch ein rechtschaffener Mensch verbrecherische Gedanken, die er niemals real ausführt, und ein anderer tut es einfach. Ich beschäftige mich seit Jahren mit dem Verbrechen, aber wirklich verstanden habe ich den Unterschied noch nicht.«

Der Alte grübelte einen Moment, dann beugte er sich über das Brett. »Wir sollten Schach spielen.«

Er zog den Königsbauern und spielte e2-e5. Tim sah ihn erstaunt an, denn er hatte damit den Bauern drei Felder vorgerückt.

»Was soll das?«

»Das, mein lieber Tim, ist der Unterschied zwischen dem Schachspiel und dem wirklichen Leben. Du hast einen der zwanzig regulären Eröffnungszüge erwartet. Etwas anderes hast du von mir noch nie erlebt, denn wir kennen und respektieren beide die klaren Regeln dieses Spiels, weil es uns nur so gefällt. Der Zug, den ich hier gemacht habe, ist absolut denkbar und möglich, er ist lediglich nicht regelgerecht. Beantwortet das deine Frage?«

»Ist es wirklich so simpel? Die gleichen Wünsche, nur der eine respektiert die Regeln und der andere nicht?«

»Ich habe im Gerichtssaal viele Menschen kennengelernt, die sich um die Regeln, denen ich mein Leben verschrieben habe, einen Scheißdreck scherten. Sie wollten etwas und wählten ein Mittel, um es zu bekommen. Regeln oder Moral oder auch Konsequenzen spielten dabei für sie keine Rolle. Überlege einmal, ob du deinen alten Vater im Schach wirklich schlagen willst. In Wirklichkeit möchtest du mich unter Einhaltung aller Regeln besiegen. Entledigst du dich dieser Selbstbeschränkung, ist alles möglich.«

Einen Moment schwiegen sie beide, dann fügte der Alte hinzu: »Aber die Menschen denken ja nicht ständig allesamt nur an das Verbrechen. Viele führen ja auch Gutes im Schilde, aber mit denen hast du leider viel zu wenig zu tun.«

Tim glaubte, etwas neu verstanden zu haben. Der Mann, den er suchte, wollte die Regeln vielleicht nicht unbedingt brechen. Er musste es jedoch tun, um sein Ziel zu erreichen. So wie Tims Vater Hemmungen hatte, mit seinem irregulären Eröffnungszug gleich seinen König zu schlagen, und stattdessen die harmlose Bauernvariante vorzog, so legte auch der Mörder Hand an das Objekt seiner Begierde, ohne gleich in seiner Regelüberschreitung jedes Maß zu verlieren. Aber er könnte die Regeln irgendwann umschreiben. Dann würde das Spiel noch böser werden.

Kapitel 16

Einhundertundvierzig Pulsschläge und fünfundsechzig Umdrehungen pro Minute bei einhundert Watt Leistung.

Das waren Manfreds Parameter in der sechsten Minute des Ausdauertrainings. Er strampelte an einem computergesteuerten Fahrradergometer. Station Nummer sieben. Wie für alle anderen Fahrräder auch wurden die aktuellen Messdaten des aufsitzenden Patienten auf einem eigenen Bildschirm angezeigt. Sein Blutdruck, vor einer Minute gemessen, hatte einhundertunddreißig zu fünfundneunzig betragen. Ein vollkommen normaler Wert. Sein subjektives Belastungsempfinden hatte er wahrheitsgemäß mit zwei bis drei angegeben. Das bedeutete auf der hier angewandten Skala leichte bis mittlere Anstrengung.

Die kleine Oma auf der Eins wurde gerade zum wiederholten Mal nach ihrer Einschätzung befragt. Sie antwortete zum x-ten Mal mit »Ja, es ist gut«. Der Sporttherapeut trug lächelnd eine beliebige Zahl in den Patientenbogen ein. Manfred hatte die Alte seit seiner Ankunft beinahe täglich bei dieser Anwendung beobachtet. Sie hatte aber immer noch nicht verstanden, dass sie zur Beurteilung ihres Belastungsempfindens einen Wert auf einer vorgegeben Skala benennen sollte. Diese Skala hing in Form eines quadratmetergroßen Posters direkt vor ihrer Nase. Doch da waren Hopfen und Malz verloren, dachte Manfred verächtlich. Den fetten, stinkenden Ausländer links neben ihm fragte schon gar keiner mehr. Er verstand nichts außer Dingen, die so konkret waren, dass man sie mit einem kurzen Fingerzeig verdeutlichen konnte. Dinge wie beispielsweise *Setz dich aufs Rad, Fang an zu treten* und *Schluss für heute*. Manfred fragte sich, warum die Gesellschaft Geld für solche Subjekte aufwendete. Die arbeitende Bevölkerung bezahlte dafür, *er* bezahlte dafür, dass der Stinker neben ihm etwas gesünder zurück vor den Fernseher kam oder dass die Oma noch ein Jahr länger Rente bezog.

Und Manfred musste sich mit diesen Leuten in eine Gemeinschaft begeben. Wenn man nicht krank war und sein normales Leben wie gewohnt gestalten konnte, bemerkte man eigentlich gar nicht, mit welchen Menschen man gemeinsam die sogenannte Gesellschaft bildete. Man blendete die Siechen, die Alten, die Dämlichen und die Asozialen einfach aus seinem persönlichen Erfahrungsbereich aus. Ihr Dasein verblasste damit zu einem abstrakten Wissen um ihre Existenz. So wie man auch wusste, dass es den Planeten Pluto gab. Doch hier strampelte Manfred mit ihnen gemeinsam beim Ergometertraining. Man kontrollierte aus Langeweile gegenseitig stumm seine Vitalfunktionen, aß in einem Raum, und man spielte sogar gemeinsam Ball. So geschehen an diesem Vormittag beim Koordinationstraining. Manfred hatte sich gezwungen gesehen, mit einer Seniorenrunde in der Turnhalle der Klinik umherzugehen, ihnen Gymnastik-

bälle zuzurollen oder gegen Ende sportlicherweise gar zu-
zuwerfen.

Es war entsetzlich gewesen.

Anschließend hatte er sich beim Hirnfunktionstraining
mit seiner Therapeutin gestritten. Wie sinnvoll war es, ihn
Kolonnen von Additionen und Multiplikationen rechnen zu
lassen? Er hatte die Sitzung abgebrochen und unverzüglich
den Stationsarzt aufgesucht. Mit diesem Menschen durfte er
sich dann ergebnislos weiterstreiten. Was sollte das alles
bringen?

Dabei hatte er ein schönes Wochenende zu Hause verbracht. Er hatte sich viel mit Max beschäftigt. Sie hatten seine
neue Autorennbahn aufgebaut und stundenlang gespielt.
Beim Abschied am Sonntagabend hatte der Kleine ihm das
Versprechen abgenommen, dass er am nächsten Wochenende das Märchen vom lieben Gott fortführen würde.
Manfred musste sich also im Laufe der Woche etwas einfallen
lassen. Er hatte Rolf gesagt, dass die Versicherungsleute noch
mindestens eine Woche ohne ihn würden auskommen müssen. Rolf hatte ihm versichert, dass er das Team persönlich
leiten würde, um das Projekt ohne ihn fortzuführen. Das war
ihm auch ganz recht. Er hatte schon mehrfach angesetzt, um
die Unterlagen zu bearbeiten, und musste jedes Mal feststellen, dass ihm das alles viel zu lästig war. Er fühlte sich für
so etwas zurzeit nicht aufgelegt. Außerdem brauchte er ohnehin einmal etwas Urlaub. Obwohl er sich in dieser Klinik
nur ärgerte, war damit in gewissem Sinne doch eine Erholung
von der stressigen Arbeit verbunden.

Die Tür ging auf. Vermutlich schon wieder eine Oma, die die Zeit auf ihrem Anwendungsplan nicht richtig hatte lesen können und jetzt fragte, ob sie noch mitmachen musste. Doch nein. Stattdessen schob sich ein kleiner Blondschopf durch den zögerlich geöffneten Türspalt und lugte verschmitzt in die Runde strampelnder Menschen.

»Moppelchen, geh doch bitte weiter. Hier beißt dich keiner.«

Diese Stimme gehört der jungen Frau, die hinter dem blonden Engel stand und die Tür nun ganz aufmachte. Die beiden kamen näher. Die Kleine schaute lächelnd von einem zum anderen. Ihre Mutter ging zu der Theke, hinter der die beiden Therapeuten saßen und die Steueranlage bedienten.

Sie redete mit den beiden. Offenbar war sie zum ersten Mal da und noch etwas orientierungslos. Die Kleine war ein Kind ohne Ängste und Komplexe. Sie begann sofort, die anwesenden Erwachsenen zu mustern. Von überall her erhielt sie natürlich ein Lächeln zurück. Sie wusste sicher, dass sie Everybody's Darling war. Das Mädchen sah Manfred an und zeigte ihm, dem strampelnden schwitzenden Patienten, ihren Teddy. Sie erschien ihm so zauberhaft, dass er ihr die Koketterie sofort verzieh.

Ihre Mama wurde auf das freie Gerät zu seiner Rechten gewiesen. Ein knackiges, burschikoses Mädel mit kurzen, schwarzen Haaren und rehschlankem Körper, im T-Shirt kleine, niedliche Hügel, die man kaum als Brüste bezeichnen konnte. Ihre Augen blitzten Manfred unternehmungslustig an, während er von ihr zu ihrer Tochter schaute.

»Hallo«, sagte sie lächelnd und versuchte etwas unbeholfen, die Sensoren des Pulsüberwachungssystems an ihrem Körper anzubringen. Manfred antwortete ebenfalls mit einem Hallo. Dann reichte er ihr das Kontaktspray, das an seinem Fahrrad in einem Flaschenhalter hing, und machte eine durchaus witzige Bemerkung über Kontakte und wie man sie erleichterte.

Sie lachte und nahm ihm das Spray aus der Hand. »Danke, ich hab sonst keine Kontaktprobleme!«

Offenbar hatte sie das wirklich nicht. Immerhin war der kleine Blondschopf, der munter vor Manfred hin und her hüpfte, ein sichtbarer Beweis ihrer Kontaktfreude. Diese Bemerkung verkniff er sich allerdings.

»Ich heiße Ulrike«, sagte sie und begann, in die Pedale zu treten.

Manfred nannte seinen Namen und schaute dabei das Mädchen an.

»Ich bin die Eva«, antwortete die Kleine vorwitzig. Sie hockte sich in Kindermanier auf den Fußboden, ihr kleiner Popo über den Fersen hängend und die Knie auseinander. Unter dem Rock wurde ein Höschen mit bunten Motiven von Käpt'n Blaubär und Hein Blöd sichtbar.

Ihre Mama versuchte derweil, in den Rhythmus zu kommen.

»Herr Jeschke, was ist mit Ihrem Puls los?« Die Frage des Therapeuten ließ Manfred aufschrecken.

»Was?«

Er schaute auf seine Bildschirmanzeige. Die Herzfrequenz lag bei einhundertundsiebzig. Dann lächelte er den jungen

Mann hinter dem Tresen an und sagte: »Das haben Sie nun davon, wenn Sie so ein attraktives Mädel neben mir schwitzen lassen!«

Allgemeines Gelächter im Raum. Auch Ulrike lachte ihn mit etwas geröteten Wangen und blitzenden Augen an. Die Kleine freute sich sichtlich, dass alle Erwachsenen gute Laune hatten. Sie kugelte sich über den Boden und streckte Manfred ihren Po entgegen, von wo aus drei kleine Bärchen ihn angrinsten.

»Wir setzen Sie mal auf neunzig Watt herunter, Herr Jeschke.«

Manfred nickte es ab. Nun versuchte er, besonders tief und intensiv zu atmen. Er musste den Puls wieder herunterdrücken. Er fand das sehr ärgerlich.

»Ist ja irre«, meinte neben ihm die jungenhafte Ulrike.

»Runter auf neunzig Watt, und ich kämpfe mich mit fünfzig ab.«

Manfreds Ärger verstärkte sich. Vermutlich wollte sie ihn jetzt trösten. Offenbar gehörte sie zu der Sorte Frau, die sich der Leistungsdominanz der Männer freiwillig unterwarf und dadurch Boni sammelte. Wahrscheinlich gab sie beim Sex auch vor, gerne Ejakulat zu schlucken. Vielleicht mochte sie es sogar wirklich.

Das kleine Blondchen spielte derweil unverdrossen auf dem Boden mit ihren mitgebrachten Utensilien. In dem Blick, der aus den wasserhellen blauen Augen des Mädchens strahlte, erkannte Manfred den Glanz der unverdorbenen Natur. Ein wunderschönes Zeugnis der gelungenen Schöpfung. Dabei schien sie besonders begnadet. Ihre Mutter war der sichtbare Beweis für die Resistenz dieser Schönheit gegen den grundsätzlich unvermeidlichen Prozess der Verraupung. Manfred hatte noch niemals ein Mädchen von solch atemberaubend vollendeter Schönheit gesehen. Er fragte sich, ob es womöglich doch sein konnte. Erreichte dieses engelsgleiche Wesen vielleicht niemals die Schwelle, an der der Schmetterling seine Anmut verlor und den Weg alles Menschlich-Weiblichen ging? Konnte es das geben? Dieses Mädchen jedenfalls hatte noch Jahre, bis die Natur über ihr weiteres Schicksal entscheiden würde.

Derweil erwies sich ihre Mutter als recht gesprächig. Manfred warf hin und wieder ein Wort ein. Sie nahm es auf und plapperte etwas dazu Passendes. Hin und wieder riss er sich von dem Anblick ihrer Tochter los, sah Ulrike an und wunderte sich, wie intensiv die hellblauen Augen, die denen des Mädchens exakt glichen, mit den dunklen Haaren korrespondierten. Ohne Zweifel eine durchaus attraktive Frau.

Puls einhundertachtundvierzig, alles war im grünen Bereich. Der Widerstand der Pedale ließ nach. Das Programm fuhr in den Cool-Down-Bereich. Jetzt strampelten alle fast im Leerlauf. Manfred argwöhnte, dass das deshalb geschah, damit die lebenden Leichen nicht zu abrupt ins Nichtstun absackten und damit ihren Kreislauf endgültig ins Nirwana beförderten. Die Omi auf der Eins war immer noch damit beschäftigt, die ständig von ihrer schrumpeligen Haut abfallenden Saugnäpfe der Pulssensoren wieder aufzusetzen.

Den Hinweis der Therapeutin, dass die jetzt eh nicht mehr benötigt wurden, ignorierte sie. Manfred beobachtete voller Verachtung, dass man ihr die Dinger wegnehmen musste.

Die kleine Eva war derweil wieder aufgestanden und lief Runde um Runde um das Fahrrad ihrer Mutter herum. Ihr Kleidchen streichelte ständig Manfreds Bein, wenn sie an ihm vorbeikam.

Währenddessen sprach Ulrike gerade von ihrem Therapieplan. Sie fragte Manfred nach dem seinen, ob sie wann was zusammen hätten und so weiter. Es kam ihm irgendwie wie ein Date vor. Er hörte sich selbst von gemeinsamem Kaffee und Kuchen bzw. Kakao und Eis für die Kleine im Dachcafé sprechen. Als das Training beendet war und alle etwas gesäßsteif den Raum verließen, hatte er sich mit Ulrike für den Nachmittag verabredet.

Kapitel 17

Er rieb sich die Augen und gähnte. Tim hatte jetzt seit mehr als zehn Stunden ununterbrochen an der Auswertung der zusammengetragenen Hinweise gearbeitet. Helena sah ebenfalls sehr müde aus. Aber das machte sie für ihn nur noch reizvoller. Er sah sie an und hatte das Bedürfnis, sie in den Arm zu nehmen. Er wollte ihr sagen, dass alles gut werden und sie gemeinsam erfolgreich sein würden. Nein, vermutlich wollte er sie nur ficken.

Die Kommissarin meinte: »Wir haben quasi nichts. Ich werde wahnsinnig.«

Sie lehnte sich im Stuhl zurück und legte die Hände hinter den Kopf. Die Bluse spannte über der Brust und ließ das Muster ihres BHs durchschimmern. Tim genoss diesen Anblick und hatte Mühe, sich auf das, was sie eben gesagt hatte, zu konzentrieren. Leider musste er ihr Recht geben. Die Überprüfung des Umfelds beider Opfer hatte nichts erbracht. Weder Verwandte, Freunde, Nachbarn, sonstige Bekannte oder auffällige Fremde konnten als Verdächtige identifiziert werden. Zeugen gab es in beiden Fällen keine. Alle aktenkundigen Sexualstraftäter waren überprüft, der genetische Fingerabdruck des Täters in keiner Datenbank gefunden worden. Eine komplette Fallanalyse des ersten Mordes von vor einem Jahr blieb ohne wesentliche Hinweise. Nur Tims vages Täterprofil war von Spezialisten des BKA bestätigt worden. Und sie wussten, dass der Täter beim zweiten Mord Laufschuhe der Marke Asics getragen hat. Die Recherche in Sportgeschäften und bei der Firma Asics hatte ergeben, dass es sich um ein vielverkauftes Standardmodell handelte.

»Tim, wir wissen nicht mehr weiter. Der Fall stagniert.« Lena wirkte matt.

Tim konnte auch nichts Positives beisteuern. »Wir werden abwarten müssen, was geschieht. Vielleicht macht er beim nächsten Mord einen Fehler, vielleicht gibt es dann auch Zeugen.«

Sie schüttelte unwillig den Kopf. »Dieses Schwein wird wieder zuschlagen, und wir sitzen da und warten darauf. Irgendwann stehen wir dann vor der nächsten Leiche und wissen nicht mehr als jetzt.«

Tim versuchte sich vorstellen, was in ihr vorging. Es gab Serienmörder, die ein Dutzend Menschen oder mehr ermordeten, bevor man ihnen auf die Spur kam. Mit jedem Opfer stieg bei den verantwortlichen Ermittlern die Bitterkeit. Die Illusion, die Gesellschaft vor solchen Gefahren wirksam schützen zu können, hatte Tim längst abgelegt. Nein, er hatte sich ihr niemals hingegeben. Durch seine Mitarbeit konnte ein Serienmörder vielleicht zwei oder drei Morde früher gefasst werden, als er sich ansonsten ohnehin selbst auffällig gemacht haben würde. Für die zwei oder drei vermiedenen Opfer lohnte es sich allemal. Seine Story wurde andererseits mit jedem zusätzlichen Opfer wertvoller.

Die Eltern der jungen Läuferin zerfleischten sich derweil in Selbstvorwürfen, gaben sich die Schuld für den Tod ihrer Tochter. Sie waren an dem Abend, als ihr Mädchen den Tod fand, zu Freunden gefahren. Sie hatten gefeiert und dort übernachtet. Tim stellte sich vor, dass es ihn selbst treffen würde. Er käme wieder einmal viel zu spät nach Hause, und seine kleine Moni wäre nicht mehr da, würde nie wieder da sein. Eines der blassen Objekte, die regelmäßig auf den Schlachtertischen der Rechtsmedizin landeten, könnte auch seine Tochter sein. Was hätte er von ihr gehabt? Was hätte sie von ihrem Vater gehabt? Er würde sich immer die Schuld an ihrem Tod geben, ganz gleich, was geschehen sein mochte. Aber diese düsteren Gedanken führten zu nichts.

Lena sortierte die Aktenstöße zu ordentlichen Stapeln zusammen. »Tim, es gibt Leute im Dezernat, die nicht gerne sehen, wie tief du in den Ermittlungen drinsteckst, wie viele interne Ermittlungsergebnisse du kennst.«

»Willst du mich raushalten?«

»Rede keinen Unsinn. Wir wissen beide, wie sehr wir voneinander profitieren. Ich meine nur, du solltest dich nicht wundern, wenn du von meiner Behörde in den nächsten Tagen angemacht wirst. Und wir sollten uns nicht mehr hier in meinem Büro treffen.« Sie sah ihn aus müden Augen an.

Tim meinte: »Mach Schluss für heute. Du siehst fertig aus.«

Sie stand langsam auf und erwiderte: »Ich seh nicht nur so aus. Gehen wir auf ein Bier um die Ecke?«

»Gerne. Wir können wahrscheinlich beide ein wenig Abwechslung vertragen.«

Er kramte Schlüssel und Portemonnaie vom Tisch und steckte sie in die Taschen. Lena stand bereits an der offenen Tür. Sie trug Jeans und eine dunkle Lederjacke. Das lange blonde Haar hatte sie zu einem Pferdeschwanz gebunden. In diesem Outfit sah sie sehr jung aus.

Wenig später saßen sie in einer typischen Kölner Kneipe. Lena hatte ganz bewusst einen Thekenplatz angesteuert, obwohl einige Tische frei waren. Sie trank bereits das dritte Kölsch. Tim nippte an einem Weizenbier. Sie sah ihm an, woran er gerade dachte. »Ich hab's nicht weit von hier nach Hause, da kann ich mir ruhig ein Schlückchen erlauben. Aber wenn du weiter so an deinem Bayernbier nuckelst, kannst du mich ja gleich trotzdem gern heimfahren.«

»Trink nur ein paar Kölsch, du hast es verdient«, antworte Tim.

»Die letzten Tage waren bestimmt harte, frustrierende Arbeit.«

»Frustrierend ist gar kein Ausdruck.« Mit einem Ruck leerte sie ihr Glas und bedeutete dem Wirt, dass sie umgehend Nachschub erwartete. »Aber tu nicht so, als hättest du Mitgefühl.«

Tim nahm ihr diese Bemerkung nicht übel. Sie wusste um seine Unfähigkeit, Gefühle in sich zu identifizieren. Er dachte darüber nach, warum sie von ihm so viel wusste, er umgekehrt jedoch kaum etwas von ihr. Als ihr nächstes Bier kam, begann sie von sich zu erzählen, als hätte sie seine Gedanken erraten. Tim erfuhr zum ersten Mal, seit sie sich kannten, Dinge aus ihrer Kindheit in Köln-Ostheim. Von ihrem Bruder, der auf der Straße fast totgeschlagen wurde und seitdem schwer behindert bei ihren Eltern lebte. Offenbar war dies Teil ihrer Motivation gewesen, Polizistin zu werden. Tim erzählte ihr im Gegenzug von seiner Mutter, die nach der Scheidung in ihre britische Heimat zurückgekehrt war, als er dreizehn war. Von seinem Vater, dem erfolgreichen Juristen, der ihn regelmäßig im Schachspiel schlug. Und ehe er sich versah, schwärmte er von den Bergen der Welt, von Matterhorn und Mont Blanc. Er erzählte von Tibet und seinen wundervollen Menschen, die die chinesische Unterdrückung mit eben jener Kraft ertrugen, die von den gewaltigen Bergen des Landes ausging, vom Khumbu in Nepal und von seinem Traum, dort die Ama Dablam zu besteigen, jene geheimnisvolle göttliche Mutter im ewigen Eis.

»Und was macht deine Familie?«, fragte Lena dann unvermittelt. »Ich meine, jetzt gerade, wo du wieder vierundzwanzig Stunden am Stück nicht zu Hause bist?«

»Ich habe keine Ahnung«, antwortete er. »Moni wird natürlich schon schlafen, sie ist ja gerade erst sieben. Veronika arbeitet vielleicht noch an einem Werbetext. Sie ist als freie Mitarbeiterin für eine Agentur tätig, da arbeitet sie, wann immer sie Lust und Zeit hat.«

Er sagte nichts von seiner Vorstellung, dass sie am Vormittag, wenn Monika in der Schule war, vielleicht Besuch von einem netten Kollegen erhielt, der sie dann richtig durchvögelte.

»Meinst du nicht, sie könnte sich vernachlässigt fühlen?«, fragte Lena weiter nach.

Frauen und ihre Intuition, dachte Tim.

»Und wie ist es bei dir?«, wich er aus.

Sie leerte ihr viertes Bier. »Ich habe niemanden, den ich vernachlässigen könnte. Mein Freund verlangt nichts von mir, und ich will es auch nicht anders. Irgendwann wird sich das ändern, und dann werde ich in meinem Büro sitzen und um fünf alles fallenlassen. Doch so lange mir die Arbeit noch gefällt, hänge ich mir keine privaten Verpflichtungen an den Hals.«

Tim wusste darauf nichts zu sagen. Sie schwiegen eine Weile. Dann zog sie ihr Portemonnaie und legte einen Schein auf die Theke, dazu die beiden Deckel.

»Ich bezahle dein Nuckelbier, und du fährst mich nach Hause.«

Tim hatte nichts dagegen. Sie rutschten von den Barhockern und verließen das Lokal. Auf dem kurzen Weg bis zu seinem Wagen sprachen sie kein Wort, stiegen ein und saßen dann schweigend nebeneinander im Auto. Tim spürte die Müdigkeit. Es war ein langer Tag gewesen. Aber er würde es ihr gleich richtig besorgen. Sie stand auf die härtere Tour. So sollte man einen solchen Tag beenden.

Kapitel 18

Er hatte das Gefühl zu ersticken. Eine schwere Last lag auf seiner Brust. Jeder Atemzug kostete viel Kraft und brachte trotzdem keine Luft in seine Lungen. In seinem Magen drückte es, als seien Steine darin. Jetzt fiel es ihm wieder ein. Er war in großer Höhe, daher der schwere Atem, und er war krank zusammengebrochen. Beat beugte sich über ihn und grinste gemein. Ihm war speiübel.

Aber es fehlte der Kopfschmerz, stattdessen nur dieser Magendruck. Nichts davon schien wahr zu sein. Er war der böse Wolf. Jemand hatte ihm Wackersteine in den Leib eingenäht. Dann war er in den tiefen Brunnen gefallen und lag jetzt in dem engen Schacht. Von oben schien ein wenig Licht in sein Verlies. Ansonsten war es dunkel. Ihm kam das alles unwirklich vor. Seine Augen waren fast ganz geschlossen. Daher die Dunkelheit. Als er sie öffnete, änderte sich seine Wahrnehmung. In Wirklichkeit saß er in einem Glashaus. Milchige Scheiben versperrten ihm die Sicht auf die Welt außerhalb. Der Druck in seinem Magen blieb jedoch. Auch das Luftholen fiel ihm immer noch schwer. Er beschloss, das Atmen ganz einzustellen, bis er wusste, was das sollte und wo er war. Mit einem Ruck fuhr er plötzlich hoch, riss die Augen weit auf.

Manfred saß im Bett des Zimmers mit der Nummer 209. Rehabilitationsklinik Marmagen, Eifel. Matt drückte sich das Licht der nachmittäglichen Sommersonne durch die verhängten Scheiben. Er stand auf und zog die Vorhänge zurück, öffnete das Fenster. Warme Luft strömte in den Raum. Die Sonnenstrahlen vertrieben den düsteren Alb. Was blieb, war der Magendruck, verursacht durch das schlechte Essen. Der Teufel musste ihn geritten haben, ausgerechnet heute wieder in dem vermaledeiten Speisesaal der schmatzenden Scheintoten zu Mittag zu essen. Dabei hatte er sich das schon seit einigen Tagen abgewöhnt. Das Restaurant im Haus war nicht billig, aber das Essen war ganz akzeptabel, trotz der Lokalität. Allerdings war die Speisekarte recht dünn. Dieses Manko hatte ihn dazu bewogen, sich nochmals dem Speisesaal der Klinik auszusetzen. Es gab gebratene Leber mit Rotkohl und Kartoffelpüree. Letzteres hatte er nicht angerührt, da mit Milch zubereitet. Trotzdem lag ihm der Fraß nun allzu schwer im Magen.

Er schaute auf die Uhr. Es war gleich vier und damit Zeit für seine Verabredung mit den beiden jungen Damen im Café. Eine kalte Dusche würde ihn jetzt auf Trab bringen. Er ging ins Badezimmer und drehte die Brause auf. Da er nackt geschlafen hatte, brauchte er sich nur noch unter den Strahl zu stellen und die Kälte auf seiner Haut zu genießen. Das Wasser hatte eine reinigende Kraft, fast wie das ewige Eis des Hochgebirges. Er blieb unbewegt und mit ruhigem Atem stehen, bis die Haut zu prickeln begann und die Kälte ins Körperinnere vorgedrungen war. Der angeworfene

Kreislauf ließ bald ein Wohlgefühl körpereigener Wärme entstehen.

Er trocknete sich ab, zog sich an, versorgte sich mit Portemonnaie sowie Schlüssel und verließ das Zimmer. Das Café befand sich im sechsten Stock der Klinik. Diesen Weg legte er wie immer im Treppenhaus zurück. Es ging schon viel besser als in den ersten Tagen, anstrengend war es aber immer noch. Es blieb erstaunlich und geheimnisvoll, dass ihn diese entzündete Hirnhaut so sehr schwächen konnte.

Er war ziemlich außer Atem und sein Herz schlug schnell, als er das Dachcafé betrat und nach der kleinen Eva und ihrer Mutter Ausschau hielt. Offenbar waren sie noch nicht da. Also suchte er sich einen Platz, der möglichst weit weg von den sahnestopfenden, eidechsenhalsigen Mumien entfernt war.

Er setzte sich an einen kleinen Tisch direkt an der Panoramascheibe und betrachtete die Hügel, Wiesen und Felder der sommerlichen Eifel. Alles brütete und reifte. Fette Wiesen, auf denen Kühe grasten. Pralle Euter, so groß, dass man sie von hier oben aus sehen konnte. Abszesse überquellender Mütterlichkeit.

Da schaute der kleine Blondschopf um die Ecke, und alle düsteren Gedanken waren wie weggeblasen. Das Mädchen zeigte gleich mit dem Finger in seine Richtung. Ihre Mama, die ihr auf dem Fuße folgt, kam mit einem Lächeln auf ihn zu. Sie machte eine Bemerkung über die Anstrengung, die nötig war, um in das Dachcafé zu gelangen. Ihr breiter Eifler Akzent war ihm beim ersten Gespräch schon aufgefallen. An dieser burschikosen Person fand er das charmant.

Die kleine Eva setzte sich gleich hin und blätterte mit ernsthafter Miene in der Karte. Ulrike schwatzte munter weiter und nahm Manfred jede Last der Konversation ab. Zwischendurch fragte er sie, ob der Vater der kleinen Eva strohblond war angesichts der tiefschwarzen Strubbelfrisur der Mama. Der anschließende Redefluss enthielt Informationen darüber, dass es den Papa zwar irgendwo noch gab, aber in ausreichender Entfernung. Die alleinerziehende Mama hatte ihre Maus mit in die Klinik genommen, da ihr die Oma nicht zuverlässig genug erschien. Sie hätte sonst keine ruhige Minute gehabt. Sie erzählte noch etliches mehr. Manfred vergaß das Meiste, bevor er es verstanden hatte. Es interessierte ihn einfach nicht. Er fragte sich, ob sie auch aus dem Mundwinkel weiterplappern könnte, wenn sie seinen Schwanz im Mund hätte.

Sie unterbrach ihren Redeschwall nur kurz, um bei der schläfrig herbeistolpernden Bedienung die Bestellung aufzugeben. Sie reichten der beschürzten Mamsell ihre unvermeidlichen Essenskarten. Ohne die ging auch hier nichts. Manfred beobachtete die kleine Eva beim Spielen mit der Speisekarte. Kaum nahm er wahr, dass Ulrike ihn nach seinem Beruf fragte. Er antwortete kurz und knapp. Die meisten Leute vom Schlage dieser Frau konnten sich selbst nach ausschweifenden Erläuterungen unter seiner Tätigkeit wenig vorstellen. Sie tat es denn auch mit der Bemerkung ab, davon habe sie »eh überhaupt keinen Schimmer« und das müsse wohl »superkompliziert« sein. Sie erzählte dann weiter dieses und jenes. Manfred betrachte abwechselnd ihre mädchenhaften Brüste, die sich unter dem T-Shirt abzeichneten, und die bezaubernde Eva. Den Blick auf ihre Brüste nahm Ulrike wohlwollend zur Kenntnis. Manfred war sicher, dass sie noch am selben Abend miteinander schlafen würden. Dazu war er durchaus geneigt. Diese Ulrike war ein erfrischender, jugendlicher Typ, der ihm gefiel. Wenn es darauf ankam, würde sie schon etwas weniger redselig sein.

Kaffee und Kuchen sowie Eis und Kakao für die Kleine wurden gebracht. Manfred zahlte gegen den vorgetäuschten Protest Ulrikes alles, was durch die Essenskarten nicht abgedeckt war. Sie vertilgten die gar nicht mal schlechte Nachmittagsration, wobei Eva nach Kinderart mit ihrem Kakao tüchtig herumkleckerte. Sie kippte Unmengen von Zucker in ihre Tasse und rührte zusätzlich Sahne von ihrem Eisbecher dazu. Es ergab sich eine absolut unverzehrbare Masse, worüber sich die Mama wiederum erzieherisch ereiferte. Die milchige Pampe ekelte Manfred, trotzdem genoss er den wortreich geführten Kampf der jungen Damen, der daraufhin entbrannte, mit der wohltuenden Distanz des unbeteiligten Beobachters. Dann forderte Ulrike ihn auf, auch etwas Entscheidendes zur Situation beizutragen, so als sei er bereits vor dem ersten Beischlaf als Ersatzvater engagiert. Er zog sich aus der Affäre, indem er einen Waldspaziergang vorschlug. Die Kleine war davon so begeistert, dass sie unverzüglich das Schlachtfeld verließen und sich zu dritt auf den Weg machten.

Man brauchte nur wenige Schritte, um die Klinik hinter Bäumen verschwinden zu lassen. Schon bald gingen sie an Pferde- und Kuhweiden vorbei. Sie gelangten an ein Gatter voller Damwild, an dem die Kleine ihre helle Freude hatte. Dann führte der Weg in den Wald hinein, in dem es angenehm kühl und dunkel war. Eva hob alle möglichen Sachen auf und fragte Manfred nach ihren Namen. Er gab den Dingen Phantasienamen, die den Blondschopf und auch die Mama zu ständigem Kichern anregten. Er erklärte dem Mädchen, welche verschiedenen Blattformen die Bäume des Waldes aufwiesen und wie sie hießen. Er nannte ihr auch die Namen der Pilze, die zuhauf am Wegesrand wuchsen. Bald konnte sie die Himbeerblätter von denen der Brombeere anhand der weißen Unterseite unterscheiden. Ulrike war davon offensichtlich sehr angetan. Wahrscheinlich hatte noch niemand ihrem Kind so etwas nahegebracht. Manfred hatte das als Knabe auch vermisst.

Sie gingen eine ganze Weile durch den Wald. Als sie sich wieder dem Klinikgebäude näherten, war Ulrike schweigsam geworden. Sie warf nur hin und wieder einen Satz ein. Vor dem Eingang blieben sie stehen. Manfred fragte sie unvermittelt, ob sie zu ihm kommen würde, wenn die Kleine schliefe. Er hielt ihr seinen Zimmerschlüssel hin, damit sie die Nummer ablesen konnte. Sie schaute keineswegs überrascht aus ihren frechen Augen und nickte nur kurz. Dann nahm sie Eva bei der Hand und betrat das Gebäude. Sie drehte sich nicht mehr nach ihm um, während sie zum Aufzug ging und sich in die Reihe der Wartenden eingliederte.

Manfred nahm wie immer die Treppe. Er tappte langsam Stufe für Stufe hoch und beobachte Mutter und Tochter, wie sie dort inmitten der Welken und Siechen im Flur standen. Der kleine Blondschopf schaute mit offenem und frischem Blick von einem Erwachsenen zum anderen. Die Mama stand daneben mit ihrem straffen und jugendlichen Körper. Ihre Augen waren so kindlich wie die ihrer Tochter. Beide boten Manfred ein Bild perfekter, weil natürlicher Weiblichkeit. Um die kleine Eva würde er sich wohl nicht kümmern müssen.

Kapitel 19

Es war ein warmer, sonniger Tag. Manfred absolvierte auf seinem Lieblingsweg den üblichen Verdauungsspaziergang nach dem Essen. Der Pfad beschrieb eine weite Runde in den Wald hinein und später an Wiesen und Feldern vorbei. Er führte den Spaziergänger weit genug vom Haus weg, um die gehfaulen Alten mit ihren künstlichen Hüften abzuschrecken.

Er war nun seit zwei Wochen in dieser Klinik, und es reichte. Die Therapeuten erschienen ihm inkompetent und nicht in der Lage, mit einem hochintelligenten und leistungsfähigen Menschen wie ihm umzugehen. Alles war auf die Mumien ausgerichtet, die völlig unmotiviert, wehleidig und ohnehin zu nichts mehr nütze waren. Ein Unternehmer, der seine Firma nicht unnötig lange allein lassen wollte, gehörte nach Manfreds Empfinden nicht zur Zielgruppe. Das Hirnfunktionstraining erschöpfte sich in Kettenrechnen wie in der Grundschule und ein paar Computerspielen, die er albern fand. Die sportlichen Übungen waren für Scheintote gedacht, und das ganze Ambiente entsprach eher einem Altenpflegeheim als einer Rehabilitationseinrichtung. Rehabilitation für was – die Rente? Kontrollierte Verwesung?

Auch ein Gespräch, das er an diesem Vormittag mit dem

Stationsarzt gehabt hatte, war nicht fruchtbar gewesen. Man schien hier auf jemanden wie ihn einfach nicht eingerichtet zu sein. Es war Donnerstag, morgen würde er die Klinik verlassen. Darauf hatte er sich mit dem Arzt geeinigt.

Ulrike war nicht zu ihm gekommen an jenem Abend, als sie sich verabredet hatten. In den darauffolgenden Tagen waren sie zwar regelmäßig zusammengetroffen, zum Spazierengehen oder auch zu einem Kaffee. Ansonsten nahm Ulrike mit ihrer Tochter an diversen Spieleveranstaltungen teil, von denen Manfred sich grundsätzlich fernhielt.

Es war auch nicht so, dass er unbedingt mit dieser Frau hätte schlafen müssen. Sie interessierte ihn ohnehin mehr in ihrer Eigenschaft als erwachsene Ausprägung ihrer Tochter. Die Kleine übertraf ihre Mutter an Ausstrahlung bei weitem.

In diesem Moment kam der blonde Engel um die Ecke geradelt. Es war tatsächlich Eva auf einem Kinderrad, und sie strampelte munter drauflos, Manfred entgegen. Sie hielt lachend auf ihn zu und wollte ihn wohl überfahren. Zum Spaß ging er darauf ein, bremste ihre Fahrt ab, indem er mit beiden Händen ihre Lenkstange fasste. Dann ließ er sich zu Boden sinken, einen überfahrenen Fußgänger mimend. Die Kleine hatte einen Heidenspaß und lachte fröhlich und laut.

»Mein Po, du hast meinen Po plattgefahren!«, rief er mit weinerlicher Stimme, und sie lachte noch mehr.

»Wo hast du denn das Fahrrad her, mein Schatz?«, frage er sie.

»Das hat Oma mitgebracht!«

Eva wies mit ihrem kleinen Zeigefinger hinter sich, wo gerade zwei Frauen um die Ecke schlenderten. Die eine der beiden Frauen war Ulrike. Beim Anblick der anderen stockte Manfred der Atem. Als die beiden näher kamen, überfiel ihn ein Gefühl des Ekels. Seine Kehle war zugeschnürt. Diese Frau war absolut unverkennbar die Großmutter der kleinen Eva. Dieser Anblick ließ ihn schaudern. Es war ein und dasselbe Gesicht, jedoch vom Alter gezeichnet und ins Ekle verkehrt. Manfred fragte sich, wie er nur so dumm hatte sein können, zu glauben, es gäbe eine Ausnahme von der Perversion des Weibischen. Er betrachtete diese faltige, verwelkte Fratze mit den Triefaugen und dem Eidechsenhals. Dazu das schüttere Haar und der Monstermund, verzerrt durch den deutlich sichtbaren Zahnersatz. Hier sah er mit einem Schlag das Schicksal seiner kleinen Eva. Die saß immer noch lachend vor ihm auf dem Rädchen und war in ihrer kindlichen Freude die fleischgewordene Schönheit selbst.

Manfred stand auf und streichelte ihr noch mal übers Haar. Dann ging er langsam davon, sich ein angedeutetes Lächeln in Ulrikes Richtung abringend. Er versuchte so unbeeindruckt wie möglich weiterzuspazieren und war froh, als er um eine Ecke bog und sich dort niemand weiter aufhielt. Sein Atem ging schwer, die Brust war wie zusammengequetscht. Schweiß brach ihm aus. Er war unendlich wütend auf sich selbst. Wie hatte er sich nur so von der zarten Schönheit dieses engelsgleichen Kindes und der Jugendlichkeit ihrer hübschen Mutter blenden lassen können? Er schalt sich selbst einen Dummkopf. Wie betäubt ging er weiter. Sein Hemd klebte ihm am Leib. Er musste so schnell wie möglich in sein Zimmer und unter die kalte Dusche. Zurück zu souveränem Verstand, der ihm jetzt kaum zur Verfügung stand, hinaus aus der trügerischen Wärme dieses Sommertages. Er beschleunigte seinen Schritt, strebte der Klinik zu, hinein in den Gang und schnell auf sein Zimmer. Rasch war die 209 erreicht, mit zittrigen Fingern den Schlüssel im Schloss gedreht und hinein.

Als er die Tür hinter sich zudrückte, konnte er schon etwas freier atmen. Es dauerte nicht lange, die wenigen Kleidungsstücke abzulegen. Endlich stand er in der Duschkabine und drehte den Kaltwasserhahn auf. Kurz stockte ihm nochmals der Atem, aber nun war es ein wohliges Frösteln. Das kühle Nass entzog seinem überhitzten, verklebten Körper die unangenehme Glut und gab ihm die Frische zurück, die er so nötig brauchte. Der Schock schien überstanden. Er verzieh sich nun, dass er im Zustand der Schwäche eine solche Fehleinschätzung hatte begehen können. Er war nun einmal nicht im Vollbesitz seiner geistigen und körperlichen Kräfte, insofern wurde ihm sein blindes Verrennen in diese schöne Illusion verständlich. Wer hätte denn nicht gern, dass alles ganz anders wäre, dass man manche Dinge nicht tun müsste? Dass der Kelch an einem vorüberginge? Aber die Dinge waren, wie sie waren, und niemand würde daran etwas ändern. Das Schicksal machte keine Ausnahme. Je mehr das Wasser ihn abkühlte, desto klarer stand ihm diese Wahrheit vor Augen. Ein Mann konnte nicht für immer im ewigen Eis der hohen Berge verweilen, es sei denn im Tod. Ebenso wenig konnte ein Mädchen es ohne seine Hilfe verhindern, sich vom Schmetterling in die faltige Raupe zu verwandeln.

Das Schicksal machte keine Ausnahme.

Kapitel 20

Tim war todmüde. Irgendwann war man aus dem Alter heraus, in dem eine solche Nacht spurlos an einem vorüberging. Auf dem Beifahrersitz lag eine Liste von Tötungsdelikten der letzten zwanzig Jahre, bei denen Mädchen oder Frauen erwürgt, jedoch nicht sexuell missbraucht worden waren. Er hatte Lena diese Informationen abgeschwatzt.

Es gab drei bekannte Täter, die sich auf freiem Fuß befanden und im Raum Köln wohnten. Über diese Kerle hatte er Informationen gesucht und dafür die ganze Nacht gebraucht. Wenn seine Vermutung stimmte und der Mörder kein junger Mann mehr war, konnten die alten Fälle vielleicht neue Wege für die Ermittlungen aufzeigen. Natürlich war fraglich, ob der Mörder bereits als junger Mann getötet hatte, und wenn, ob er damals nicht einen anderen Modus Operandi an den Tag gelegt hatte. Wahrscheinlich war Lena damit auf dem Holzweg. Zumindest aber waren die freilebenden Totschläger für Tims Leser von Interesse. Er hatte gehofft, einen der Typen interviewen zu können. Er hatte ihn in einer Bar getroffen, und der Mann schien einem zweiten Treffen nicht abgeneigt gewesen zu sein.

Jetzt aber musste Tim ein paar Stunden schlafen und nebenbei mal wieder seine Familie sehen. Er würde noch mindestens eine halbe Stunde auf der Autobahn unterwegs sein. Er griff sich das Mobiltelefon und wählte seine Nummer zu Hause. Es schien ihm geraten, Veronika vorzuwarnen, dass er jetzt heimkommen würde. Er wollte sie nicht in einer peinlichen Situation überraschen. Vielleicht war gerade ein Kollege aus der Werbeagentur zu ihr gekommen, um ihr Material zu bringen, und dabei mit ihr im Bett gelandet. Der Anrufbeantworter nahm ihn in Empfang. Er sprach kurz darauf und legte auf. Wahrscheinlich war sie da und hatte mitgehört. Er musste sich konzentrieren und wach bleiben auf der eintönigen Fahrt, also hörte er Musik, spannte abwechselnd die Arm- und Beinmuskulatur an, um den Kreislauf in Schwung zu halten. In der Türablage fand er seine Fingerhantel, die für längere Fahrten immer im Auto lag. Das hielt die Hände und Unterarme fit für die nächste Klettertour, die noch in weiter Ferne lag.

Er fragte sich, was ihn in der rheinischen Flachlandmetropole hielt, wo die Verbrechensrate so hoch war wie in kaum einer anderen Gegend Deutschlands. Warum hing er jetzt nicht in einer Wand, weitab von Gewalt und Aggression, mit der sich die Menschen begegneten? Er wünschte sich dorthin, wo man mit der Naturgewalt so beschäftigt war, dass für Hass und Zerstörung untereinander kein Platz war. Er wusste, dass dies nur eine Illusion war. Sein Erlebnis in den Bergen Schottlands oder die gewalttätige Unterdrückung der friedlichen Tibeter durch China zeugten davon. *Wo der Mensch ist, ist auch Gewalt. Und wer sich gegen diese Gewalt stellt, sollte sich keinen trügerischen Hoffnungen hingeben.* Ob dieser Mörder gefasst wurde oder nicht, wie viele unschuldige Mädchen er noch vernichten würde, änderte nichts an dem endlosen, nicht zu gewinnenden Kampf gegen die dunkle, brutale Seite des Menschseins. Das Klettern in gefährlichen Wänden war nur eine Flucht, eine Abwendung von der eigenen Natur hin zu etwas Mächtigerem, Reinerem. Es war verbunden mit der befreienden Möglichkeit, einer objektiven Gefahr mit Herz, Verstand und Kraft zu begegnen und – zu siegen. Das Leben unter den Menschen war viel gefährlicher, doch diese Gefahr war nicht zu greifen. Auch nicht für jemanden wie Tim, der auf seine Art ein Spezialist für menschliche Gewalt war. Man lebte in dem ständigen Trugbild, dass das Leben relativ sicher sei. Wenn man aufwachte und die Realität sah, wollte man sich abwenden und flüchten. Diese Desillusionierung hatte viele Gesichter. Die einen litten unter Phobien, trauten sich nicht mehr auf die Straße oder konnten nicht schlafen. Andere schlugen sich auf die falsche Seite, weil sie sich von der Gesellschaft betrogen fühlten. Sie glaubten, auf der Seite der Täter sicherer zu sein. So wie Tim als Kind seine Angst vor Monstern mit der Vorstellung bekämpft hatte, selbst ein Monster zu sein. Es hatte geholfen.

Er war sicher, dass der Mörder solche Probleme nicht hatte. Er hatte eher alles ausgeblendet und weggeschlossen, was ihn ängstigte. Er fühlte Stärke und Macht, wenn er tötete. Er glaubte, alles unter Kontrolle zu haben, weil diese Mädchen sich unter seinem Griff wanden, ohne jede Chance, seinen Händen zu entrinnen. Andere glaubten, ihr Leben zu kontrollieren, weil sie einen Job hatten, eine Familie und ein

Auto. Dann kamen sie eines Tages nach Hause, und ihre Ehe war beendet, oder die Polizei war schon da und erklärte, dass ihre Tochter die letzte Nacht tot im Wald liegend verbracht hatte.

Endlich war er zu Hause. Ihm fielen fast die Augen zu. Als er die Tür hinter sich schloss, hörte er schon am Rauschen des Wassers, dass Veronika gerade ein Bad nahm. Warum sie das zu dieser Tageszeit tat, konnte er nicht erahnen. Er ging ins Badezimmer. Sie lag schon in der halbgefüllten Wanne.

»Hallo, mein Schatz!« Sie lächelte und winkte ihn zu sich heran.

»Ich habe deine Nachricht gerade eben gehört und mir gedacht, dass du vielleicht mit mir baden willst, bevor du dich schlafen legst. Ich habe jedenfalls Lust darauf.«

Entweder war seine Frau noch viel verschlagener, als er sich vorstellen konnte, oder aber er hatte haltlose Phantasien in Bezug auf ihre außereheliche Sexualität. Gerade als er überzeugt war, dass sie sich den Geruch und was sonst noch ihres Liebhabers vom Körper waschen wollte, kam sie ihm romantisch. Er war zu müde, um sich über seine Gedanken und Gefühle klar werden zu können. Er zog sich eilig die nach rauchigen Kneipen stinkenden Sachen aus, die er jetzt schon fast dreißig Stunden am Körper trug, und stieg in die Wanne. Dann lagen sie sich gegenüber, jeder hatte die Füße des anderen neben sich. Tim schloss die Augen und ließ das warme Wasser auf Körper und Geist einwirken.

»Und, bist du deinem Monster letzte Nacht näher gekommen?«

»Ich glaube«, antwortete er, ohne die Augen zu öffnen, »ich könnte mit dem Mörder in einer Badewanne liegen, ohne ihm näher zu kommen.«

Veronika seufzte. »Du nimmst deinen Job zu schwer. So kann man doch nicht leben. Wenn dieser Fall beendet ist, kommt der nächste und wieder der nächste. Und jedes Mal zählen wir die Opfer, bis der Täter endlich gefasst ist. Du bist Journalist, nicht Polizist.«

»Ich bin nun einmal in die Ermittlungen involviert, also bin ich auch verantwortlich, wenn der Mörder weiter frei herumläuft und tötet.«

»Du weißt genau, dass das Unsinn ist. Verantwortlich für einen Mord ist immer der Mörder. Und jetzt entspann dich.«

Veronika setzte sich auf und fuhr mit ihrer Hand an seinem Bein entlang bis zu dem Ding, das schlaff im Wasser baumelte. Sie streichelte es und drehte die empfindliche Spitze sanft zwischen Daumen und Zeigefinger. Aber es regte sich nichts.

»Will der kleine Timmy nicht?«

»Der kleine Timmy schläft schon tief und fest, weil der große Tim auch sehr müde ist.«

»Na gut, ihr beiden. Ruht euch nur aus.« Veronika lächelte und lehnte sich wieder zurück.

Tim war so ausgelaugt, dass er noch nicht einmal ansatzweise frustriert über seine Schlaffheit war.

Vielleicht war das ja auch der Grund, warum der Mörder nur seine Hände benutzte. Tim hatte bis zu diesem Augenblick noch nicht ernsthaft in Erwägung gezogen, dass der

Täter impotent sein könnte. Aber so wie er selbst nicht impotent war, nur weil sein kleiner Freund sich gerade nicht erhärten ließ, so musste auch der Mörder nicht impotent sein, weil er seine Opfer nicht penetrierte. Entscheidend waren Motivation und Disposition.

Kapitel 21

Der Morgen war kühl und wolkenverhangen. In der Nacht hatte es geregnet. Von der sommerlichen Wärme des Vortags war nichts mehr zu spüren. Manfred hatte noch ein letztes Mal im Speisesaal gefrühstückt und anschließend ein Abschlussgespräch mit dem Stationsarzt geführt. Der bedauerte seine Entscheidung zur vorzeitigen Abreise sehr, meinte, er würde Barrieren aufbauen, sich helfen zu lassen und so weiter. Eine abschließende Untersuchung mit Blutabnahme hatte Manfred verweigert. Er fühlte sich schon kräftig genug, sein Gepäck allein zum Auto zu tragen, mit dem er am letzten Sonntag wieder selbst angereist war. Er hatte den Jaguar für jeden sichtbar direkt vor den Haupteingang gefahren und verstaute nun Koffer und Reisetasche im Kofferraum.

Es gab eine Menge Leute, die ihn dabei beobachten, wie er um 9.30 Uhr die Klinik endgültig verließ. Mehr oder weniger bekannte Gesichter. Auch Ulrike stand im Foyer und winkte ihm kurz zu. Eva war nicht dabei, wieso, wusste er nicht. Er hatte aber erfahren, dass Ulrike sich für das Boule-Spiel am frühen Nachmittag eingetragen hatte. Er würde darauf wetten, dass die kleine Eva in dieser Zeit in der Nähe der Spielbahn herumlaufen oder -radeln würde. So lange wollte er sich die Zeit vertreiben. Zuerst steuerte er durch Marmagen, so als würde er wirklich nach Hause fahren. Hinter dem Ortsausgang passte er den nächsten Feldweg ab, der von der Landstraße abzweigte, bog hier ein und fuhr noch ein paar hundert Meter weiter. Dort führte wiederum ein Weg in ein Waldstück hinein, der vor einiger Zeit forstwirtschaftlichen Zwecken gedient haben mochte und nun verwildert und ungenutzt wirkte. Hier stellte er den Wagen ab.

Zurück zur Klinik brauchte er zu Fuß vielleicht eine halbe Stunde. Dort wiederum benötigte er eine weitere halbe Stunde, um sich unentdeckt seinem Ziel zu nähern. Also hatte er noch zwei Stunden Zeit. Er schaltete das Radio ein und suchte einen Sender mit angenehmer Musik. Dann lehnte er sich zurück und schloss die Augen. Jetzt nur nicht die Minuten zählen. Woran sollte er die ganze Zeit denken, wenn nicht an die kleine Eva?

Da war beispielsweise das Mädchen an der Uni. Manfred war im ersten Semester und noch voller Zweifel gewesen. Ein grüner Junge auf der Suche nach seinem Weg. Sie stand neben ihm auf dieser kleinen Wiese in Aachen, und sie betrachteten unabhängig voneinander eine Skulptur, die dort aufgestellt war. Es befand sich außer ihnen beiden kein Mensch weit und breit. Sie war sehr hübsch. Manfred erinnerte sich noch an ihre kleinen, festen Brüste, die kaum so groß wie halbe Tennisbälle waren. Sie verströmte einen süßen, unschuldigen Duft. Er umfasste die Brüste von hinten, dann ihren Hals. Sie schrie und wand sich, dachte wohl, er wollte sie vergewaltigen. Er ließ sie los und stammelte völlig verwirrt irgendwelche Entschuldigungen. Sie schimpfte auf ihn ein, wohl aus Aufregung und Angst, und lief dann davon.

Nun, in der Erinnerung, verspürte er wieder dieselbe tiefe Scham wie damals. Welches Versagen, welche Unentschlossenheit. Er wusste, dass er sie hatte töten wollen und dass es richtig gewesen wäre, das zu tun. Aber er war sich einfach nicht sicher genug gewesen. Wenn er sie nun wiederträfe, würde er sich bei ihr dafür entschuldigen, dass er es nicht getan hatte. Es war ihm nach all den Jahren noch außerordentlich peinlich, dass er ihre Brüste angefasst hatte. Er hatte das eigentlich nicht gewollt, es war mehr ein Versehen gewesen. Ihn hatte niemals sexuelles Verlangen mit diesen Mädchen verbunden. Es ging immer nur um die Sache. Unsachlichkeit war nicht seine Art. Der Griff an den kleinen Busen hatte nur aus seiner Unentschlossenheit resultiert. Das erste Mal ist selten gut. Wäre er fest entschlossen gewesen, hätten seine Hände zielsicher ihre Kehle gepackt und mit aller Kraft zugedrückt. Alle weiteren Peinlichkeiten wären ihnen dann erspart geblieben. Es erschien ihm fast unheimlich, wie deutlich diese Szene in seiner Erinnerung verhaftet war. Es gab ein paar Erinnerungen, die immer wieder einmal aus dem Nebel des vergangenen Lebens auftauchten.

Da war der Moment, als er etwa ein halbes Jahr nach Verlassen der Schule in der Kölner City zu Weihnachtseinkäufen unterwegs gewesen war. Auf dem Weg zwischen zwei Konsumtempeln war er Sarah begegnet. Sie war eines der wenigen Mädchen gewesen, mit denen er in seiner Schulzeit ein angenehmes Verhältnis gepflegt hatte. Niemals sexuell, versteht sich. Sie waren in einer Grundschulklasse gewesen und hatten auch zusammen Abitur gemacht. Nach dem Abschluss hatte er sie dann ein paar Monate nicht gesehen, bis zu jener Begegnung in der Vorweihnachtszeit. Sarah war lächelnd auf ihn zugekommen und hatte ihn freundlich begrüßt. Manfred hatte Hallo gesagt und ihr Lächeln erwidert, jedoch ohne stehen zu bleiben. Er ging einfach weiter und ins nächste Geschäft hinein. Danach hatte er Sarah nie wiedergesehen. Es war gar nicht so, dass er nicht mit ihr hätte sprechen wollen. Er war in Eile gewesen. Außerdem war ihm ihr Gesicht so vertraut, dass ihm gar nicht in den Sinn gekommen war, wie lange sie sich nicht gesehen hatten. So, als würde man sich eh morgen wieder in der Schule treffen und daher bei einer zufälligen Begegnung in der Stadt nicht viel Aufhebens machen musste. Immer wenn Manfred an diese Begebenheit dachte, schämte er sich und wollte sofort alle Hebel in Bewegung setzen, um Sarah zu finden und sich für seine Unhöflichkeit zu entschuldigen. Doch es waren so viele Jahre vergangen. Wer wusste schon, wie sie jetzt aussah. Er wollte es gar nicht wissen.

Er schaute auf die Uhr. Gerade mal 10.30 Uhr. Er stellte die Weckfunktion auf 11.45 Uhr, schaltete das Radio aus und schloss die Augen. Das einzige Mittel gegen das zähe Warten war der Schlaf. Wenn man schläft, ignoriert man den Fluss der Zeit und entzieht sich ihm subjektiv. Woran denken, wenn es nichts zu denken gibt? Der Plan war klar und fertig gedacht. Die Ausführung stand bevor, und die Zwischenzeit ignorierte man am besten.

Als der Piepton ihn hochschrecken ließ, stellte er fest, dass er tatsächlich eingeschlafen war. Er zählte die Piepser und kam bis siebzehn. Zwanzig Piepser machte sie, was bedeutete, dass er drei verpasst hatte. Erstaunlich tiefer Schlaf also. Manfred öffnete die Tür, nahm die Autoschlüssel und stieg aus. Erst als er auf den Knopf der Fernbedienung drücken wollte, fielen ihm die Lederhandschuhe ein. Fast hätte er sie vergessen. Noch mal ins Auto, die dünnen Fingerlinge aus dem Handschuhfach genommen. Dann machte er sich auf den Weg.

Es war noch genügend Zeit. Er hätte den Wecker auch auf zwölf Uhr stellen können. Die Boule-Partie begann frühestens um eins, und er hatte letztlich den ganzen Nachmittag zur Verfügung. Manfred umging jetzt den Ort Marmagen weiträumig am Waldrand, so dass sich später niemand an einen einzelnen Spaziergänger würde erinnern können. Im Ort hätte er ja auch auf Patienten der Klinik treffen können, die ihn kannten. Dann querte er oberhalb der Ortschaft das Tal und schlüpfte auf der anderen Seite in den Wald, der von dort bis zur Klinik reichte. Auf diese Weise konnte er sich ungesehen nähern. Die Bäume standen hier sehr dicht und endeten genau an einem Spazierweg, der an der Boule-Bahn vorbei zur Klinik führte. Er bewegte sich langsam und bedächtig, immer auf Spaziergänger achtend. Es gab hier verschiedene markierte Rundwege, die in der näheren Umgebung der Klinik durch den Wald verliefen. Da tauchte zwischen den Bäumen der Umriss dieses Gebäudeklotzes auf, in dem er die letzten Wochen verbracht hatte. Hinter einer dichten Hecke bezog er vorläufig Stellung. Von dort aus war nur ein Teil der Boule-Bahn, dafür aber der ganze Weg, auf dem er seinen kleinen Engel erwartete, einsehbar. Manfred war in sehr guter Deckung, da zwischen der Haselhecke und dem Weg nochmals einige lichte Büsche standen. Es würde ihm also niemand zu nahe kommen. Es war 12.30 Uhr. Er war etwas zu früh, also hockte er sich hin, entspannte sich und betrachtete möglichst gelassen das einsehbare Areal.

Es war deutlich kühler als in den letzten Tagen. Fast fröstelte es ihn ein wenig, wie er dort regungslos im Gebüsch verharrte.

Da tat sich etwas.

Ein Greis schlich ins Blickfeld des verborgenen Beobachters, schleppte sich dahin mit seiner Gehhilfe. Eine Zeitlang betrachtete Manfred sein eingefallenes Gesicht von vorn, dann die gebeugte Haltung seines verbrauchten Körpers von der Seite und endlich den ausgebeulten Boden seiner Trainingshose, die formlos am schlottrigen Körper hing. Ob er Pampers trug? Manfred konnte das von seinem Versteck aus nicht eindeutig klären, und da schleppte der Alte sich auch schon wieder aus seinem Blickfeld.

Die nächste Bewegung stammte von einem Kaninchen, das über die Wiese hoppelte. Es blieb kurz auf dem Weg sitzen und verschwand dann, wie von etwas aufgescheucht, in Richtung seines Verstecks im Gesträuch.

Dann sah er sie.

Mit ihrem Rädchen fuhr sie den Weg entlang und folgte hell auflachend dem Kaninchen. Sie war wirklich ein wunderbarer kleiner Engel, zauberhaft anzusehen mit ihrem Kleidchen, der Strumpfhose und den schönen blonden Haaren. Sie blickte in Manfreds Richtung, wo das Karnickel sich im Unterholz versteckt hatte. Er spähte den Weg hinauf und hinunter. Niemand schien in der Nähe zu sein. Der Tattergreis war auch schon weiter weg. Die Situation konnte gar nicht besser sein. Manfred trat aus dem Gebüsch hervor, winkte der kleinen Eva zu und hielt gleich darauf den Finger vor den Mund. Sie sah ihn sofort und winkte zurück. Er bedeutete ihr, näher zu kommen, und flüsterte ihr zu: »Pass auf, Eva, ich hab gesehen, wo das Häschen hingehoppelt ist!«

Sie hielt nun ihrerseits auch einen Finger vor den Mund, legte das Fahrrad beiseite und kam auf ihn zu. Sie war so lieb, so wunderschön, dass sein Herz fast stockte. Trotzdem musste er alle Sinne beisammen halten. Er ging zuerst an ihr vorbei, packte ihr Rad und legte es ein paar Schritte vom Weg entfernt ins Unterholz. Dann nahm er die Kleine an der Hand, und sie gingen gemeinsam tiefer in den Wald hinein, wieder zurück hinter den Haselstrauch.

»Wo ist denn das Häschen?«, fragte die Kleine flüsternd.

Manfred streichelte ihr durchs Haar, unfähig zu sprechen. Er hätte gern die Handschuhe ausgezogen, um die Weichheit ihrer langen Locken zu spüren. Diese Schönheit sollte ganz erlebt werden, aber das ging auf keinen Fall. Hier ging niemand in der Anonymität der Großstadt unter. Man konnte problemlos einen genetischen Fingerabdruck mit den Patientenproben der Klinik vergleichen. Manfred musste sorgfältig vorgehen, auch wenn Herz und Bauch sagten, dass diese Schönheit bewundert und genossen sein wollte. Das wusste er genau, und die Klarheit seiner Gedanken in diesem aufregenden Augenblick ließ ihn vor Stolz erschauern. Eva schaute ihn lächelnd an. In ihren Augen sah er den Ausdruck unbedingten kindlichen Vertrauens. Er durfte dieses Vertrauen nicht enttäuschen. Jetzt musste es sein. Seine Hände arbeiteten schnell und sicher. Sie brauchte keine Angst zu haben. Er würde ihr nicht wehtun, alles würde gut werden. Jetzt zitterte sie doch. Hab keine Furcht, mein Schatz. Erstaunen in ihren Augen, in ihrem Gesicht. Doch sie verstand ihn, so wie nur ein Kind verstehen konnte, ohne lange Erklärungen. Das Handeln zählte. Sein Herz klopfte wie rasend. Er hob sie hoch. Sie schwebte engelsgleich, zuckte noch ein wenig. Doch Angst hatte sie keine. Nein, sie nicht, dachte Manfred, sie hatte Vertrauen genug für sie beide, ließ es ruhig geschehen. Dann war es vorbei, alles war gut.

Er musste gehen, musste sich jetzt, wo es getan war, verabschieden. Manfred ging genau den Weg zurück, den er gekommen war, ruhig und gelassen, doch ohne zu bummeln. Es war wichtig, dass er zügig zum Wagen gelangte und die Gegend verließ, bevor man die Kleine finden und er womöglich der Polizei begegnen würde. Er war schon wieder aus dem Wald heraus und über die Wiesen auf der anderen Seite des Tals, fast schon beim Wagen. Da hörte er aus der Ferne diese Schreie, hysterisch und schrill. Es musste wohl Ulrike sein, die ihre Tochter gesucht und gefunden hatte. Offenbar hatte sie den Sinn nicht durchschaut, nicht verstanden. Wie sollte sie auch? Die Schreie hörten nicht auf. Pausenlos schrie sie, weiter und weiter, als ob sie nicht zu atmen bräuchte. Ihre Tochter hatte nicht so ein Theater gemacht.

Kapitel 22

»Die Nacht war ruhig und mild, und als der liebe Gott aufwachte und im ersten Sonnenschein sah, wie der Tau im
feuchten Gras glitzerte, war er froh. Er hatte von Schmetterlingen und Eichhörnchen geträumt, von Grashüpfern und
Marienkäferchen, und als er aufstand und ein paar Schritte
durch seine neue Welt ging, sah er all diese Tiere auf der
Wiese, in der Luft und im Wald, und da wusste er, dass er
alles richtig gemacht hatte. Und er beobachtete die Sonne, wie
sie ihre Bahn am Himmel zog, die Wolken, die mit dem Wind
dahinflogen, und er besah sich all die Pflanzen und Tiere, die
die Erde und das Wasser bewohnten. Da dachte er bei sich,
wie seltsam es war, dass bei all diesem wunderbaren Leben
und den vielen schönen Dingen diese Welt doch keine Ahnung hatte, dass er sie erschaffen hatte, und er dachte, wie
schön wäre es doch, wenn diese Welt sich sehen und begreifen könnte. Warum kann sie nicht zu mir sagen: ›Danke, lieber Gott, dass du mich erschaffen hast!‹ Und als er darüber
so nachdachte, nahm er sich etwas Erde, formte daraus einen
Körper, den es auf dieser Welt noch nicht gab, und er gab ihm
zwei Augen, damit er sehen könnte, und er sagte: ›Da, du
schöne Welt, damit du dich sehen kannst.‹ Und er gab ihm
zwei Ohren, damit er hören könnte, und er sagte dabei: ›Da,

du schöne Welt, damit du dich hören kannst.‹ Danach formte er eine Nase zum Riechen, und er sagte: ›Da, du schöne Welt, damit du dich riechen kannst.‹ Weiter bekam das Geschöpf einen Mund, und er sagte: ›Da, du schöne Welt, damit du von dir und von mir erzählen kannst.‹ Dann gab er ihm zwei Hände zum Greifen, und er sagte: ›Da, du schöne Welt, damit du dich begreifen kannst.‹ Schließlich hauchte der liebe Gott dem neuen Geschöpf Leben ein. Und er gab ihm dabei auch etwas von sich selbst mit, was die anderen Tiere nicht bekommen hatten, nämlich den Verstand, und er sagte: ›Da, du schöne Welt, damit du weißt, dass es dich gibt.‹ Dann streichelte er seinem jüngsten Geschöpf über den Kopf und sagte: ›Adam sollst du heißen, und ein Mensch sollst du sein.‹ Und da stand der Mensch auf, und was glaubst du: Es war ein kleiner Junge, gerade so alt wie du, und er lächelte den lieben Gott an, atmete tief durch – und machte seinen ersten Pups. Da lachte der liebe Gott, und er war froh, dass Adam am Leben war. Und Adam sprang fröhlich umher, planschte im Wasser, spielte im Wald mit den Rehen und den Eichhörnchen, und weil er wie alle kleinen Jungen gern den ganzen Tag lang spielen wollte, spielte auch der liebe Gott mit dem kleinen Adam, bis es dunkel und Adam ganz müde wurde, und die beiden legten sich unter dem glitzernden Sternenhimmel schlafen. In dieser Nacht träumten zum allerersten Mal zwei Seelen den gleichen Traum.«

»Bleibst du auch noch was bei mir liegen, Papa?«, fragte Max, der die ganze Zeit still, fast andächtig zugehört hatte, und schlang die dünnen Ärmchen fest um seinen Vater.

»Aber klar doch. Mach mal Platz für den dicken Papa!«

Max rollte sich an die Wandseite seines Bettes, damit Manfred sich dazulegen konnte. Sie zogen sich gemeinsam die Decke über den Kopf, und Max kuschelte sich dicht an ihn.

»Das ist eine schöne Geschichte, Papa. Wie geht es mit dem kleinen Adam und dem lieben Gott weiter?«

»Das erzähle ich dir demnächst. Jetzt wird aber geschlafen.«

Max atmete noch ein paarmal tief durch, dann regte er sich nicht mehr. Manfred blieb noch ein paar Minuten liegen, döste dabei auch fast ein. Dann war er sich sicher, dass der Kleine schlief. Vorsichtig stand er auf und ging leise aus dem Zimmer. Claudia wartete im Wohnzimmer schon auf ihn. Eigentlich hatte er gar keine Lust, mit ihr zu reden. Es war ein langer Tag gewesen.

Nachdem er die kleine Eva verlassen hatte, war er in die Firma gefahren und hatte sich über den Stand der Dinge informiert. Zum ersten Mal hatte er sein Unternehmen so lange Zeit aus den Augen gelassen. Natürlich war vieles liegen geblieben. Aber er wusste jetzt auch, dass es wichtigere Dinge in seinem Leben gab.

Claudia begann gleich zu reden, als er ins Zimmer trat. Es hörte sich für ihn an wie Geschwätz von Gesundheit und dass er die Behandlung nicht hätte abbrechen dürfen, und dann noch bei diesem stressigen Job, der ohnehin ihr Leben sehr belaste, warum er zuerst in die Firma fahre, bevor er nach Hause kam nach zwei Wochen, seine Mutter frage nach ihm und noch einiges mehr.

Seltsam, dachte Manfred, früher war sie nicht so geschwätzig gewesen. Eine Frau mit einem solchen Redeschwall hätte er niemals geheiratet. Mehr als die Hälfte von dem, was sie jetzt daherredete, erschien ihm als redundanter, uninteressanter Kram, den er vergaß, bevor er ihn überhaupt verstanden hatte.

Jetzt sah sie ihn erwartungsvoll an. Irgendetwas zum Schluss war wohl als Frage formuliert gewesen. Er dachte an die kleine Eva, die dank ihm niemals so werden würde. Ein Schmetterling, dessen samtene Flügel von nun an in seinen Erinnerungen schillern würden, wann immer er wollte.

»Manfred, warum sagst du denn gar nichts?«

Claudia nervte. Er wusste nicht, was sie von ihm wollte.

»Was soll ich denn schon sagen?«, antwortete er und spielte den müden Patienten aus der Rehabilitationsklinik.

»Was du jetzt tun wirst, habe ich dich gefragt!«

Der Unterton in ihrer Stimme ließ Ärger in ihm aufsteigen. Er wusste genau, was er tun würde. Aber diese Frau konnte das niemals auch nur annähernd verstehen. Was hatte sie da eben von seiner Mutter geredet?

»Ich werde jetzt ins Bett gehen!«

Damit ließ er sie sitzen mit ihren unnützen kleinen Gedanken, ging ins Treppenhaus und hoch ins Schlafzimmer. Wenn sie unten aufgeräumt hatte und nachkommen würde, könnte er längst den Schlafenden spielen und sich so jeder weiteren Kommunikation entziehen.

Kapitel 23

»War das unser Mörder?« Lena schaute Tim von ihrem Schreibtisch aus an, als sei sie sicher, dass er die Antwort kannte.

»Lass uns einmal die Fakten klären«, begann er, um etwas Zeit zu gewinnen und seine Gedanken zu ordnen. »Bei dem Opfer handelt es sich um ein fünfjähriges Mädchen, dessen Mutter in der Eifel eine stationäre Rehabilitation macht. Die Leiche wird unweit der Klinik im Wald gefunden, erhängt an einem Baum mittels ihrer Strumpfhose. Der Tod tritt durch Strangulation ein. Es finden sich keine Spuren sonstiger Gewalteinwirkung oder sexuellen Missbrauchs an der Leiche. Ich glaube nicht, dass das unser Mann war, Lena.«

»Wieso? Der Tatort ist auch im Wald, etwa zwei Autostunden von Köln entfernt. Das Opfer ist wieder ein Mädchen, und wieder keine Vergewaltigung. Warum also nicht?«

»Es gibt einige wesentliche Unterschiede: Erstens ist das Opfer zu jung für unseren Mörder. Er steht offenbar auf Mädchen, die sich an der Schwelle zur Frau befinden. Hier haben wir es mit einem Kleinkind zu tun, eine völlig andere Zielgruppe. Zweitens sind die beiden Kölner Mädchen erwürgt worden und nicht erdrosselt, das ist ein gewaltiger

Unterschied. Unser Mann benutzt seine Hände, während hier ein typischer Kleiderfetischist am Werk war. Erdrosseln mit einem intimen Kleidungsstück des Opfers, hier bei dem kleinen Mädchen die Strumpfhose, bei älteren Opfern oft auch der Büstenhalter, ist eine ganz eigene Vorgehensweise bei sexuell motivierten Gewaltverbrechen. Das stimmt einfach nicht überein. Drittens sind hier keinerlei offensichtliche Spuren zu erkennen, wie du sagst. Unser Mann hat sich bis jetzt keine Mühe gegeben, keine Spuren zu hinterlassen. Warum sollte er jetzt damit anfangen?«

»Lerneffekt?«

»Unter anderen Umständen vielleicht, aber hier glaube ich nicht daran. Ich rechne zwar damit, dass er seine Vorgehensweise verändern wird, aber nicht auf diese Art. Dies ist keine Entwicklung, sondern etwas völlig anderes.«

Lena ging unruhig auf und ab. »Ich kann das einfach nicht glauben. Wer macht denn so was? Stell dir nur die Mutter vor, die ihr Kind sucht und es dann tot findet, aufgeknüpft an der eigenen Strumpfhose!«

Dieses Grauen empfand man immer wieder. Man hatte keine Chance, sich dagegen zu wehren. Außer man stumpfte ab und verlor die Sensibilität, die man aber unbedingt brauchte, um das Motiv des Mörders zu erfassen und den Fall zu lösen. Tim konnte Lenas Frustration nichts entgegensetzen. Es gab keine Hinweise, keine Verdächtigen. Es schien keine Verbindung der Opfer zu dem Täter zu geben. Es blieb nur die Hoffnung, dass irgendetwas geschah, was sie dem Mörder näher brachte.

»Tim, du achtest doch darauf, was du veröffentlichst? Wenn auch dieser Mord keine rasche Aufklärung findet, gerate ich mehr und mehr unter Beschuss.«

»Bist du denn in die Ermittlungen dieses Mordes einbezogen?«

»Nein, und es ist gut möglich, dass das LKA eine übergeordnete Sonderkommission bildet. Dann trete ich ins zweite Glied. Kannst du nicht an dem Eifelmord dranbleiben und dich ein bisschen in der Klinik umhören?«

»Gern, aber ich werde mich da nicht voll reinhängen. Erstens glaube ich nicht an einen Zusammenhang. Zweitens sitzt mir mein Agent im Nacken wegen der Tibet-Reportage, die ich abschließen muss. Da hängt 'ne Menge Geld dran.«

Lena zuckte mit den Schultern. »Irgendwie wird es schon weitergehen.«

Tim war sich sicher, dass es weitergehen würde, aber er rechnete mit allem anderen als mit einer positiven Entwicklung.

Kapitel 24

»Heute gibt's mal was anderes zu trinken!« Tim hielt seinem Vater die Flasche schottischen Whiskys vor die Augen, die er aus Glencoe mitgebracht und bis zu diesem Tag noch nicht angebrochen hatte. »Ein astreiner Single Malt, das Beste von der Insel!«

»Du willst mich wohl betrunken machen, um endlich mal wieder zu gewinnen, oder?« Robert Schuster lachte.

»Schön wär's, Vater. Ich glaube, du verträgst davon mehr als ich.«

»Kann schon sein. Bist du bereit zum Kampf, Anglofilius?«

So hatte der alte Schuster seinen Sohn schon lange nicht mehr genannt. Sein Scherzname für Tim war nach der Scheidung der Eltern in Vergessenheit geraten. Mit einem Mal sah Tim sich wieder auf dem Schoß seiner Mutter sitzend, wie sie den Vater in seiner Lieblingspose, nämlich grübelnd am Schreibtisch, beobachteten. Plötzlich hatte er wieder ihr Lachen im Ohr, wenn Dr. Robert Schuster mit gespielt wichtigtuerischer Miene einen Gesetzestext zur Hand nahm und den nicht vorhandenen Staub von den Seiten pustete. »Schau her, Anglofilius«, hörte er ihn sagen. »Mit diesen toten Buchstaben bestimmen wir das Geschick der Lebenden!«

»Ja, ich bin bereit«, antwortete Tim und holte sich damit

selbst aus seinen Erinnerungen. Sie waren in der Bibliothek seines Vaters und nahmen an demselben Tisch Platz, an dem er auf Mutters Schoß gesessen hatte, um den Juristen bei der Arbeit zu bewundern.

Tim öffnete die Flasche und goss ein, nachdem der Vater zwei Gläser auf den Tisch gestellt hatte. Der Whisky gluckste wie flüssiges, dunkles Gold aus der Flasche und verbreitete schon dadurch ein behagliches Gefühl. Sie stießen an und tranken einen Schluck.

Robert Schuster verdrehte die Augen. »Ein wahrhaftiger Uishie. Du bist doch auch zum Teil ein echter Campbell, Timothy Schuster!« Und nach einer kurzen Pause fuhr er fort: »Es passt wirklich gut, dass du heute diesen alten Schotten mitgebracht hast. Ich muss dir eine Neuigkeit berichten.«

Tim kannte die Andeutungen seines Vaters. Daher konnte er sich denken, aus welcher Richtung die Nachrichten kamen. »Was ist mit Mutter?«

»Dein Scharfsinn ehrt deinen alten Vater. Deine Mutter hat mir einen Brief geschrieben, in dem sie offenbart, dass sie wieder zu heiraten gedenkt.«

»Ach, das ist ja nett. Aber warum schreibt sie das dir und nicht mir?«

Robert Schuster räusperte sich und nahm noch einen Schluck. »Du weißt, ich habe sie vor kurzem in London getroffen. Dort hat sie mir schon ein paar Andeutungen gemacht, aber noch nichts Konkretes gesagt. Sie meinte, eure Beziehung sei nicht die beste, weil du immer noch glaubst, dass sie dich verlassen hat, mehr als sie mich verließ. Und sie weiß nicht, wie du reagierst, wenn du erfährst, dass ihr Zukünftiger gerade mal zwei Jahre älter ist als du.«

Tim schüttelte den Kopf. Das also war es. In Wirklichkeit war sie es ja, die immer ein schlechtes Gewissen hatte, weil sie selber glaubte, ihren Sohn verlassen zu haben. Und nun hatte sie ihren perfekten Sohn-Ersatz gefunden und heiratete ihn gleich.

»Lass mich raten. Er heißt Timothy und hat einen besseren Beruf als den des Journalisten.«

Der Vater lächelte. »Das ist es, was deine Mutter wohl nicht ganz zu Unrecht befürchtet. Er heißt David und ist Konzertpianist. Sie sind schon seit Jahren befreundet.«

»Ach, und ich war im letzten Jahr mehrfach bei ihr. Von einem David war da nie die Rede!«

»Ich glaube, sie hat Angst, dich ganz zu verlieren, wenn sie wieder in einer festen Beziehung lebt. Du bist ihr einziges Kind, und die Trennung damals habt ihr beide nicht unverletzt überstanden. Sie wollte dich mitnehmen und hat nicht verstanden, dass dir die deutsche Heimat wichtiger war als die Nähe zu deiner Mutter. Das ist durchaus nachvollziehbar. Und du hast dich damals von ihr verlassen gefühlt, ebenfalls völlig normal. Und jetzt bist du selbst längst Familienvater und hast die Chance, eine abgeklärtere Sicht der Dinge einzunehmen.«

»Die habe ich doch längst, Vater. Ich habe ihr nie vorgeworfen, dass sie mich verlassen hätte, auch damals nicht.«

Robert Schuster sah seinen Sohn lange an. Tim konnte in seinem Gesicht ablesen, wie sehr er nach den richtigen Worten suchte. Dabei bildete sich eine tiefe Falte zwischen seinen Augen.

»Kopf und Herz sind selten einer Meinung, Tim. Wir Kopfmenschen neigen dazu, eine Sache abzuhaken, wenn wir sie kognitiv erfasst und bewertet haben. Aber die Seele spielt da oft noch lange nicht mit. Ich habe dich damals bewundert, wie du als dreizehnjähriger Bursche die Situation gemeistert hast. Aber ich war nie davon überzeugt, dass du auch nur die Chance gehabt hättest, die Trennung von deiner Mutter wirklich zu verarbeiten.« Und nach einem weiteren Schluck Uishie fuhr er fort: »Und ein wenig stolz war ich auch, dass du bei mir geblieben bist.« Nach einer kurzen Pause fragte der Alte: »Was fühlst du, wenn ich dir von deiner Mutter erzähle?«

»Weiß nicht. Irgendwas. Nichts Schmerzhaftes. Es ist, wie es immer schon war: Da sind eine Menge Gefühle in mir, aber ich kann sie nicht benennen.«

»Keine Fortschritte? Gehst du noch zu diesem Therapeuten?«

»Schon länger nicht mehr. Bringt mir nichts.«

»Und was ist mit deiner Frau? Wie kommt die damit klar?«

Tim zuckte mit den Achseln. »Anscheinend ganz gut. Sie weiß, dass sie mir viel bedeutet. Ich kann nie unterscheiden, ob ich eine Frau liebe, sie sympathisch finde oder sexuell anziehend. Veronika ist das aber vielleicht egal, wahrscheinlich weil das bei ihr alles zusammen kommt.«

Wieder einmal hatte er das Gefühl, das Gespräch nicht fortsetzen zu können. Er nahm aus den Reihen der aufgebauten

Schachfiguren jeweils einen Bauern in die Hand und hielt die geschlossenen Fäuste zur Wahl vor sich. Der Vater wählte Schwarz, und Tim begann klassisch mit d2-d4. Die Erwiderung kam prompt mit d7-d5. Die beiden Bauern standen sich Nase an Nase gegenüber. Dann setzte Tim den Springer auf c3. Als sein Vater mit dem Gegenzug auf sich warten ließ, fragte Tim: »Was ist mit dir und Britta? Ihr seid doch jetzt auch schon einige Jahre zusammen.«

Robert Schuster hob seinen Blick nur ganz kurz vom Schachbrett, dann zog er e7-e6 und sagte: »Korrekt.«

Mit dem Pferd auf f3 setzte Tim nach: »Ich meine, ob ihr nicht auch noch mal die Ehe wagen wollt!«

Der Läufer des Vaters wanderte auf c3. Tim begegnete dieser Fesselung seines Springers mit dem Läufer auf d2.

»Mit Britta ist das so«, sagte der Alte und zog sein Pferd auf f6. »Sie macht nicht gerne zweimal den gleichen Fehler. Außerdem läuft es gut, wie es jetzt ist. Wieso etwas daran ändern?«

»Vielleicht möchtest du aber trotzdem?«, fragte Tim weiter und füllte die Gläser neu auf. Dann zog er e2-e3. Sie tranken beide wieder einen Schluck.

Mit c7-c5 meinte der Vater dann: »Vielleicht hast du recht. Ich werde darüber nachdenken, ob ich das will. Sag du mir jetzt aber lieber, wie es zwischen dir und Veronika aussieht.«

»Zuerst rücke ich dir mit einem Geistlichen zu Leibe!« Tims Läufer wanderte auf b5. »Der Bischof bietet Schach!«

»Eine kirchliche Hochzeit kommt ohnehin nicht in Frage.«

Robert Schusters König deckte sich mit dem Läufer auf d7. Tim schlug den Bauern mit d4-c5, sein Vater schlug Tims Pferd mit b4-c3 und fragte weiter: »Hast du mittlerweile mit deiner Frau gesprochen? Es ist doch seltsam, wenn du vermutest, dass sie einen Liebhaber hat und du sie nicht darauf ansprichst?«

Tim gab Schach mit b5-d7. »Weißt du, es läuft gut so, wie es jetzt ist. Wieso etwas daran ändern?«

»Du bist ein Schlingel!« Der Alte schlug Tims Läufer mit b8-d7. Jetzt räumte Tim auf mit d2-c3, und sein Vater schlug wiederum seinen Bauern mit d7-c5. Danach rochierten sie beide und leerten ihre Gläser. Der Vater füllte gleich wieder nach. Tim spürte schon die Wirkung der ersten beiden Portionen und protestierte: »Wenn ich noch ein Glas trinke, komme ich heute Abend nicht mehr weg!«

»Ach geh!« Robert Schuster winkte ab. »Ich rufe Britta an, sie ist unterwegs und könnte Veronika abholen. Die kann dich dann nach Hause fahren. Oder du bleibst über Nacht einfach hier.«

»Veronika müsste jetzt daheim sein. Gute Idee, wenn Britta sie mitbringen kann.«

Der Vater stand auf und telefonierte. Als er zurückkam und sich setzte, sagte er: »Alles klar. Die Damen werden in etwa einer Stunde hier eintreffen.«

Sie stießen an. Auch das dritte Glas schmeckte noch immer hervorragend. Tim brachte mit d1-d4 seine Dame ins Spiel. Er hatte die leise Hoffnung, dass der Vater den angegriffenen Springer decken würde, indem er das andere Pferd auf e4 setzte und Tim anschließend auf g7 matt geben könnte. Doch so betrunken war der Alte noch nicht. Er entgegnete c5-e4.

»Was machen eigentlich deine Recherchen? Bist du der Polizei mal wieder einen Schritt voraus? Gibt es eine Spur?«

»Leider nein. Ich habe nahezu nichts, was mich wirklich weiterbringt. Dafür gibt es einen weiteren Mord, der jedoch offenbar von einem anderen Täter begangen wurde.«

»Du meinst das kleine Mädchen in der Eifel?«

»Genau. Es gibt bis jetzt keinerlei verwertbare Spuren, der Täter ist sehr gewissenhaft vorgegangen. Er hat wahrscheinlich Handschuhe getragen, weder Zigarettenstummel noch Hautpartikel, Haare oder Kleidungsfasern hinterlassen. Sehr professionelle Durchführung, völlig andere Handschrift als die meines Mörders. Ich verfolge die Ermittlungen natürlich trotzdem weiter.« Er setzte den Läufer auf b4. Der angegriffene Turm reagierte sofort mit f8-e8.

»Ein brutaler Mörder, der keinerlei Spuren hinterlässt, hat so etwas aber wohl kaum zum ersten Mal gemacht, oder? Fällt das nicht sowieso auch in dein Interessengebiet?«

»Damit könntest du recht haben«, antwortete Tim und leerte sein Glas in einem Zug. Dann setzte er sein Pferd auf e5. Die Partie schien ausgeglichen, aber irgendwie hatte er das Gefühl, dass sein Vater ihm, obschon er Schwarz spielte, einen Zug voraus war. Das schien Tims Schicksal zu sein. Als Journalist wartete er immer auf einen Zug, um dann zu reagieren. Ohne Mord keine Story. Und er blieb so lange im Hintertreffen, bis der andere einen schwerwiegenden Fehler machte. Er war froh, kein Polizist zu sein. Lieber war er ein bezahlter Voyeur als ein Spürhund der Staatsgewalt, der immer zu spät kam. Irgendwann käme er dem Mörder auf die Spur, aber im Gegensatz zum Schachspiel kam es auf die Anzahl der Züge und der geschlagenen Figuren an. Er betrachtete die Spielsteine, die er bereits verloren hatte. Drei davon standen neben dem Brett. Wie viele Tote würde es in diesem mörderischen Spiel noch geben?

Er füllte die Gläser wieder auf.

Als etliche Züge später Veronika mit Britta ins Zimmer trat, war Tim betrunken. Das Spiel war verloren gegangen.

Kapitel 25

Es hatte geregnet. Der Wald war in einen nach Erde, Pilzen und Harz riechenden Schleier gehüllt. Schon fielen wieder die ersten Sonnenstrahlen durch das Blätterdach. Sie wurden von Millionen Tröpfchen Wasserdampf in der Luft reflektiert. Manfred fühlte sich gut. Er lief endlich wieder in seinem Revier, glitt in konstantem Rhythmus entspannt dahin. Das Tempo war sicher geringer als vor der Erkrankung, aber er atmete ruhig und tief, war im Fluss. Er empfand sich als ein Teil der Natur, ein Tier, das den Wald durchstreifte. Das Dickicht entlang des Weges wurde lichter und öffnete sich zu einer Schneise. Im hohen Gras standen zwei Rehe. Eine Mutter und ihr Kitz äugten ruhig äsend zu ihm hin. Erst als er ganz nah war, zuckte die Ricke und verschwand mit einem Warnlaut im Gebüsch. Das Kleine folgte zögerlich, staksend und ohne Hast.

Solche Momente erlebte er oft, wenn er allein im Wald lief. Die Geschöpfe des Waldes akzeptierten ihn als ihresgleichen. Sie witterten, schauten und flüchteten meist erst im letzten Moment, wenn sie erkannten, dass sich ein Raubtier näherte. Doch ihr Instinkt sagte ihnen, dass dieses Raubtier nicht auf der Jagd war und demnach keine Gefahr darstellte. Die Flucht im letzten Augenblick war mehr Reflex als Ausdruck der Angst.

Ein Blick auf den Pulsmesser, den er sich in der Klinik gekauft hatte, zeigte eine Herzfrequenz von 160. Eigentlich zu hoch. Doch es ging ihm sehr gut. Er hatte die niederdrückende Schwäche der letzten Wochen fast völlig überwunden. Da war dieses Gefühl, etwas überstanden, eine Ungewissheit durch Stärke ersetzt zu haben. So wie damals, als er es zum ersten Mal getan hatte.

Der erste Versuch, jenes Mädchen an der Skulptur in Aachen, war unbeholfen gewesen und kläglich gescheitert. Lange hatte er gebraucht, um die Scham zu verkraften. Dann aber, im vierten Semester, kurz vor Abschluss des Vordiploms, war es ihm gelungen, Klarheit über die weibliche Natur und die Notwendigkeit seines Tuns zu erlangen. Seine Hände hatten sich fest um den Hals dieses Mädchens geschlossen, und er konnte zum ersten Mal einen Schmetterling davor bewahren, zur hässlichen Raupe zu mutieren. In genau diesem Moment war die Angst, ein ordinärer Triebtäter zu werden, von ihm abgefallen. Sie wich der Gewissheit, eine Mission zu verfolgen, deren Sinnhaftigkeit von da an außer Frage stand.

Nun wusste er, dass dies der Wendepunkt in seinem Leben gewesen war. Kurze Zeit später bestand er sein Vordiplom glatt mit Sehr gut. Er hatte dann ohne Mühe einen der begehrten Praktikumsplätze bei einer großen internationalen Unternehmensberatung erhalten und Claudia kennengelernt.

Sie war eine überwältigende Erscheinung gewesen. Eine erwachsene Frau von zweiundzwanzig Jahren in einem traumhaft schönen Mädchenkörper. Sie bat ihn um Hilfe bei einer Seminararbeit, ohne dass sie sich vorher jemals gesprochen hätten. Er ließ sie an der Leichtigkeit teilhaben, mit der er damals das Pflichtprogramm an der Uni absolvierte. Sie betete ihn dafür an. Er genoss die Momente, wenn er ihr dieses oder jenes Modell erläuterte, während sie vor ihm kniete und ihn oral befriedigte. Er überwand die Hemmung, in den Mund einer Frau zu ejakulieren, bei einem Vortrag über die kombinierte Markt/Technologie-Portfolioanalyse von McKinsey. Dieses Strategiemodell hatte ihm auch später Glück gebracht, als er zwei Jahre nach Abschluss seines Studiums in eine kleine Beratungsfirma einstieg. Nun leitete er dieses Unternehmen und hatte es zu enormem Wachstum geführt.

Sein Partner Rolf hatte in den letzten Wochen einen großen Akquisitionserfolg erzielt. Er hatte endlich einen Großauftrag aus dem Segment der Medien an Land gezogen. Dieses strategische Geschäftsfeld versuchte Manfred schon seit langem zu intensivieren. Es war für ihre Kernkompetenzen Workflow-Management und Dokumentenverwaltung geradezu ideal. Nun würde er in der kommenden Woche einen Workshop bei einem Verlag in Köln durchführen. Dort sollte ein integratives Dokumentenmanagement-System mit intelligenter Einbindung interner und externer Datenbanken aufgebaut werden.

Doch jetzt wollte er gar nicht an die Arbeit denken. Stattdessen genoss er die Bewegung in der freien Natur, auch wenn es nur der Kottenforst war. Sein Weg führte ihn aus dem Wald hinaus auf freie Wiesen, die dampfend im Sonnenlicht lagen. Er atmete tief durch. Der Humusgeruch wich der frischeren Luft des offenen Feldes. Ein schwarzer Mistkäfer bewegte sich behäbig über den Pfad. Fast wäre er auf ihn getreten. Es war einer jener Käfer, mit denen ihn in seiner Kindheit ein faszinierendes Spiel verbunden hatte. Irgendwann einmal hatte er versucht, eines der langsam dahinkrabbelnden Tiere mit seiner Spucke zu treffen. Er hatte sich darüber gestellt und den Speichel aus gespitzten Lippen tropfen lassen. Als er den Käfer dann nach einigen Versuchen tatsächlich getroffen hatte, stellte er verwundert fest, dass das Tier daraufhin rot zu bluten begann. Er hatte bis heute nicht verstanden, warum das so war. Aber in dieser Zeit wandte er diese Prozedur wiederholt auf jene Käfer an, und jedes Mal reagierten die Insekten auf einen Volltreffer mit Blutungen. Jetzt sah er den nächsten Mistkäfer auf dem Boden. Einen Moment lang erwog er, stehen zu bleiben und noch einmal so wie früher auf das Tier zu spucken. Aber er wollte das einem solchen Geschöpf nicht mehr antun. Sinnlos Leben zu zerstören war eben das Privileg von dummen Jungen, die ebenso achtlos Disteln köpften wie Käfer totspuckten oder Stubenfliegen die Beine ausrissen. Damals hatte er ein amüsantes Spiel erfunden. Er bestimmte mit einem Würfel die Anzahl der Beine, die eine gefangene Fliege zu verlieren hatte. Manchmal hatte er eine Eins gewürfelt und irgendwie den Eindruck, dass der Delinquent sich freute, nur ein Bein von den sechsen zu verlieren. Dann hielt er eine kurze Ansprache. Die Gesetzeslage habe sich verändert, und seit Neuestem bestimme der Würfel die

Anzahl der am Körper zu belassenden Gliedmaßen. Daher konnte er nun fünf Beine entfernen. Es war erstaunlich, mit welcher Unschuld Kinder solche Grausamkeiten an der stummen Kreatur vollzogen. Nun wäre er zu solchen Widerlichkeiten nicht mehr fähig, davon war er überzeugt. Sein Pulsmesser piepste. Die Warngrenze von 170 war erreicht. Offenbar war er in Gedanken versunken und dann unbewusst zu schnell gelaufen. Seine Beine wollten sich im alten Rhythmus bewegen, doch das machten Herz und Kreislauf noch nicht mit. Er musste sich darauf konzentrieren, bewusst und langsam zu laufen.

An diesem Morgen hatte Claudia von der kleinen Eva gesprochen. Sie war völlig entsetzt bei dem Gedanken, dass dieses »Scheusal«, das jenes unschuldige kleine Mädchen auf dem Gewissen hatte, in der Marmagener Klinik mit Manfred unter einem Dach gewohnt, vielleicht sogar mit ihm an einem Tisch gesessen haben könnte. Manfred ärgerte sich nicht über die Verachtung, die sie ihm damit unbewusst entgegenbrachte. Allerdings wurde ihm wieder einmal klar vor Augen geführt, dass sie von ihm nicht die allergeringste Ahnung hatte. Wie oft hörte man von Männern, die ihre eigenen Töchter über Jahre hinweg täglich vergewaltigten. Schließlich kam es Stück für Stück ans Licht. Zuerst merkten die Freundinnen des Mädchens, dass etwas nicht stimmte. Dann die Lehrer, die Nachbarn. Und erst, wenn der geständige Täter den Medien vorgeführt wurde, brach die Ehefrau und Mutter zusammen. Sie schien dann völlig überrascht von dem unerhörten Vorgehen, von dem sie niemals etwas geahnt haben wollte. Man sah nur das, was man sehen wollte. Manfred konnte gelassen auf Claudias Blindheit vertrauen.

Natürlich hatte er ebenfalls Unverständnis und Betroffenheit über die Tat geäußert, ganz nach dem Beispiel der Politiker, die nach einer Katastrophe oder einem Attentat in einem ersten Interview höchst professionell ihre »Fassungslosigkeit« zum Ausdruck brachten. Manfred wusste, dass es ein großes Risiko gewesen war, sich der kleinen Eva in Marmagen anzunehmen. Doch was hätte er tun sollen? Mutter und Tochter in ihre Heimat nach Jottwededorf zu verfolgen? Er musste dem Impuls folgen, die Gelegenheit beim Schopf packen und das Unvermeidliche tun, auch wenn er sich damit in die Gefahr der Entdeckung begab. Sollten sie doch alle Patienten der Marmagener Klinik überprüfen. Er war zur Tatzeit schon abgereist, hatte keine Spuren hinterlassen. Niemand konnte ihm etwas nachweisen. Es hatte doch gerade erst begonnen.

Kapitel

Zu Beginn eines Projekts stand oft eine
Veranstaltung. Allein aus der Anzahl der Teilnehmer war zu
schließen, dass dies kein Arbeitstermin werden würde, nur
vertriebliches Blabla nebst ein paar Festlegungen zum möglichen Projektablauf. Zur inhaltlichen Analyse würde es an
diesem Tag nicht kommen. Das hatte Manfred schon zu oft
gesehen, um sich noch Gedanken darüber zu machen. Es
störte ihn nicht. Man bezahlte es ihm ja. Ein Tagessatz war ein
Tagessatz.

Der Verwaltungsleiter des Verlags referierte eine Weile
über Sinn und Zweck des Meetings. Er legte dar, dass er sich
beim Verlauf des Workshops auf Manfreds Gesprächsführung
verlassen würde. Er gab ihm jedoch nicht das Wort, sondern
stellte die Teilnehmer der Runde vor. Manfred notierte sich
den EDV-Koordinator und seine Vertreterin, zwei Abteilungs-
leiter und fünf Redakteure, bevor er dann endlich etwas sagen
konnte. Er stellte sich und seine Firma kurz vor, definierte
Problemlösungskompetenzen und so weiter. Dann ging er
auf die angemessene Vorgehensweise bei der Analyse der Ge-
schäftsprozesse und Systemanforderungen ein. Dabei betonte
er wie immer den Schwerpunkt auf der akribischen Detail-
arbeit, die er für ein wesentliches Qualitätsmerkmal seiner

Dann wurde er unterbrochen, denn es betrat ein
er Teilnehmer den Raum.

schuldigen sie die Unterbrechung, Herr Jeschke«,
mentierte der Verwaltungsleiter die Störung durch den
Nachzügler. »Darf ich Ihnen Tim Schuster vorstellen? Er ist
einer unserer besten freien Mitarbeiter mit umfassenden
Erfahrungen in weltweiter Recherche und hat von daher
bestimmt wesentliche Anforderungen an das neue System
beizutragen.«

Manfred beobachtete den Mann namens Tim Schuster.
Der trat wortlos an den Tisch und nahm ihm gegenüber
Platz. Dabei redete der Verwaltungsleiter weiter: »Herr
Schuster, das ist Herr Jeschke von der Firma Workflow
Consult, die uns ein neues EDV-System maßschneidern
will. Herr Jeschke, unser Herr Schuster recherchiert in
Kriminalfällen und ist dafür bekannt, dass er die Täter oft
schneller am Wickel hat als die Polizei. Jetzt ist er gerade
wieder einem Serienmörder auf der Spur, der in Köln sein
Unwesen treibt und schon mehrere Mädchen erwürgt hat.
Sie haben sicher in den Nachrichten davon gehört. Seine
Anforderungen an Datenbankzugriffe sind für Sie sicher-
lich wichtig, oder?«

»Aber ja«, antwortete Manfred. »Die Anforderungen kom-
petenter Benutzer sind das Wichtigste bei der Systemanalyse.«

Tim Schuster musterte ihn gelassen. Manfred stellte sich
vor, wie jemand wie er seine Spuren im Wald betrachtete.
Ob dieser Kerl schon wusste, welches Profil seine Reifen

hatten? Sein Auto stand unten auf dem Parkplatz. Er hatte bis zu diesem Augenblick noch nicht einen Gedanken daran verschwendet, die Reifen zu entsorgen und neue zu kaufen. Ihm war etwas unwohl.

»Entschuldigung, aber die Unterbrechung kommt mir gerade recht. Wo finde ich bitte die Toilette?«

Er stand auf und ging zur Tür. Jemand erteilte ihm die erbetene Auskunft. Auf dem Weg zum Klo merkte er, dass Schweiß über sein Gesicht perlte. Plötzlich war das Hemd nass. Er war froh, dass er einen Anzug trug und man nicht sehen konnte, wie der dünne Stoff an seinem Körper klebte. Er konzentrierte sich darauf, tief durchzuatmen, Kontrolle zu gewinnen. Warum war er plötzlich so nervös? Nur weil man ihn daran erinnert hatte, dass es so etwas wie Fahndung gab? Er sah in dem Spiegel über dem Waschbecken sein blasses Gesicht und lächelte sich selbst zu. Er wusste gar nicht, dass er so sensibel sein konnte. Wenn er jetzt zurückging, würde er wieder alles im Griff haben. Er war Manfred Jeschke, Geschäftsführer der E&J Workflow Consult AG und kein Mörder. Und die Polizei oder gar recherchierende Schreiberlinge konnten ihm gar nichts. Am Waschbecken einige Hände voll kaltes Wasser ins Gesicht, dann ordnete er sein Haar und die Kleidung. Gegen die Blässe half kräftiges Reiben der Wangen. Alles im Lot. Nach einem letzten Kontrollblick in den Spiegel kehrte er in den Besprechungsraum zurück. Dort waren die Anwesenden in angeregte Einzelgespräche vertieft. Sie verstummten nach und nach, als er zu seinem Platz ging. Der freie Mitarbeiter telefonierte gerade, Manfred schnappte

»Bronx Rock« und »Freitagabend« auf. Welch eine Überraschung! *Bronx Rock* war eine Kletterhalle in Wesseling, in
der auch er schon gewesen war. Offensichtlich hatte Schuster
sich zum Klettern verabredet.

»Machen wir weiter, meine Damen und Herren!«

Seine Aufforderung kam ihm klar und bestimmt vor. Dies
war sein Workshop. Er gab hier den Ton an.

Kapitel 27

»Deine Mutter hat nach dir gefragt.«

»Was will sie?«

Manfred dachte verächtlich, dass er besser hätte fragen sollen: »Was willst *du*?« Denn immer wenn Claudia von seiner Mutter anfing, war sie es doch in Wahrheit selbst, die irgendetwas wollte. Sie konnte seine Mutter genauso wenig leiden wie er selbst, dessen war er sich sicher.

Claudia sah ihn kopfschüttelnd an. »Was soll das, Manfred? Sie durfte dich in der Klinik nicht besuchen, während du fast gestorben wärst, und jetzt meldest du dich auch nicht bei ihr. Ich weiß, du magst sie nicht sonderlich, aber sie ist immerhin deine Mutter.«

Manfred hasste Claudia in diesem Moment dafür, dass sie ihn zwang, an diese ekelhafte alte Raupe zu denken, die immer noch behauptete, ihn zu lieben und regelmäßig sehen zu wollen.

»Ich bin aber dummerweise nicht gestorben, aber sie kann das gern für mich übernehmen.«

»Manfred, sei nicht so boshaft. Wenn sie tatsächlich eines Tages stirbt, werden dir solche Worte noch leid tun.«

Das war wieder einer der Augenblicke, in denen ihm bewusst wurde, wie wenig seine Frau ihn kannte. Er wollte das

Thema lieber lassen und entgegnete deshalb nichts mehr. Stattdessen fragte er: »Muss Max jetzt nicht langsam ins Bett?«

»Bring du ihn doch, er fragt sowieso nach dir wegen der Gutenachtgeschichte.«

Das erinnerte ihn daran, dass er Max versprochen hatte, das Märchen vom lieben Gott weiter zu erzählen. Als er in sein Zimmer kam, lag der Junge schon im Bett, die Decke bis ans Kinn gezogen. Manfred trat an ihn heran und zog die Decke mit einem Ruck ab. Er hatte es geahnt: Max lag noch voll bekleidet da. Nun, da er entdeckt worden war, lachte er aus vollem Hals, als wäre das die witzigste Sache der Welt. Diesen Humor kleiner Jungen hatte Manfred noch nie verstanden. Er hatte ihn nie gehabt. Aber er beneidete Max darum, und so war er ihm auch jetzt nicht böse.

»Maxelmann, wenn du dich jetzt sofort umziehst und wäschst, erzähle ich das Märchen weiter. Wenn nicht, dann nicht!«

Max sprang aus dem Bett, riss sich in wilder Unordnung die Kleider vom Leib, immer noch lachend, und rannte ins Badezimmer. Während er sich die Zähne putzte, hatte Manfred Gelegenheit, sich die ersten Sätze für den Fortgang der Geschichte auszudenken. Der Rest musste dann beim Erzählen kommen. Kurze Zeit später lag Max im Bett und schaute seinen Vater gespannt an. Manfred löschte das Licht. Nur durch die spaltweit geöffnete Tür drang noch etwas Helligkeit aus dem Flur ins Zimmer.

»Der liebe Gott ließ am Morgen Nebel aus den feuchten Wiesen des grünen Tals aufsteigen, an den felsigen Wänden der umliegenden Berge emporwabern und als einzelne Wölkchen dann von der Sonne verdunsten. Er hatte Spaß an den verschiedenen Stunden des Tages, dem kühlen Morgenhauch, der leuchtenden Mittagssonne, der milden Abendluft und dem roten Glühen des Himmels über den Bergspitzen, kurz bevor die dunkle Nacht alles in Schlaf hüllt. Doch am meisten Spaß hatte er an dem kleinen Adam, der wie er selbst das Leben liebte und sich an allen Dingen der noch jungen Welt erfreuen konnte.«

»Papa, was heißt wabern?«

»Soviel wie schweben oder so. Jedenfalls hatte Adam schon am Mittag mit allem gespielt, was er um sich herum vorfand, und irgendwann saß er allein und etwas traurig am Ufer des Flusses, der durch Gottes schönes Tal floss. Der liebe Gott setzte sich neben Adam, legte ihm die Hand auf die Schulter und fragte: ›Adam, was ist mit dir?‹ Und Adam antwortete: ›Lieber Gott, ich bin so allein.‹ Der liebe Gott verstand Adam zuerst nicht, denn er war doch bei ihm. Doch dann wurde ihm klar, dass der kleine Adam nicht wie er selbst war und dass er für sich betrachtet einsam sein musste. Der liebe Gott sah sich um, und er sah, dass kein Geschöpf in dieser Welt für sich war. Jedes hatte seinesgleichen in großer Zahl. Da streichelte er dem Adam über den Kopf und sagte zu ihm: ›Adam, du kannst genauso wenig allein sein wie die Tiere im Wald und die Fische im Meer. Sag mir, welches Tier magst du am liebsten?‹ Adam überlegte nur kurz, dann sagte er: ›Lieber Gott, am liebsten sind mir die Schmetterlinge. Sie sind wunderschön und flattern leicht und lustig umher.‹ Als er das sagte, kam auch schon ein kleiner bunter Schmetterling, der vor Adams Nase auf und ab flog. Kurze Zeit später kam noch einer und wieder einer, und plötzlich war da ein ganzer Schwarm wunderschöner Schmetterlinge. Der liebe Gott hielt seine Hände über den Schwarm und führte die vielen kleinen Tierchen enger und enger zusammen, bis sie zu einem einzigen Körper verschmolzen, der auf dem Boden lag und sich reckte. Gott hauchte dem neuen Geschöpf seinen Atem ein, den er auch schon Adam geschenkt hatte, und da stand ein wunderhübsches Mädchen auf und lächelte erst den lieben Gott und dann den staunenden Adam an. Es nahm den kleinen Adam bei der Hand und sagte: ›Ich bin Eva. Mein lieber Adam, Gott hat uns zwei geschaffen, damit wir beide gemeinsam diese Welt verstehen lernen. Lass uns gehen!‹ Die beiden Kinder liefen Hand in Hand lachend davon, und der liebe Gott blieb allein am Ufer des Flusses zurück. Er war glücklich, denn er sah, dass alles, was er geschaffen hatte, gut war. Und so ging auch dieser Tag zu Ende, und der liebe Gott konnte ruhig und zufrieden einschlafen.«

»Das war's schon?«, fragte Max und gähnte.

»Reicht dir das nicht? Mehr fällt mir heute nicht ein, und außerdem ist der Tag vorbei, für den lieben Gott, Adam und Eva und auch für den kleinen Max. Schlaf gut und träum was Schönes.«

»Du auch. Hol die Mama noch!«

Kapitel 28

Die Frage stand im Raum und ließ sich nicht mehr zurücknehmen. Veronika schaute Tim an, ihr Gesicht drückte eine Mischung aus Verwunderung und Bestürzung aus.

»Ob es einen anderen Mann gibt? Wie kommst du auf so etwas?«

»Nenn es Intuition, wenn du magst. Ich glaube, dass wir uns lieben, aber ich glaube auch, dass du einen Liebhaber hast.«

Jetzt war es heraus, obwohl Tim sich vorgenommen hatte, niemals davon zu sprechen. Eigentlich lief es ja gut, so wie es war. Und wenn er nun wüsste, dass seine Frau ab und an für irgendjemanden aus Spaß oder Langeweile die Beine breit machte – so what? Und vielleicht wäre er auch nicht auf die Idee einer Aussprache gekommen, wenn er diesem verdammten Mörder auch nur ein kleines Stück näher gekommen wäre.

»Aber Tim, das ist doch totaler Unsinn. Ich liebe dich, wir sind eine Familie, und mehr als einen Kerl kann ich im Bett auch nicht brauchen. Was soll das? Bist du unbefriedigt, oder geht's dir einfach so nicht besonders?« Veronikas Augen blitzten, und ihre Wangen waren gerötet. Sie war wirklich in Fahrt.

»Wenn es nicht so ist, freue ich mich ja. Aber ich bin nicht oft zu Hause, und du hast viele Kontakte mit deinen Künstlern und Werbefuzzis. Vergiss es, es ist nicht wichtig.«

»Aber, Tim, ich kann dir nur sagen, dass das absoluter Unsinn ist. Ich habe keinen anderen Mann, weder fürs Reden noch fürs Vögeln.«

»Wenn du mir jetzt noch einmal sagst, dass du mich liebst, dann mit mir fickst und anschließend noch ein bisschen mit mir redest, ist die Sache für mich erledigt.«

»Okay, wir haben einen Deal.« Sie kam lächelnd auf ihn zu und öffnete dabei ihre Bluse. Als sie dicht vor ihm stand, näherte sich ihr Mund seinem Ohr. Sie fuhr mit der Zunge hinein und flüsterte: »Timothy Schuster, ich liebe Sie. Bitte vögeln Sie mich!«

Als sie den Reißverschluss seiner Hose öffnete und mit der Hand hineintastete, war er bereits hart und bereit. Tim öffnete ihren BH und streifte den Träger über ihre Schultern.

Kapitel 29

Manfred hatte sich an diesem Freitagabend früher aus der Firma losgemacht als üblich. Es war gegen halb sieben und Hochbetrieb in der Kletterhalle. Eine Menge Leute tummelten sich dort. Es waren auch bekannte Gesichter darunter. Jemand kam auf ihn zu.

»Hallo, Manfred. Auch mal wieder da?«

»Hi, Volker. Es wurde mal wieder Zeit. Bin völlig aus der Übung.«

Volker war ein starker Allround-Kletterer, mit dem Manfred auch schon in den Alpen unterwegs gewesen war. Er winkte lächelnd ab. »Ach was. Gehst du 'ne Route? Ich sichere, meine Arme sind gerade ziemlich dicht.« Er zeigte auf den Vorstiegsturm, an dem er gerade unterwegs gewesen war.

Eigentlich wollte Manfred Ausschau nach dem Journalisten halten, der sich für heute hier verabredet hatte. Es war immer gut, wichtige Leute in privater Atmosphäre zu treffen, wenn man erfolgreich Geschäfte machen wollte. Aber es wäre ihm dumm vorgekommen, hier die ganze Zeit nur herumzusitzen. Also willigte er ein.

»In Ordnung. Ich versuch's erst mal mit 'ner Fünf.«

Normalerweise kletterte er im Vorstieg bis in den siebten Schwierigkeitsgrad. Aber nach der Meningitis reichte die

Kraft vielleicht noch nicht so ganz. Sie gingen an die Wand, an der keine von oben befestigten Seile hingen, sondern nur Karabiner zum Einklinken des Seils im Vorstieg. Dort band Manfred sich in das Ende eines Kletterseils ein, das Volker ihm reichte. Als er die Sicherung an seinem eigenen Gurt fixiert hatte, stieg Manfred los. Die ersten Tritte fühlten sich ein wenig unsicher an, und seine Hände waren feuchter als sonst. Doch als er den ersten Sicherungspunkt erreicht hatte und das Seil einhängte, kehrte die gewohnte Ruhe zurück. In einer Route dieser Schwierigkeit brauchte er nicht viel Kraft. Sauberes Setzen der Füße und Balance reichten aus. Bald war der zweite, dann der dritte Karabiner erreicht. Auf einer Höhe von etwa zehn Metern begann etwa zwei Meter neben seiner Route ein Überhang. Der reizte ihn nun, da er sich recht sicher in seinen Bewegungen fühlte. Also querte er in die Nebenroute hinüber. An der Unterkante des Überhangs angekommen, versuchte er durch Spreizen der Beine, das für solche Kletterstellen typische Abdrängen des Körpers von der Wand zu verhindern. Er suchte nach geeigneten Griffen im oberen Bereich und verlagerte das Gewicht auf den höher positionierten Fuß. Hier brauchte er nun doch eine gehörige Portion Kraft, denn jetzt musste er sich mit aufgesetzten Fingerspitzen hochziehen und dann möglichst schnell den nächsten Tritt finden.

»Sucht der Herr Jeschke da oben eine Datenflusskonzeption?«

Der Klang dieser Stimme ließ Manfred zusammenzucken. Er verlor die Kontrolle und stürzte. Einen Moment lang verharrte er im freien Fall. Die Wand sauste an ihm vorbei. Dann spannte sich das Seil in der Sicherung, und Volker ließ ihn aus dem Schwung des Sturzes dynamisch gebremst zu Boden. Mit leicht zitternden Knien kam Manfred zum Stehen. Sein Herz schlug heftig. Vor ihm stand grinsend Tim Schuster.

»Guter Sturz«, sagte er und reichte ihm die Hand.

Manfred bemühte sich um einen festen Druck. »Ich war einen Moment lang irritiert, als ich meinen Namen gehört habe«, verteidigte er sein Missgeschick und atmete tief durch. »Wollen Sie sich nicht an diesem Überhang versuchen, Herr Schuster?«, fragte er dann.

»Jungs, tut mir den Gefallen und duzt euch, wie sich das hier gehört«, mischte sich Volker ein.

»Ihr kennt euch?« Manfred sah von einem zum anderen.

»Wir haben ein paar schöne Touren im Wilden Kaiser zusammen gemacht«, erklärte Volker in schwärmerischem Ton. »Tim ist die Totenkirchl-Westwand sauber vorgestiegen, inklusive Nasenquergang. Also, der Herr Jeschke heißt Manfred, und der Herr Schuster heißt Tim.«

»Alle Achtung, Tim. Dann wird diese Route hier ja ein Spaziergang!« Damit reichte Manfred Tim das Seil und band selbst den Halbmastwurf-Knoten zur Sicherung in den Karabiner an Tims Klettergurt ein. Tim nahm das Seilende an und machte sich zum Klettern bereit. Dann stieg er in die Route ein.

Seine Bewegungen erschienen Manfred sicher und flüssig, er war bestimmt ein routinierter Kletterer. Während Manfred das Seil durch den Karabiner zog, fragte er Volker: »Warum kenne ich den nicht von hier? Der klettert doch häufig.«

»Tim wohnt zwar in Köln, aber hier hab' ich ihn auch noch nicht getroffen. Er hat mich vor ein paar Tagen angerufen und mich gefragt, ob wir noch mal zusammen klettern. Da haben wir uns hier verabredet.«

Tim strebte schnell die Wand hinauf, war jetzt schon am Überhang. Auch er hatte Probleme, meisterte die Stelle jedoch. Die letzten Meter der Route waren noch mal schwieriger. Die Griffe und Tritte wurden sehr klein und waren weit voneinander entfernt, wahrscheinlich bereits im achten Grad. Nun musste er hart arbeiten, griff häufig zum Chalk-Bag, der an seinem Gurt hing und mit einem Stück Magnesia gefüllt war. Jetzt hatte er der Wand wieder einige Zentimeter abgetrotzt und mühte sich, den nächsten Karabiner zum Einhängen des Seils zu erreichen. *Das ist der Moment, in dem der Kletterer am meisten gefordert ist.* Manfred spürte die Spannung förmlich im Seil zwischen seinen Fingern. Wenn der Schreiberling jetzt stürzen und er nicht sauber sichern sollte, würde er einen schmerzhaften Kontakt mit der überhängenden Kante unter sich haben. Manfred stellte sich vor, wie ihm das Seil ganz entglitt und Schuster ungebremst vierzehn Meter tief vor seine Füße stürzen würde. Tim zog das Seil mit einer Hand hoch und packte es mit den Zähnen, um beide Hände frei zu haben. Er musste sich noch ein Stück höher bewegen, noch einen winzigen Tritt nehmen, um den Sicherungspunkt zu erreichen. Er dehnte sich, stand ziemlich instabil da. Jetzt nahm er das Seil in die Hand und führte es zum Karabiner, um es dort einzuklicken und die kritische Situation zu meistern. Manfred schaute auf seinen Sicherungsknoten. War das auch wirklich ein korrekter Halbmastwurf, oder hatte er eben einen Scheinknoten gewoben? Tim schaute kurz hinunter, die Anspannung war seinem Gesicht deutlich abzulesen. Ein letztes Dehnen, um den Karabiner zu erreichen, da rutschte er ab und stürzte. Einen winzigen Moment später baumelte er sicher im Seil. Manfred schaute auf seine Hand, die sich instinktiv zum sichernden Griff geschlossen hatte.

Kapitel 30

»Manfred, was regst du dich denn so auf? Der Junge wollte zu seiner Oma. Nur weil du deine Mutter nicht leiden kannst?«

Manfred spürte, wie es heiß in ihm aufstieg. Er hatte Lust, Claudia ins Gesicht zu schlagen. Diese blöde Kuh. Sie wollte einfach nicht verstehen. Er gab seiner Stimme die größtmögliche Schärfe: »Ich habe schon mehrfach ausdrücklich verboten, dass die Kinder bei meiner Mutter übernachten. Und das gilt!«

»Nun schrei doch bitte nicht so. Da bekommt man ja Angst.«

Die Lust, Claudia für ihre Dummheit zu schlagen, wuchs. Er war vom Klettern sehr spät nach Hause gekommen und davon ausgegangen, dass die Kinder bei Freunden übernachteten. An diesem Morgen musste er dann feststellen, dass dies nur auf Nadine zutraf. Claudia hatte Max zu seiner Mutter nach Düren gebracht. Manfred war so übel, als hätte er Milch getrunken. Er hatte noch nicht gefrühstückt, aber das war ihm nun egal. Er zog seine Schuhe an und griff nach dem Schlüsselbund.

»Warte, ich komme mit!«, rief Claudia ihm nach. Sie holte ihn ein, da er den Wagen in der Garage geparkt hatte, und stieg zu. Die Fahrt verlief in eisigem Schweigen, obwohl

Manfred ständig die Geschwindigkeitsbegrenzung über-schritt. Claudia hasste das, traute sich aber nicht, ihn zurecht-zuweisen.

Manfreds Mutter wohnte immer noch in dem billigen Mietshaus, aus dem er damals geflohen war, als er die Schule abgeschlossen hatte. An der Straßenecke, drei Häuser von ihrer Wohnung entfernt, wohnte ein ehemaliger Schul-freund. Im Vorgarten saß ein Mädchen auf der Treppe, sehr hübsch. Wahrscheinlich seine Tochter. Manfred fand eine Parklücke direkt vor dem Haus seiner Mutter. Sie stiegen aus und gingen zur Tür. Die Gardine bewegte sich, man hatte sie also entdeckt. Manfred ließ Claudia vorgehen. Sie klingelte, und gleich darauf summte der Türöffner. Claudia trat in den Hausflur, Manfred folgte. Am Ende des dunklen Hausflurs wurde eine Tür geöffnet. Es war seine Mutter. Max drängte sich neben ihr in den Türrahmen, um zu se-hen, wer gekommen war. Er trug noch den Schlafanzug. Manfred hörte, wie die Alte Claudia begrüßte, dazwischen plapperte Max.

»Manfred, mein Junge. Schön, dass du auch mal wieder vorbeischaust!«

»Hallo, Mama«, sagte er mehr aus Reflex denn als Begrü-ßung. Claudia war mit Max schon weiter durchgegangen, und er wollte ihnen folgen. Seine Mutter drückte ihm im Vorbeigehen einen Kuss auf die Wange.

»Geht es dir auch wirklich wieder gut? Mein Gott, eine Hirnhautentzündung. Du hättest sterben können!«

»Ich lebe noch.«

Max und Claudia warteten im Wohnzimmer. Manfred trat zu ihnen und bedeutete Max, sich schnell anzuziehen. Der Junge ging in das Zimmer, das einmal Manfreds gewesen war. Aus dem Wohnzimmer heraus konnte er erkennen, dass seine Mutter kaum etwas verändert hatte. Sein Bett, sein Schreibtisch aus Schulkindertagen, alles war noch da. Nur die Poster hatte sie von den Wänden entfernt, so dass die hässlich gemusterte Tapete wieder freilag. Manfred konnte es selbst kaum glauben, aber er hatte es tatsächlich geschafft, diese Wohnung seit seinem zwanzigsten Lebensjahr nicht mehr zu betreten. Er war zum Studium nach Aachen gezogen und war der Mutter so für immer entkommen. Wenn er sie gesehen hatte, dann nur zu absolut unvermeidlichen Gelegenheiten, aber auch dann immer außerhalb dieses Hauses. Er hasste diese engen Zimmer, kaum sechzig Quadratmeter Überlebensraum. Die Ecken der uninspiriert zusammengewürfelten Räume starrten ihn an, notdürftig getarnt durch hineingestellte Pflanzen. Oberflächliche kleinbürgerliche Sauberkeit.

Manfred hatte sich in dieser Behausung niemals wohlgefühlt. Seine Mutter empfand es als »Nest«, Schutz vor der großen, bösen Welt da draußen, vielleicht auch vor dem Vater, den er niemals kennengelernt hatte. Während sie ihre Zweisamkeit offenbar genossen hatte, war es für ihn das Gefängnis seiner Kindheit gewesen. Eigentlich hatte er keine Kindheit in dem Sinne gehabt. Er erinnerte sich an fast nichts aus dieser Zeit.

»Kinder, setzt euch doch. Manfred, trinkst du einen Kaffee?«

Ihre alte, brüchige Stimme ließ seine Nerven vibrieren. Was dachte sie sich, sie musste doch genau wissen, dass er nur wartete, bis Max sich angezogen hatte.

»Gern«, sagte Claudia.

»Gern, aber ein andermal!«, ergänzte Manfred entschieden und etwas lauter, als er es vorgehabt hatte. »Ich muss noch in die Firma, und einkaufen müssen wir auch noch.«

Max kam fertig angezogen aus dem Kinderzimmer. Manfred fasste ihn an der Hand und zog ihn Richtung Ausgang.

»Nimm seine Sachen und komm!«, forderte er Claudia auf, bevor ihr in den Sinn kommen konnte, sich festzuquatschen. Er wollte weg. Manfred eilte mit Max hinaus, und sie setzten sich ins Auto. Es dauerte noch eine ganze Weile, bis Claudia endlich auch das Haus verließ und einstieg. Die Mutter stand an der Tür. Ihr schwarz gefärbtes Haar glänzte seltsam in der Sonne.

Als Claudia die Wagentür zuzog, fuhr er los.

»Manfred, warum benimmst du dich deiner Mutter gegenüber nur so unmöglich? Max hat sich noch nicht einmal verabschieden können. Max, wink der Oma noch!«

Max winkte Manfreds Mutter zu, und sie winkte lächelnd zurück. An der Ecke saß das Mädchen immer noch im Vorgarten. Jetzt hatte sie ein Buch auf dem Schoß. Sie hörte dabei offenbar Musik aus einem Kopfhörer und bewegte sich im Takt. Der Wagen rollte an ihr vorbei und bog um die Ecke. Kinder spielten auf dem Bürgersteig. Dürener Vorstadtidylle, dachte Manfred voller Verachtung. Hier war er aufgewachsen.

Kapitel 31

»Moni, wo bleibt die Mama?«

»Mama duscht noch. Wir sollen aber ruhig schon anfangen, hat sie gesagt, sonst werden die Eier kalt.«

Tim saß mit seiner Tochter am gedeckten Frühstückstisch. Durch das Fenster flutete helles Sonnenlicht herein. Es roch nach Kakao und frisch aufgebrühtem Kaffee, nach Brot und Honig. Ein Sonntagmorgen wie aus dem Werbespot. Monika lächelte Tim an, während sie sich Butter auf eine Scheibe Weißbrot schmierte. Es schien so, als könne es nichts Böses auf dieser Welt geben. In so einem Augenblick kam es Tim unwirklich vor, tote Mädchen im Wald zu fotografieren.

Moni legte ihr Ei auf den Teller und köpfte es mit dem Messer. Der erste Schlag saß nicht richtig, aber mit dem zweiten trennte sie das spitze Ende ab. Etwas Eigelb floss auf den Teller.

»Hey, du wilde Maus, seit wann köpfst du dein Frühstücksei?«

Moni lachte. »Das war mein erstes geköpftes Ei, Papa. Kann ich das nicht prima?«

»Ja, das war absolut professionell. Das Ei ist dir bestimmt dankbar.«

Er nahm sein Ei aus dem Becher und tat so, als würde es vor ihm davonlaufen. »Hey, ich will von der Moni geköpft werden, ich will von der Moni geköpft werden, Hilfe, Hilfe!«

Moni griff nach Tims Ei und legte es auf ihren Teller. Ihr helles Lachen schallte durch das Haus.

Veronika trat ins Esszimmer, bekleidet mit einem Morgenmantel und mit einem Handtuch um den Kopf gewickelt.

»Aber hallo, welche Lebensfreude am frühen Morgen!«, sagte sie lächelnd und streichelte Moni über den Kopf. Die Kleine schwang gerade das Messer über Tims Frühstücksei.

Während Veronika sich einen Kaffee eingoss und sich dann an den Tisch setzte, beobachte Tim seine Tochter. Sie hatte niemals ein Frühstücksei geköpft. Jetzt tat sie es einfach so. Es war ein völlig trivialer Vorgang. Irgendwann machte man zum ersten Mal Dinge anders als zuvor. Er hatte das Eierköpfen auch niemals als etwas Gewaltsames betrachtet. Er aß seine Frühstückseier seit frühester Kindheit auf diese Weise. Manche schrieben der Art und Weise, wie man ein Ei öffnete, einen bezeichnenden Hinweis auf den Charakter zu, aber Tim glaubte nicht daran. Veronika war ein energischer Mensch, der bei Bedarf auch sehr hart sein konnte. Und doch knibbelte sie die Schale ihres Eis wie ein Mäuschen ab, so wie es bis jetzt auch Monika immer getan hatte. Bis heute.

So unspektakulär dieser Vorgang auch war, er stieß Tim auf einen Umstand, den er nicht von der Hand weisen konnte. Alle Menschen taten ständig Dinge, die keiner Logik gehorchten, die nicht zwangsläufig aus einer wie auch immer gearteten Konditionierung resultierten. Er konnte nur hoffen, dass der Mörder psychische Rahmenbedingungen aufwies, die sein Handlungsspektrum in jenen Grenzen hielten, die die Erfahrung mit solchen Tätern aufzeigte. Tim nahm sich vor, den Mord an dem kleinen Mädchen in der Eifel nicht aus den Augen zu verlieren.

Monika balancierte das Ei mit Messer und Löffel über den Tisch zurück in den Eierbecher. Kurz vorher fiel es ihr herunter, und sie lachte auf. »Ups, dein Ei läuft aus, Papa!«

»Ach nee, was für 'ne Sauerei!«, rief Veronika und sprang auf, um ein Küchentuch zu holen. Aber lachen musste sie dabei auch.

»Du Ferkelchen, jetzt ist mein Ei hohl«, sagte Tim. »Was mache ich jetzt nur?«

»Armer Papa, dann iss mein Ei. Ich mag das Gelbe auch nicht so sehr.«

Veronika, die die Kleckerei schon behoben hatte, strich Moni übers Haar. »Du bist ein Schatz, aber hier isst jeder sein Ei selbst auf, auch wenn andere damit herumwerfen. Papa hat dir sein Ei anvertraut, also muss er jetzt auch selbst essen, was davon übriggeblieben ist.«

»Das nenne ich Gerechtigkeit!«, rief Tim und stopfte sich das ganze Ei in den Mund. Moni lachte wieder, und Veronika winkte ab.

»Ihr seid doch beide Ferkel. Da kann man nichts mehr machen.«

Tim kaute mit vollem Mund und konnte nur zustimmend nicken, während Moni gar nicht mehr aus dem Lachen herauskam. Unweigerlich musste er wieder an den Mörder denken. Erlebte er auch solche Momente mit seiner Familie? Oder war er einsam, verbittert und beziehungslos? Vielleicht traf ja beides zu.

Kapitel 32

Die Ampel blieb unverschämt lange rot. Manfred trommelte ungeduldig mit dem Fingerspitzen auf dem Lenkrad herum. Er fragte sich, wozu es in diesem Kaff überhaupt Ampeln gab, wo doch kaum Verkehr herrschte. Als er ein Kind gewesen war, hatten hier noch nicht einmal Verkehrsschilder gestanden. Hier war er geboren, aufgewachsen, dann geflohen, sobald er konnte. *Eine Kindheit wie eine rote Ampel, und du weißt nicht, warum sie so lange dauert.*

Jetzt endlich schaltete die Ampel um. Manfred fuhr sofort los. Doch er musste gleich schon wieder bremsen, weil ein altes Weib unendlich viel Zeit zum Überqueren der Straße brauchte. Er überlegte, dass man ihr ihren kümmerlichen Rest von Leben auf der einen Straßenseite vermutlich so komplett einrichten könnte, dass sie nicht mehr auf die andere Seite wechseln und den Verkehr stören müsste. Sie schaute ihm demonstrativ böse nach, als er knapp an ihr vorbeifuhr. Er betrachtete die Gestalt anschließend noch im Außenspiegel: eine faltige Raupenhülle, die den vergammelten Schleim, der sich in einem ewig langen Kleinstadtleben angesammelt hatte, nur noch mühsam zusammenhalten konnte.

Jetzt tauchte vor ihm der nächste Idiot auf, der seinen Wagen rückwärts aus seiner Hauseinfahrt auf die Straße rollen ließ. Manfred konnte so gerade vor dem mit Lichthupe protestierenden Gegenverkehr ausscheren und wieder auf seine Fahrbahn zurücklenken. Dabei hatte er sich verschaltet. Der Motor des Jaguar heulte unwillig auf. Er war eine solche Behandlung nicht gewohnt. Heimlich musste Manfred ihm Recht geben. Was machte er auch hier in diesem Kaff, wo ihn alles aufregte und nichts von Belang war? Eigentlich wurde er in der Firma gebraucht. Aber an diesem Tag war ihm nicht nach Arbeiten. Er lenkte den Wagen in eine Seitenstraße und stellte ihn ab. Die Sonne schien, es war warm. Er wollte etwas zu Fuß gehen.

Nicht weit entfernt, am Rande des Ortes, wo die Felder begannen, hatte damals ein verrottetes Gemäuer gestanden, eine alte Ziegelei. Dort hatte er seine erste Zigarette geraucht und zum ersten Mal onaniert – dieses Jucken an der Eichel, das nach mehr verlangte und sich bis in die Hoden fortsetzte. Dort kribbelte es weiter und wurde stärker, bis es wieder nach außen drang und dabei ein paar Stöße Sperma mitnahm. Ein hundertfach wiederholter Vorgang, von ihm allein oder auch durch Reibung an weiblichen Körperteilen provoziert. Wie oft hatte er sich gefragt, was dieser Ablauf mit den Schmetterlingen zu tun hatte, die er bewahren durfte. War er jemals in Gefahr, ein Triebtäter zu werden? Musste er morden, weil dieses Jucken in den Hoden ihn dazu zwang? Niemals, niemals traf das auf ihn zu. Diese Dinge waren so unendlich weit voneinander entfernt, dass es absolut lächerlich erschien, eine Verbindung auch nur versuchsweise herstellen zu wollen.

Von der alten Ziegelei war nichts mehr zu sehen. Daher war es auch nicht mehr möglich, nach Toms Grab zu suchen. Toms Leben hatte aus Fressen, Kot und Federnlassen sowie der täglichen Abküsserei durch seine Mutter bestanden. Er konnte sich kaum eine ekelhaftere Beziehung zwischen Mensch und Tier vorstellen als diese. Geendet hatte sie an einem kalten Wintertag mit dem plötzlichen Verschwinden des Vogels. Die Mutter hatte die Fenster zum Lüften geöffnet und war in den Keller gegangen. Manfred hatte Tom aus seinem Käfig genommen, das Türchen offen stehen lassen und war mit ihm hinausgegangen. Sie marschierten zu der alten Ziegelei, die in der grauen Kälte besonders verlassen schien. Tom verbrachte seinen letzten Weg geschützt und warm in der Innentasche von Manfreds Jacke. In einer bröckeligen Mauerecke hatte Manfred eine lange, rostige Klinge versteckt, die er einmal auf dem Feld gefunden hatte. Die holte er nun hervor, legte den Vogel mit festem Griff auf den Boden und hieb ihm mit einem einzigen entschlossenen Schlag den Kopf ab. Tom verlor noch etwas Kot, wie es Delinquenten oft zu tun pflegten. Ansonsten zeigte er kaum Teilnahme an der Veranstaltung. Das Ausheben seiner letzten Ruhestätte hatte sich im angefrorenen Boden mühsam gestaltet. Manfred erinnerte sich nicht mehr genau an die Reaktion seiner Mutter. Wahrscheinlich hatte sie sich schwere Vorwürfe gemacht, dass sie den Käfig nicht recht verschlossen hatte. Jedenfalls kaufte sie nie wieder einen Vogel.

Da von dem alten Gemäuer und Toms Grab keine Spur mehr vorhanden war, lenkte Manfred seine Schritte zurück in den Ort. Ganz in der Nähe wohnte seine Mutter. Er musste schon ein wenig aufpassen, damit er sie nicht am Ende zufällig traf. Sonst konnte ihn kaum jemand erkennen. Er trug eine Kappe und eine Sonnenbrille, und niemand hier kannte ihn mit dem Vollbart, den er sich seit einigen Jahren erlaubte.

Nun war er an der Einmündung der Straße angelangt, in der seine Mutter wohnte. Als er das Eckhaus mit dem Vorgarten sah, wurde ihm klar, warum es ihn hierher gezogen hatte. Es waren nicht die wenigen Kindheitserinnerungen, die er in sich trug und die er hatte heraufbeschwören wollen, erst recht nicht die Mutter in ihrem dunklen Verlies. Es war dieser wunderhübsche Schmetterling, der vor einigen Tagen hier seine schillernden Farben hatte leuchten lassen. Der durch das einfache Dasitzen seine Seele berührt hatte, kaum dass er ihn beim Vorüberfahren aus den Augenwinkeln gewahrte.

Manfred ging an dem Haus vorbei. Der Vorgarten und die ganze Straße waren menschenleer. Es war kurz vor eins am Mittag. Vielleicht kam sie gleich aus der Schule. Er wollte noch etwas warten. Natürlich konnte er nicht dort stehen bleiben. Er musste weitergehen, am besten in Richtung der Haltestelle, wo die Schulbusse aus der Stadt hielten. Dort würde sie aussteigen, wenn sie aus der Schule kam und den Bus nahm, wie das die meisten Kinder hier nach wie vor taten. Ein kleines, ruhiges Sträßchen führte zur Hauptverkehrsader des Ortes. Hier standen einige der besseren Häuser, allesamt Einfamilienhäuser mit grasbewachsenen, unbebauten Parzellen dazwischen. In nur drei Minuten erreichte er die Hauptstraße. Dort an der Einmündung befand sich die Haltestelle der Buslinie, die den Ort mit Dürens City verband. An dieser Stelle war auch er vor so vielen Jahren ausgestiegen, wenn er aus der Schule kam. Nichts schien sich hier verändert zu haben. Nur der SB-Markt gegenüber war neu. Manfred überquerte die Straße und betrat den Laden.

Hier kaufte man Babynahrung, Shampoo und Damenbinden. Vor der Kasse war ein Stand, zu dem man seine Urlaubsfotos zur Entwicklung bringen konnte. Er ging die wenigen Gänge ab, schaute hierhin und dorthin. Dann suchte er sich eine Zahnbürste aus, die mit dem besonders kleinen Kopf, die Claudia angeblich nirgendwo mehr finden konnte. Die Kasse war mit einer beleibten Matrone besetzt. Er zahlte, als auf der anderen Straßenseite der Bus hielt. Eine Reihe von Jugendlichen stieg aus, einige Mädchen darunter. Schnell griff er die Zahnbürste und trat hinaus. Keines der Mädchen bog in die Straße ein, aus der er eben gekommen war. Sie war nicht in dem Bus gewesen.

Manfred blieb noch einen Moment in der warmen Sonne stehen. Es war Zeit für ihn, zurück nach Köln zu fahren und sich um seine Geschäfte zu kümmern. Er ging einige Schritte, als er hinter sich die unverkennbaren Geräusche eines anhaltenden Busses vernahm. Es handelte sich tatsächlich um einen weiteren aus der Stadt. Manfred erinnerte sich, dass nach der sechsten Schulstunde meist mehrere Fahrzeuge im Einsatz gewesen waren. Auch daran hatte sich nichts geändert.

Er erkannte sie sofort, trotz ihrer Sonnenbrille. Ihr schlanker Körper warf einen Schatten, der genau in seine Richtung zeigte. Die Anmut ihrer Bewegungen war im Gegenlicht deutlich zu erkennen. Die Natur hatte es gut mit ihr gemeint. Manfred war zu weit von ihr entfernt, ahnte jedoch, dass sie einen Duft verströmen musste wie ein Strauß Frühlingsblumen.

Sie ging nach Hause. Er verfolgte sie mit Blicken, bis sie durch die Krümmung des Straßenverlaufs aus seinem Blickfeld trat. In seinem Magen kribbelte es leicht. Er würde sie schon sehr bald wiedersehen.

Kapitel 33

»Hast du für dieses Jahr noch Touren in Planung?«

Tim saß auf dem Boden und sah den Mann, der vor ihm stand und das Seil aufnahm, schräg von unten an. Manfred war größer als er, dabei schlank, aber ziemlich athletisch. Untypisch für einen Menschen seines Berufsstands war der dichte dunkle Vollbart, der seine untere Gesichtshälfte bedeckte. Beim Klettern machte er nicht viele Worte, versuchte auch nicht, von dem Projekt zu sprechen, wegen dem sie sich beim Verlag getroffen hatten. Als Manfred Jeschke ihn angerufen hatte, um sich mit ihm zu einem weiteren Kletterabend zu verabreden, hatte er erst befürchtet, der Mann würde den Sport für berufliche Absprachen nutzen. Diese Befürchtung schien sich jedoch als unbegründet zu erweisen. Gerade eben waren sie abwechselnd zwei heftige Routen im oberen siebten Grad gegangen. Beide hatten sie sie im Vorstieg sauber durchgestiegen.

»Ich war vor ein paar Wochen im Wallis«, antwortete Manfred auf Tims Frage. »Aber weitere Unternehmungen habe ich in diesem Jahr noch nicht geplant. Zumindest nichts Bestimmtes. Im Herbst zum Ausklang noch mal in die Dolomiten wäre schön, Drei Zinnen vielleicht oder wenn die Fitness stimmt sogar die Marmolada. Für mehr wird die Zeit wohl nicht reichen. Und du?«

Manfred sah auf den am Boden sitzenden Tim Schuster herab. Der Journalist schien ihm ein ganz unscheinbarer Kerl zu sein. Jedoch zeugten sein stechend klarer Blick und der offene, stets gelassen wirkende Gesichtsausdruck von großem Selbstvertrauen. Jetzt schüttelte er die von der Anstrengung verkrampften muskulösen Unterarme, an denen die Adern deutlich hervortraten, und antwortete: »Ich muss kein Unternehmen leiten, aber für dieses Jahr habe ich auch nichts mehr in der Planung. Da ich letztes Jahr in Tibet war, ist in dieser Saison nichts Großes mehr drin.« Und nach einer Pause fügte er lächelnd hinzu: »Gegen die Marmolada-Südwand hätte ich nichts einzuwenden.«

Manfred erwiderte das Lächeln und nickte zustimmend. Dieser Mann war sicher ein starker Partner für alpine Unternehmungen. Die Vorstellung, mit ihm durch eine klassische Wand zu steigen, gefiel ihm sehr gut. »Das sollten wir wirklich im Auge behalten. Könnte eine sehr schöne Sache werden. Und wenn das klappt, was meinst du, würdest du mit mir im nächsten Sommer die Matterhorn-Nordwand machen?«

Tim knetete nachdenklich seine nackten Füße, die er nach der Belastung von den engen Kletterschuhen befreit hatte. »Die Nordwand? Den Zmuttgrat am Horn bin ich schon gegangen, aber an die Nordwand habe ich mich noch nicht herangewagt. Wie gut bist du im Eis?«

»Gut genug für diese Tour. Ich denke, schwieriger ist möglicherweise das Klettern im vereisten Fels, viel im sechsten Grad.«

Tim kratzte sich den Kopf. »Mein lieber Mann, das ist eine Herausforderung. Ich denke, an der Marmolada werde ich sehen, ob man sich mit dir an so etwas wagen kann. Vielleicht gehen wir diese Tour nach dem Herbst noch mal im Winter, dann wissen wir, ob wir gemeinsam lebend durch die Nordwand des Matterhorns kommen können.«

Manfred grinste schief. »Ach so, du willst die Tour unbedingt überleben. Dann sollten wir noch mal darüber nachdenken!«

Sie lachten beide.

»Was hast du denn letztes Jahr in Tibet gemacht?«

»Ich war am Cho Oyu, bin aber nur bis Lager Zwei auf etwa sechstausendachthundert Meter gekommen. Ich wurde leider höhenkrank und musste schnell wieder runter.«

Manfred nickte anerkennend. »Donnerwetter, das ist doch schon was. Ich habe ja überhaupt keine Zeit für so große Sachen. Mehr als drei Wochen lasse ich meine Firma niemals allein, da kann man solche Expeditionen nicht machen. Lassen dir denn deine Recherchen genug Zeit? Was treibt dich denn beruflich um?«

»Das weißt du doch. Ich berichte über Kriminalfälle.«

»Fälle welcher Art?«

Tims Gesichtsausdruck wurde ernst. »Ich beschäftige mich mit Dingen, über die man nicht spricht, wenn man sich nicht die Laune verderben will.«

»Das hört sich ja geheimnisvoll an. Jetzt musst du mir mehr erzählen.« Manfred setzte sich jetzt ebenfalls hin und sah ihn an.

Tim seufzte und antwortete: »Ich verfolge Serienmörder. Derzeit bin ich einem Kerl auf der Spur, der hier in der Gegend mindestens zwei Mädchen erwürgt hat. Und er wird weitermorden. Bis ich ihn finde.« Tims Augen nahmen einen stahlharten Ausdruck an, als er das sagte.

Manfred nickte und sah zu Boden. Plötzlich hatte er den Geschmack von Milch im Mund. Nun wurde ihm klar, weshalb er diesen Tim Schuster unbedingt hatte kennenlernen wollen. Es hatte nichts damit zu tun, dass er den privaten Kontakt herbeigeführt hatte, um ein Geschäft erfolgreicher zu gestalten. Erst recht hatte er keinen neuen Kletterkameraden gesucht. Vielmehr hatte er gespürt, auf welche Weise sie miteinander verbunden waren. So wie der Fuchs den Jagdhund witterte. Er hatte gelernt, Ruhe zu bewahren, wenn Stress aufkeimte. *Ich bin Manfred Jeschke, Geschäftsführer einer erfolgreichen Unternehmensberatung,* hämmerte er sich ein. *Und wer da vor mir auf dem Boden sitzt, ist nicht einmal ein Polizist. Er ist nur ein Schreiberling. Und er weiß nicht das Geringste von mir.* Er atmete tief durch und sagte dann: »Das nimmt einen doch bestimmt ziemlich mit, oder?« Er schaute Tim an und versuchte, mäßig interessiert zu wirken.

»Allerdings. Und wenn eine Story fertig ist, gönne ich mir immer eine kleine Auszeit.«

»Dann musst du ja eine Menge mit so einer Geschichte verdienen. Aber das kann ich mir schon vorstellen. Serienmörder üben bestimmt eine Art von Anziehung auf die Leute aus, mit der man echt Kasse machen kann, wenn man das richtig rüberbringen kann. Ich denke da nur an Hannibal Lector. Arbeitest du auch mit der Polizei zusammen?«

»Schon. Aber oft genug bin ich einen Schritt schneller.«

»Und wie machst du das?«

Tim schaute ihn nun mit einem seltsamen Blick an, seine Augen wirkten fast traurig. »Jeder hat so seine Talente. Im Laufe der Zeit habe ich jedenfalls gelernt, dem Mörder so nahe wie möglich zu kommen. Nur so kann ich meinen Lesern eine interessante Story bieten. Das ist der Job.«

»Ich wette, das schaffst du auch.«

Eine Weile saßen sie schweigend da. Manfred hätte zu gern gewusst, was Tim jetzt dachte. Dann stieß er ihn mit dem Fuß an. »Komm her, ich zeig dir 'ne Route, die du nicht schaffst!«

Tim grinste und zog seine Kletterschuhe wieder an. »Das wollen wir doch erst mal sehen!« Dann folgte er Manfred durch die Halle.

Er ist völlig ahnungslos, dachte Manfred im Hochgefühl seiner Überlegenheit. *Ein Jagdhund, der die Beute nicht einmal dann erkennt, wenn sie vor ihm steht.*

Kapitel 34

Was für eine gewalttätige Architektur. Dieser Gedanke über-
deckte alles andere beim Anblick dieses klobigen schwarzen
Klotzes, der in einer ausgesucht schönen Landschaft nichts
Besseres zu tun hatte, als sie zu verschandeln.

Tim stand an einem Nebeneingang der Eifelhöhenklinik
Marmagen. Hinter ihm lag eine satte Wiese, dahinter wiederum begann ein dichter Wald. Vor ihm erhob sich eine triste,
dunkle Wand, die einige Stockwerke hoch in den Himmel
reichte. Was für eine Anstrengung war wohl notwendig, um
in einem solchen Kubus gesund werden zu können?

Er trat durch die Tür und befand sich in einem Gang, der zu
beiden Seiten eine Reihe von Zimmertüren aufwies. Offenbar
waren hier Patienten untergebracht. Das Interieur war erstaunlich freundlich. Man hatte eher den Eindruck, in ein Mittel-
klassehotel eingetreten zu sein als in eine Klinik. Der Boden
präsentierte sich mit Teppich statt nackt gefliest. Die Bilder an
den Wänden waren nach Tims Geschmack, Franz Marc und
andere farbenfrohe Expressionisten. Er schlenderte ein paar
Schritte weiter. Der weiche Untergrund dämpfte sein Schritt-
geräusch. Der Gang mündete in eine kleine Halle. Hier befanden sich ein Schwesternzimmer und der Aufzug. Auf einer
Bank saßen zwei alte Damen. Offenbar warteten sie auf den Lift.

»Entschuldigung«, sprach Tim sie an. »Haben Sie von dem Unglück gehört, was hier vor einigen Tagen geschehen ist?«

Die beiden sahen ihn an und nickten. »Junger Mann, Sie meinen bestimmt das kleine Mädchen. Das arme Ding ist von einem Wahnsinnigen ermordet worden. Wir reden von nichts anderem mehr. Ich möchte am liebsten weg, aber ich muss noch eine Woche wegen meiner Hüfte.« Sie zeigte auf ihre Körpermitte, wo sich vermutlich neue Kunststoffgelenke um Stabilität bemühten.

»Können Sie mir sagen, wo das passiert ist?«, fragte Tim weiter.

»Gehen Sie nur da raus«, sagte die andere Frau und zeigte mit einem dürren, zittrigen Zeigefinger in die Richtung, aus der er gekommen war. »Hinten am Waldrand, wo die vielen Blumen liegen, man kann es nicht verfehlen.«

»Danke sehr.« Er wandte sich zum Gehen. Da hielt ihn eine Hand fest. »Wissen Sie, wer es war?« Die Alte hatte seinen Arm gepackt, druckvoller, als er es erwartet hätte.

»Nein, aber ich will es herausfinden.«

»Er hat mit mir gesprochen, ein paarmal!«

Tim schaute der Alten verwundert ins Gesicht. Er wusste nicht, was er davon halten sollte. »Wer, der Mörder?«

Ihre wässrigen Augen blitzten auf. »Ja. Er hat mich mehrmals auf dem Zimmer angerufen, nachts. Unverschämte Dinge hat er gesagt. Das war bestimmt der, der das Mädchen umgebracht hat!«

»Nun, ich glaube, der Mörder bevorzugt eine andere Altersgruppe. Aber fragen Sie mal den Herrn da drüben, den habe ich im akuten Verdacht. Der könnte Sie angerufen haben.«

Tim zeigte auf einen älteren Mann im Rollstuhl, der neben dem Aufzug saß und permanent zu ihnen herübergrinste. Die Frau öffnete den Mund, wusste aber nichts zu entgegnen und ließ Tim überrascht los. Als er schon ein paar Schritte entfernt war, hörte er die alten Damen kichern.

Wieder draußen angekommen, ging er einen Weg entlang, der durch die weitläufige Wiese in Richtung des Waldes führte. Er kam an einer Gruppe Boulespieler vorbei. Eine junge Frau hielt einen Schreibblock in der Hand und verkündete die Ergebnisse der letzten Spielrunde. Der Weg bog ab und führte nun direkt am Waldrand entlang. Tatsächlich brauchte er nicht lange zu suchen. Eine große Ansammlung von Blumen lag am Wegesrand. Davor stand ein alter Mann, über seine Gehhilfe gebeugt. Tim blieb in einiger Entfernung stehen und nahm dieses Bild ganz in sich auf. Der Eindruck des offenbar trauernden und erschöpft wirkenden alten Mannes vor der Mordstätte war so stark, dass er seine Kamera aus der Jackentasche holte und ein paar Fotos schoss. Der Mann bemerkte es nicht. Tim steckte die Nikon wieder weg und trat näher. Eine Weile blieb er schweigend neben dem Greis stehen. Dann sprach er ihn an.

»Haben Sie das Mädchen gekannt?«

Er drehte den Kopf und blickte Tim aus feuchten Augen an. »Sie war unser Sonnenschein. Sie hat den Aufenthalt hier so schön gemacht.« Der Alte atmete hörbar schwer durch, bevor er fragte: »Sind Sie Polizist?«

»Ich bin auf der Suche nach einem sehr gewalttätigen Mann. Ich will herausfinden, ob er hier war und dieses Mädchen getötet hat.«

»Hab' ich mir doch gedacht. Sie sehen aus wie einer, der solche Bestien jagt.«

Zweifelnd sah Tim dem Mann in die Augen und erwiderte den prüfenden Blick. Was an ihm sollte so aussehen wie ein Jäger? Darüber hatte er noch nie ernsthaft nachgedacht.

»Haben Sie das Mädchen irgendwann einmal mit einem Mann zusammen gesehen?«

»Ich habe schon mit Ihren Kollegen gesprochen. Ich kann Ihnen nichts sagen, was Ihnen helfen könnte. Fragen Sie die Mutter.«

»Ist die noch hier?«

Der Alte schüttelte den Kopf. »Nee, die ist am gleichen Tag noch weg. Stellen Sie sich vor, hier im Gebüsch hat sie ihre kleine Tochter gefunden. Sie hing aufgeknüpft an einem Baum. Es ist so schrecklich.«

Er wandte sich ab und setzte seinen Weg fort, ohne Tim noch einmal anzusehen. Der Arm, mit dem er gerade noch in das Gebüsch gewiesen hatte, klammerte sich nun wieder an den Griff seiner Gehhilfe. Tim konnte hören, dass er leise weinte.

Er stieg über die Blumen hinweg und trat ins Unterholz, bewegte sich ein paar Schritte vom Weg in den Wald hinein. Es herrschte immer eine eigentümliche Atmosphäre am Ort eines Verbrechens dieser Art. Der Mord war am Nachmittag geschehen, etwa um diese Zeit. Den Verdauungsspaziergang nach dem Mittagessen hatte man schon hinter sich. Jetzt begannen für die meisten wieder die Programme. Hier war es still, trotz der Nähe zu der großen Klinik mit ihren Hunderten von Patienten. Nur von der Boulebahn klang hin und wieder ein Stimmfetzen zu ihm herüber. Der Baum mit der markanten Astgabel fiel Tim sofort ins Auge. Es hingen noch Markierungen der Spurensicherung daran.

Hier war es geschehen.

Er sah sich um. Das Gebüsch war üppig und dicht. Vom Weg aus war ein Mann, der hier lauerte, nicht zu sehen, konnte jedoch umgekehrt einen Teil des Weges einsehen. Genau hier hätte Tim auf ein am Waldrand spielendes Kind gewartet. Er war sicher, dass der Mörder das auch getan hatte. Doch er hatte wissen müssen, dass die Kleine hier sein würde. Was hatte der alte Mann eben gesagt?

»Sie war unser Sonnenschein.« Klar, ein kleines, süßes Mädchen in einer solchen Klinik war schon etwas Außergewöhnliches. Sicher kannten sie viele. Doch die Überprüfung der Patienten hatte nichts ergeben. War er ein Besucher gewesen? Gehörte er zum Personal, oder wohnte er in der Nähe? Tim musste mit der Mutter sprechen. Und natürlich mit dem Vater des Kindes, obwohl das die Polizei schon getan hatte.

Sein Handy klingelte und rüttelte in seiner Tasche herum. Das Display zeigte an, dass sein Agent Julius ihn sprechen wollte. Er wartete sicher sehnsüchtig auf die Tibet-Story.

»Wer stört?«

»Kannst du dich noch an den Vorschuss erinnern, den ich

persönlich für dich herausgehauen habe? Kannst du dich darüber hinaus an den Termin erinnern, an dem du liefern wolltest?«

»Hallo, Julius, nett dich zu hören. Wie geht's dir denn so?«

Die Stimme aus dem Telefon klang genervt. »Tim, da hört der Spaß auf! Man rückt mir derbe zu Leibe. Du kannst nicht Vorkasse machen und dann abtauchen!«

Offenbar hatte man ihm wirklich Dampf unter dem Hintern gemacht. Tim wusste selbst, dass er einen Liefertermin hatte. Er sah sich noch einmal um, dann ging er zurück zum Weg. Der Anruf hatte die Atmosphäre zerstört. Hier gab es für ihn nichts mehr zu entdecken.

»Hey, Tim, bist du noch da?«, quakte es aus dem Gerät.

»Ja doch, du Quälgeist«, antwortete Tim und trat aus dem Wald heraus. Als er nach rechts blickte, sah er etwa fünfzig Meter entfernt einen Körper auf dem Boden liegen. »Julius, ich ruf dich zurück. Bis gleich!«

Mit einem Knopfdruck beendete er das Gespräch und lief zu dem Menschen, der dort auf dem Weg lag.

Es war der Alte von vorhin, der gestürzt war. Er lag da im Schmutz, klammerte sich an seine stehengebliebene Gehhilfe und hatte offensichtlich keine Kraft, sich selbst aufzurichten. Er erinnerte Tim an einen Bergsteiger, der in der Höhe zusammenbricht und einfach nicht mehr hochkommt. So war es ihm selbst vor einigen Monaten am Cho Oyu ergangen. Schnell war er bei dem Alten, beugte sich nieder und fasste ihn unter den Achseln. Als er ihn anhob, merkte er, wie schwer dieser Greis war.

Ein Stück entfernt ging ein junger, hochgewachsener Mann im Trainingsanzug spazieren. Tim rief in seine Richtung: »Hallo, helfen Sie uns doch mal!«

Der Mann winkte ab und ging weiter, rief aber zurück: »Geht nicht, Beckenbruch!«

»Hättest du denn jemanden zu Hilfe gerufen, Arschloch?«, rief Tim dem ungeniert weiterspazierenden Kerl zu. Der würdigte ihn keines Blicks mehr. Tim nahm alle Kraft zusammen und hob das schlaffe Schwergewicht empor.

»Danke, danke«, murmelte der Alte.

Tim klopfte die Kleidung des Greises notdürftig ab. »Kommen Sie, ich bringe Sie zurück.«

Sie gingen langsam zurück zum Gebäude. Währenddessen redete der Mann unablässig auf ihn ein. Er erzählte ihm seine Krankheitsgeschichte vom Tag der Pensionierung bis zum schweren Herzinfarkt vor einigen Monaten. Offenbar brauchte er das nach der erniedrigenden Erfahrung seiner Hilflosigkeit. Über das Mädchen erfuhr Tim nichts mehr. Offenbar kannten alle Patienten die »süße Maus«, die überall Freude verbreitet hatte. Jedermann hatte sie mal im Arm oder auf dem Schoß gehabt. Es gab keinen besonders auffälligen lieben Onkel. Tim brachte den Alten ins Haus, dann zum Lift, dann letztlich bis zu seinem Zimmer. Er musste ihm helfen, die Tür zu öffnen. Seine Finger waren zu zittrig dazu. Tim konnte ihn erst ruhigen Gewissens verlassen, als er ihm aufs Bett geholfen hatte.

Dann ging er zurück zum Parkplatz. Unterwegs begegneten ihm noch eine Reihe Menschen, fast alles Senioren.

Wenn es einen Ort gab, an dem er niemals nach einem kleinen Mädchen gesucht hätte, dann war es diese Rehabilitationsklinik. Der Mörder musste sein Opfer gekannt und ihm gezielt hier aufgelauert haben. Es kam nur ein Patient oder jemand vom Personal in Frage. Oder natürlich jemand aus der Familie, der den Aufenthaltsort von Mutter und Kind kannte. Soweit Tim wusste, hatte der getrennt lebende Vater kein Alibi. Damit war er der Hauptverdächtige.

Bevor Tim ins Auto einstieg, zückte er das Handy. Er würde Julius zurückrufen und ihm sagen, dass er die Story am nächsten Tag bekommen würde. Er würde die ganze Nacht und den morgigen Tag daran arbeiten, um endlich den Kopf ganz frei zu haben, wenn der Täter wieder zuschlagen sollte. Und er würde ihn in Köln finden, in seiner Stadt, die wohl auch die Heimat des Mörders war. Noch diktierte der das Geschehen, aber Tim würde seine Geschichte aufschreiben, und das letzte Wort, das würde er haben.

Kapitel 35

Dichte Nebelschwaden zogen über das Feld und hüllten die Gruppe in ein diffuses Halbdunkel. Der Weg war kaum zu erkennen. Sie stolperten unsicher weiter. Irgendwo musste das Dorf sein, in dessen Schutz sie die Nacht verbringen wollten.

Sie wussten, dass sie die Ortschaft erreichen mussten, bevor die Dunkelheit hereinbrach. Sonst waren sie schutzlos der übermächtigen bösen Hexe ausgeliefert. Sie beeilten sich, kämpften sich durch den immer dichteren Nebeldunst. Man durfte hier nicht vom Weg abweichen. Da tauchten schemenhafte Umrisse am Wegesrand auf. Als sie näher kamen, sahen sie einen Galgen, an dem niemand hing. Es waren jedoch einige frisch ausgehobene Gräber darunter, alle offen. Claudia trat näher und betrachtete die Gräber genauer. Dann erklärte sie den anderen, dass hier einige Soldaten lagen, die im Kampf gegen die Hexe gefangengenommen und hingerichtet worden waren. Irgendwie hatte Manfred das Gefühl, dass der Krieg längst verloren war und ihre Bemühungen völlig sinnlos waren. Plötzlich stand Tim Schuster hinter ihm. Er packte ihn und stieß ihn in eines der offenen Gräber.

»Kämpfe gegen die Hexe, nur du kannst sie besiegen!«, rief er ihm hinterher. Manfred streckte aus der modrigen Tiefe die Hände nach Claudia aus, die am Rande des Grabes stand. Sie schaute ihn nur an und bewegte ihre Lippen nicht. Doch er spürte, dass sie ihm gerade sagte, sie könne ihm jetzt nicht mehr helfen und er müsse der Hexe allein gegenübertreten. Dann brachen die losen Wände des Grabes über ihm zusammen und erstickten seinen Schrei. Manfred wurde bewusstlos.

Als er aufwachte, war er noch völlig im Gefühl des Grauens gefangen. Er lag schweißgebadet auf dem Rücken, sein nackter Körper wirkte klein und schmächtig auf dem breiten, weißen Laken. Das Zimmer war schwach durch den Schein einer geschmacklosen Nachttischlampe beleuchtet. Irgendwie wusste er, dass er in Gefahr war.

Dann erhob sie sich. Sie hatte wohl offenbar neben ihm auf dem Bett gelegen, ohne dass er sie bemerkt hatte. Es war die Hexe. Ihr langes Haar fiel offen über den nackten Busen, der von dem aufgeknöpften Nachthemd freigegeben wurde. Sie beugte sich über ihn, ihre großen, schwellenden Brüste berührten seinen Bauch. Jetzt sah er, dass diese Brüste von blutenden Beulen besetzt waren. Er hatte schreckliche Angst, doch er konnte sich nicht wehren. Auf eine schreckliche und ihm unverständliche Weise war er in Furcht erstarrt und fasziniert zugleich. Er wünschte sich, dass sie ihn verschonen und weggehen würde. Doch ihre nahe Körperlichkeit erregte ihn gleichzeitig. Sie streichelte seinen Kopf, küsste seinen Hals, seine Ohren. Aus ihren Mundwinkeln rann dickflüssiger, eitriger Speichel. Er roch ihre modrige Ausdünstung unter dem süßlichen Parfüm. Jetzt baumelten ihre riesigen, deformierten Brüste genau über seinem Gesicht. Daumendicke Nippel reckten sich ihm entgegen. Er drehte den Kopf zur Seite und blickte auf ein Kruzifix. Daran hing ein Jesus, der ihn mitleidig betrachtete. Er zeigte ihm seine Wundmale und sagte ihm damit, dass auch er der Hexe erlegen war und ihm nicht helfen konnte.

Die Hexe bedeutete ihm, ihre Brustwarzen in den Mund zu nehmen und daran zu saugen. Widerwillig tat er es. Sie stöhnte leise auf und stammelte etwas davon, wie sehr sie ihn liebte und dass er das einzige auf der Welt sei, was ihr etwas bedeute. Dann rann ihm ihre Milch in den Mund. Manfred musste schlucken, immer weiter schlucken, um nicht zu ersticken. Er durfte nicht aufhören, bis sie ihm auch die andere Brust gab, an der er dann weitertrinken musste.

Ihm war übel. Er musste sich beherrschen, um die Milch nicht wieder zu erbrechen. Das würde sie sehr böse machen. Er erinnerte sich daran, dass das schon einmal geschehen war. Während er verzweifelt weitersaugte und schluckte, rieb sie mit einer Hand sein Glied. Es wurde steif, ohne dass er etwas dagegen tun konnte. Dann rutschte sie an ihm herunter. Aus ihren Nippeln tropfte Milch auf seine Brust, die unbehaart war wie die eines Knaben. Jetzt hatte ihr Mund seinen Penis erreicht. Sie küsste ihn, dann schlossen sich ihre Lippen darum, und sie begann daran zu saugen und zu beißen. Es tat etwas weh, doch es erregte ihn auch, obwohl er es nicht wollte. Ihr ekliger Speichel rann an seinem Glied herunter. Immer heftiger saugte sie und befahl, er solle sich öffnen und sich in ihren Mund ergießen. Doch das wollte er nicht. Er konnte es nicht, so viel sie auch seinen Penis mit Zunge und Lippen bearbeitete. Dann gab sie es auf und machte mit der Hand weiter, bis er schließlich doch ejakulierte. Sie lächelte, küsste und streichelte ihn, redete auf ihn ein. Dann wischte sie ihm mit einem Taschentuch das Sperma vom Bauch. Manfred drehte sich herum, konnte ihren schrecklichen Anblick nicht mehr ertragen und drückte sein Gesicht in das Kissen.

Sie hatte wieder gesiegt. Der Kampf gegen die böse Hexe war sinnlos. Als sie den Raum verließ, stellte er sich vor, wie er sie packen und mit der Kraft seiner bloßen Hände niederzwingen würde. Er würde sie drücken, bis der letzte Atem aus ihrer geschwollenen Monsterbrust gewichen wäre. Doch das war ein Traum, der niemals Wirklichkeit werden konnte.

In diesem Moment wusste er, dass es wirklich ein Traum war. Endlich wachte er auf. Claudia lag neben ihm im Halbdunkel des grauenden Morgens. Furcht und Ekel flauten in dem Maße ab, wie er sich Stück für Stück wieder in die Wirklichkeit einfand. Was für ein Traum. Es musste Jahre her sein, dass er so intensiv im Schlaf gesponnen hatte. Jetzt musste er erst einmal etwas trinken und die Schreckgespenster ganz vertreiben. Er stand auf und machte sich auf den Weg in die Küche. Er war froh, in Wirklichkeit nicht so schwach und ohnmächtig zu sein wie in diesem nächtlichen Trugbild.

Kapitel 36

Das Wasser prasselte so heftig auf die Windschutzscheibe, dass man fast nichts sehen konnte. Manfred saß in einem seiner Firmenwagen, ein neutraler, dunkler Passat Kombi, der wesentlich unauffälliger war als der weinrote Jaguar. Die Rücksitze waren umgeklappt. Es war viel Platz im Wagen. Den würde er auch brauchen. Bis jetzt lagen nur eine Flasche Trichlormethan, eine Decke und ein Tuch hinten im Kofferraum.

Hin und wieder tauchte eine Gestalt im Grauschleier des dichten Regens auf. Sie aber war bis jetzt noch nicht dabei gewesen. Gestern hatte er hier zwei Stunden vergeblich gewartet. Heute hatte er sich etwas Lesestoff mitgebracht. Doch nun saß er schon wieder über eine Stunde hier und war über das Inhaltsverzeichnis des Magazins noch nicht hinaus gekommen. Immer wieder wanderte sein Blick in den Rückspiegel und suchte die Straße ab, die sie irgendwann heraufkommen würde, heraufkommen musste. Er fühlte sich in einer endlosen Schleife gefangen: Immer wenn er sich entschloss, das Spiegelbild der regennassen Straße ruhen zu lassen und sich dem ersten Artikel über die Entwicklung der Kybernetik zuzuwenden, glaubte er eine Bewegung wahrzunehmen und starrte dann noch eine Weile enttäuscht auf das leere Areal. Dann suchte er von neuem Zerstreuung, aber vergeblich.

Er hatte gerade angefangen, den Artikel wirklich zu lesen, als sie dann endlich erschien. Er erkannte sie sofort, trotz des Regens und der Entfernung. Sie trug keine Kapuze, keinen Schirm, sondern ließ ihr Haar nass und wirr auf den Schultern liegen. Es war jemand bei ihr. Manfred ärgerte sich einen Moment. Doch dieses andere Mädchen verabschiedete sich mit einem Winken und ging hinten auf der Hauptstraße weiter, während sie in die einsame Gasse einbog und ihm flotten Schritts zueilte.

Manfred stieg aus, öffnete den Kofferraum und tränkte das Tuch mit der Flüssigkeit. Dann fummelte er zum Schein weiter herum, bis er ihre Schritte hinter sich hören konnte. Er drehte sich um.

»Hallo, kannst du mir vielleicht helfen?«

Sie blieb neben ihm stehen, lächelte ihn freundlich an. Wasser lief über ihr hübsches Gesicht. Es schien ihr nichts auszumachen. Der Regen war warm.

»Bitte?«, fragte sie und trat näher an ihn heran.

Er schaute sie an, dann kurz nach links und rechts. Es war niemand zu sehen. Er fasste das befeuchtete Tuch mit der Rechten. Sein Herz schlug so laut, dass er fast befürchtete, sie könnte es hören.

»Schau mal, ich habe da ein Problem.«

Als sie neugierig noch einen Schritt näher kam, war Manfred schnell bei ihr. Er umfasste mit der linken Hand ihren schlanken Nacken und presste ihr das Tuch auf Mund

und Nase. Sie stöhnte und packte ihn mit beiden Händen. Ihr Griff verlor ihn wieder, sie knickte in den Beinen ein, fiel gegen ihn und musste von ihm aufgefangen werden. Manfred hielt sie sicher fest, ließ sie nicht fallen. Noch ein kurzes Zucken, dann lag sie still in seinen Armen. Behutsam legte er sie in den Kofferraum und schlug die Decke über den reglosen Körper. Er schloss den Wagen und ging zur Fahrertür. Fast hätte er ihre Tasche übersehen, die auf der Straße lag. Er hob sie auf und legte sie auf den Beifahrersitz. Dann startete er den Motor und fuhr los.

Lange würde sie nicht schlafen, doch sie hatten es auch nicht weit. Er fuhr nur fünf Minuten aus dem Ort hinaus, dann begann ein ausgedehntes Waldgebiet, in dem er als Jugendlicher regelmäßig gejoggt war. Bei diesem Sauwetter musste er gar keinen so abgelegenen Winkel aufsuchen. Dort war jetzt kein Mensch unterwegs. Es war mitten an einem Wochentag, und es regnete in Strömen. Alles passte für seinen Plan. Er lenkte den Wagen in einen Waldweg, der von der Straße weg eine Biegung aufwies, und hielt hinter der Kurve an. Er stellte den Motor ab und stieg aus. Regen prasselte auf seinen Kopf. Er war völlig durchnässt, als er hinten den Kofferraum wieder öffnete. Alles klebte ihm am Leib. Er zog die Decke zurück. Sie lag da, ebenfalls ganz nass. Manfred strich ihr das wirre Haar aus dem Gesicht, berührte dabei ihre Wangen, ganz kurz mit einem Finger auch ihre Lippen. *Was für ein Geschöpf,* dachte er.

Sie zeigte eine Regung unter seiner Berührung. Ihr kleiner Busen hob und senkte sich unter dem schweren Atem des

Chloroformschlafs. Sie drehte sich auf die Seite. Manfred fasste sie an, um sie herauszuheben. Sie war noch nicht wach, stöhnte aber leise, legte ihre Hände um seinen Nacken und hielt sich unbewusst an ihm fest. Ihr Atem streifte sein Gesicht, süß und rein. Er war über sie gebeugt, hielt diesen wunderschönen Körper. Sie umfasste ihn, er fühlte sich zu ihr heruntergezogen. Seine Lippen berührten ihren Hals, er schmeckte ihre Haut. Sie schien zu erbeben, ihre jugendlichen Brüste zeichneten sich unter dem nassen Stoff ab, Knospen vor dem Erblühen. Seine Hände streichelten über sie, blieben an den Knöpfen der Bluse hängen, öffneten sie einen nach dem anderen. Ein straffer Bauch kam zum Vorschein, darüber kleine, feste Brüste. Kein Büstenhalter. Manfred spürte das Zittern seines Körpers. Sie bewegte sich, hob das Becken an, so als wolle sie sich ihm anbieten. Es rauschte in seinen Ohren, und er sah nichts mehr. Sein Herz fühlte sich an, als poche es außerhalb der Brust. Ihr Atem, ihr Hals. Ihre Wärme.

Als das Rauschen in seinem Kopf nachließ, lag sie still da, reglos, und schaute zur Decke des Wagens. Er trat einen Schritt zurück. An ihr und zwischen ihren Beinen war Blut. Auch Spuren von ihm. Manfred schloss schnell seine Hose. Auch an seinen Fingern war jetzt Blut. Was sollte das, wieso all das Blut? Das war nicht richtig. Es musste weg.

Er nahm das Tuch, das noch feucht war vom Chloroform, und wischte sich damit sauber. Es ging nicht ganz weg, aber trotzdem zog er sie schnell wieder an. Ihre enge Hose war schwierig hochzuziehen, und sie half nicht dabei. Die Bluse musste er auch noch schließen. Man sollte nicht denken, sie sei eine offenherzige Schlampe. Das war sie nicht. Manfred kannte sie besser. Er schloss alle Knöpfe sorgfältig. Dann hob er sie aus dem Wagen heraus und trug sie ins naheliegende Gebüsch. Nun musste er sie verlassen. Der Schmetterling träumte jetzt, brauchte ihn nicht mehr. Er hatte alles für sie getan, hatte alles gegeben. Mit einer letzten Berührung schloss er ihr die Augen.

Der Schmetterling träumte.

Kapitel 37

»Papa, was hat Opa denn für eine Überraschung für mich?«

Moni war ganz aufgeregt, seit sie am Morgen mit Tims Vater telefoniert hatte. Er hatte ihr erzählt, dass er etwas für sie bereithielt.

»Aber Schatz, wenn ich es dir sagen würde, wäre es doch keine Überraschung mehr. Außerdem weiß ich es auch nicht.« Das stimmte. Tim hatte tatsächlich keine Ahnung, was sein Vater sich für Monika ausgedacht hatte. Es war Freitagnachmittag, sie waren gerade auf dem Weg zu ihm. Gleich würde er das Geheimnis wohl lüften.

Tims Handy klingelte. Es lag auf der Mittelkonsole. Er bedeutete Veronika, das Gespräch für ihn anzunehmen.

»Es ist Lena Berger.« Veronika hielt ihm das Gerät hin.

»Hallo, Lena. Was gibt's?«

»Tim, wo bist du gerade?«

»Am Telefon.«

»Guter Witz, aber mir ist gerade nicht zum Lachen.«

Tim konnte ihrer Stimme anhören, dass sie es todernst meinte. Er ahnte in diesem Moment den Grund ihres Anrufs und sagte: »Ich fahre gerade durch Ehrenfeld. Mein Vater hat uns zum Abendessen eingeladen.«

»Dann sieh zu, dass du auf die A4 Richtung Aachen

kommst. Das heißt, wenn du die Leiche noch am Tatort sehen willst!«

Einen Moment stockte ihm der Atem. Er sah zu Veronika herüber, dann im Rückspiegel zu Moni. »Lena, ich bin mit der Familie unterwegs.«

»Du musst es wissen. Ich hätte jedenfalls gern, dass du das hier siehst.«

»Wo bist du genau?«

»Fahr auf der A4 bei Düren ab. Dann Richtung City, anschließend folgst du den Hinweisschildern zur B264 nach Aachen. Wenn du im Stadtteil Gürzenich bist, fährst du kurz vor dem Ortsausgang links ab. Dort ist ein Schild, das zu einem Kaff namens Schevenhütte weist. Dieser Straße folgst du, bis sie aus dem Ort heraus und in ein Waldgebiet führt. Dann siehst du die Einsatzwagen.«

»Ich muss zuerst meine Frauen absetzen; in anderthalb Stunden bin ich da.«

Lenas Stimme wurde ungeduldig. »Tim, in anderthalb Stunden wird hier geräumt. Entscheide dich!«

»Ich komme. Lasst sie liegen, wo sie ist, wenn es geht.«

Tim trennte die Verbindung mit einem Knopfdruck und hatte dann gerade noch Zeit, um den Blinker zu setzen und die richtige Abzweigung anzusteuern.

»Tim, was machst du? Wo fährst du hin?«

»Entschuldige bitte, Schatz. Lena ist an einem frischen Tatort, und ich kann mich dort umsehen.«

»Bist du wahnsinnig?« Veronikas Augen blitzten zornig. »Du willst doch nicht ernsthaft mit uns …« Sie schaute sich zu Moni um, dann sah sie wieder Tim an und tippte sich mit dem Finger an die Schläfe.

»Ihr werdet gar nichts sehen. Ich parke in genügender Entfernung, und ihr bleibt im Auto. Das Ganze wird nicht lange dauern.«

»Tim, du drehst sofort wieder um. Das ist verrückt, uns dahin zu schleppen. Ich will das nicht. Es reicht mir völlig, dass du dich mit so etwas beschäftigst, aber uns ziehst du da nicht mit hinein!«

»Herrgott, versteh doch, das Opfer noch am Ort des Geschehens zu sehen, ist eine Chance, die ich einfach nutzen muss. Ihr werdet doch nichts zu sehen bekommen!«

»Du hast dich entschieden, Arschloch!«, fauchte sie und schaute grimmig vor sich hin.

Tim zuckte mit den Schultern und versuchte sich auf den Verkehr zu konzentrieren. Es war auch ihm nicht wohl dabei, doch er konnte einfach nicht anders. Für diese Gelegenheit nahm er in Kauf, dass Veronika vielleicht einige Tage Kalten Krieg praktizieren würde. Er tastete mit der Linken in die Seitenablage, wo neben der Fingerhantel auch seine Nikon lag. Wenn er auch auf dem falschen Fuß erwischt worden war, bereit war er doch.

Er fragte sich, was ihn erwarten würde. Wenn Lena am Tatort war, musste das einen triftigen Grund haben. Er war sicher, dass er gleich ein totes Mädchen mit Würgemalen am Hals sehen würde.

Wieder musste er in den Rückspiegel schauen.

»Was ist los, Papa? Fahren wir nicht zu Opa?«, fragte Moni.

Veronika sah ihn hasserfüllt an.

»Doch sicher, Süße«, antwortete er. »Wir machen nur einen kleinen Umweg. Wir sind rechtzeitig zum Essen bei Opa.«

Eine Dreiviertelstunde eisigen Schweigens später waren sie am Ziel. Lenas Beschreibung war präzise gewesen. Die Ansammlung von Fahrzeugen auf der schmalen Landstraße war nicht zu übersehen. Tim parkte am Straßenrand, gleich neben einem Polizeiwagen. Beim Aussteigen steckte er die Kamera ein.

»Es dauert höchstens zehn Minuten.«

Natürlich war Veronika stinksauer, aber das war jetzt zweitrangig. Er ging den Weg entlang, der von der Straße abzweigte. Der Boden war schlammig, Offenbar waren die starken Regenfälle nicht auf Köln beschränkt gewesen.

Ein Beamter in Uniform hielt ihn auf. »Hier können Sie nicht weiter, bitte gehen Sie zurück!«

»Mein Name ist Schuster, ich bin mit Hauptkommissarin Berger verabredet. Sie erwartet mich.«

Der Polizist sah ihn verwundert an. »Ach so, Sie sind der Profiler. Na, dann kommen Sie mal mit.«

Nur wenige Meter weiter trafen sie auf Lena. Als sie Tim sah, winkte sie kurz und nickte ihrem Kollegen zu. Der ließ ihn daraufhin die Absperrung passieren.

»Hallo, Tim. Ich will, dass du das hier siehst.« Sie wies auf den Körper, der ein paar Schritte von ihnen entfernt am Boden lag.

Tim trat näher.

Es war ein junges Mädchen. Er schätzte sie auf höchstens zwölf Jahre. Auch jetzt noch war zu erkennen, wie hübsch sie war. Sie lag ausgestreckt auf dem Rücken, den Kopf auf eine Baumwurzel abgelegt. Ihre Augen waren geschlossen.

»Sie ist offensichtlich erwürgt worden. Wieder die gleichen Spuren am Hals.« Lenas Stimme klang müde.

Tim machte ein paar Fotos von der Leiche und der nächsten Umgebung. Überall waren nummerierte Markierungen der Spurensicherung. Hier wurde schon seit Stunden gearbeitet.

Ein Mann kam auf sie zu. »Frau Berger, wir müssen die Tote jetzt ins Institut verbringen. Sie liegt erst wenige Stunden hier, eine unverzügliche Obduktion kann wichtige Hinweise ergeben.«

»Selbstverständlich. Wir brauchen nur noch eine Minute.« Lena blickte Tim auffordernd an. »Also, schau dich genau um. Was fällt dir auf, ganz spontan?«

Tim atmete tief durch und ließ das tote Mädchen auf sich wirken. »Das war unser Mann. Aber etwas ist anders.«

»Was meinst du?«

»Die kleine Läuferin haben wir so gefunden, wie sie gestorben ist. Er hatte sie einfach liegenlassen. Diese Leiche wurde hier jedoch abgelegt. Er hat sie anderswo getötet und dann hierher gebracht. Oder gibt es hier Kampfspuren?«

»Nein, Sie haben recht«, antwortete der Kriminaltechniker.

Tim schaute sich das Mädchen noch einmal genauer an, und ihn beschlich ein starkes Gefühl der Beklemmung. Das war normal bei einem solchen Anblick. Doch es war irgendwie anders. Vermutlich lag es daran, dass nicht weit von hier seine Tochter im Wagen saß und auf ihn wartete, während er dieses tote Mädchen betrachtete.

»Gibt es Spuren von ihm? Reifenspuren, Fußabdrücke?«

Lena schüttelte den Kopf. »Leider ist das Mädchen von einer Gruppe von rund zwanzig Wanderern gefunden worden, die hier alles zertrampelt haben. Keine Chance mehr, in dem Matsch etwas Spezifisches zu entdecken.«

»Wanderer bei diesem Sauwetter?«

Sie zuckte mit den Achseln.

Irgendetwas stimmte hier nicht. Tim hatte das Mädchen erblickt und sofort gewusst, dass hier sein Mann am Werk gewesen war. Er ging noch einmal ganz nahe an die Leiche heran. Ihre Kleidung war völlig durchweicht, aber nicht verschmutzt. Auf dem schlammigen Waldboden war sie sicherlich nicht erwürgt worden. Die weiße Bluse steckte in Jeans. Der nasse Stoff war durchscheinend, außer da, wo er in die enge Hose geknüllt war. An dieser Stelle fiel Tim eine Verfärbung auf. Er beugte sich herunter, um das genauer zu sehen. Dann winkte er Lena und den Kollegen von der KTU heran.

»Ist euch das Blut hier schon aufgefallen?«

Lena schüttelte den Kopf. »Wo siehst du Blut?«

Tim zeigte auf eine Stelle am Hosenbund. »Es sieht so aus, als hätte sich der Stoff, der in der Hose steckt, ein ganz klein wenig rot gefärbt. Kann das sein?«

Der Kriminaltechniker trat näher und hockte sich neben ihn. »Das könnte gut sein. Sie haben scharfe Augen.«

Lena stampfte mit dem Fuß auf. »Wie kann es sein, dass Sie das noch nicht bemerkt haben?«, bellte sie heiser.

Der Mann stand auf und hob abwehrend die Hände. »Wenn es nach mir ginge, wäre die Leiche schon längst unterwegs ins gerichtsmedizinische Institut. Wir haben hier vor Ort die Spuren gesichert, eine genaue Untersuchung nehme ich vor, sobald Sie mich lassen!«

»Ist schon gut«, wiegelte Lena ab. »Ich erwarte Ihren Bericht morgen.«

Tim stand auf, schloss die Augen und legte den Kopf in den Nacken. Einen Moment blieb er so stehen und ließ die Gedanken wirken, die ihm durch den Kopf schossen.

»Er hat sie vergewaltigt und erwürgt. Dann hat er sie wieder angezogen und sie hier hingelegt. Er schämt sich, dass er in sie eingedrungen ist, dass er sie befleckt hat. Aber er war so geil, konnte sich nicht beherrschen. Und am Schluss, als alles vorbei war, hat er sie so gut wie möglich hergerichtet und sie hier zur Ruhe gebettet.«

»Was sagst du da?«

Die Stimme ließ Tim zusammenzucken. Er drehte sich um und blickte in die schreckgeweiteten Augen seiner Frau.

»Veronika. Was machst du hier?«

Der Polizist, der Tim eben hierher geleitet hatte, schaute Lena fragend an. »Frau Berger, die Dame sagte, sie gehöre zu Ihnen. Ist das in Ordnung?«

Lena nickte und hob die Hand. »Ja, schon gut.«

Sie ging mit schnellen Schritten auf Veronika zu, die zwischen Tim und der Leiche hin und her schaute, legte den

Arm um ihre Schultern und zog sie einige Schritte mit sich fort. »Frau Schuster, Sie sollten das hier besser nicht sehen. Es reicht, dass wir uns das ansehen müssen.«

Veronika blickte zu Tim herüber, Tränen liefen über ihr Gesicht. »Du musst das nicht sehen, Tim. Du musst es nicht sehen, aber du willst es sehen!«

Lena redete beschwichtigend auf sie ein. »Frau Schuster, Ihr Mann ist eine große Hilfe bei der Suche nach diesem brutalen Mörder. Ich bin froh, dass er hier ist.«

Veronika hörte ihr gar nicht zu. Stattdessen schrie sie Tim an: »Fühlst du, was er fühlt? Bist du geil auf die Kleine, hättest du sie auch gern gefickt?«

Tim entgegnete nichts. Was hätte er auch sagen sollen angesichts des toten Mädchens? Sollte er ihr sagen, dass er den Täter verstand, weil er sensibel war für die Motivation eines Mannes, der ein unschuldiges, zartes Geschöpf zerbrach, weil auch seine Seele gebrochen war? Sollte er ihr gar sagen, dass er sich in ein solches Monster hineinversetzen konnte, weil auch er ein Mann war? Weil er die Abgründe kannte, über die jeder sogenannte Normale sich seine Brücken gebaut hat? Brücken, die die meisten Menschen täglich überqueren, ohne einen Blick über das Geländer nach unten zu werfen. Wer will dorthin sehen, wo die Höllenschlünde brodeln, die denjenigen, der hinabstürzt, in ein Tier verwandeln?

Lena hielt Veronika im Arm und ging mit ihr den Weg hinunter in Richtung des Wagens. Tim folgte den beiden langsam. Als er am Auto ankam, saß Veronika schon hinten auf der Rückbank und hielt Moni fest umschlungen.

Lena stand am Straßenrand und schaute ihn betreten an. »Tut mir leid. Ich hätte dich nicht drängen sollen zu kommen.«

»Ist schon okay, es war meine Entscheidung. Ich danke dir.« Tim stieg ins Auto und startete den Motor. »Ich rufe dich am Montag an, ja?«

Lena nickte und winkte ihm zu, während er auf der Straße wendete. Als der Wagen auf Touren gekommen war, fragte Monika: »Papa, was ist passiert? Warum weint die Mama?«

Als Tim mit einiger Verzögerung antwortete, musste er seiner Kehle jedes Wort gewaltsam abringen.

»Mama hat eben etwas Schreckliches gesehen, was sie nicht hätte sehen sollen, mein Schatz.«

Und dann überlegte er, was sie in Wirklichkeit gesehen hatte.

Kapitel 38

Er musste nachdenken.

Ihm war so schlecht, dass er brechen wollte – nicht das erste Mal in letzter Zeit. Er sollte seinen Magen untersuchen lassen.

Manfred saß in seinem Arbeitszimmer. Es war spät am Abend. Claudia war schon vor einer Stunde ins Bett gegangen. Nadine war sauer auf ihn, wie nur ein junges Mädchen es sein konnte, weil er ihr nicht bei den Mathematik-Hausaufgaben hatte helfen wollen. Er konnte, er durfte ihr nicht sagen, warum. Der Blick ihrer Schmetterlingsaugen war heute einfach nicht zu ertragen. Max war enttäuscht gewesen, dass er ihm keine Geschichte erzählt hatte. Es wäre ihm aber ohnehin nichts eingefallen.

Er hatte die Decke, die Flasche Chloroform, den Lappen und die Tasche des Mädchens getrennt in fremde Mülltonnen geworfen. Danach war der Firmenwagen zur Komplettreinigung gegangen. Zu Hause hatte er zuerst geduscht. Nein, er hatte sich zum Duschen ausgezogen, die blutige Unterhose zerschnitten und das Klo hinuntergespült. Dann erst hatte er lange geduscht. Ihr Blut hatte er abgewaschen, es klebte an seinem Penis – angetrocknet wie das Monatsblut in Claudias Binden im WC-Abfalleimer. Doch es war das

Blut eines Schmetterlings gewesen. Es klebte an ihm wie der bunte Staub, den man an den Fingern hat, wenn man eines dieser wunderbaren Tiere zwischen den Händen zerreibt, so wie er es als Kind manchmal getan hatte. Niemals mehr könnte er so etwas heute noch tun.

Ihr Mund, ihre sinnlichen Lippen, die knospenden Brüste, all das hatte ihn um den Verstand gebracht. Sie war doch so jung, so unschuldig, duftete so frisch. Und trotzdem war sie eine Frau gewesen, leidenschaftlich und fordernd. Ihr Schoß hatte ihn aufgenommen, und er hatte sich in sie ergossen. Niemals in seinem ganzen verdammten Leben hatte er stärkere Leidenschaft empfunden als in diesem Moment der völligen Hingabe. Die Betäubung hatte ihr die anerzogene Scham genommen und sie instinktiv die Schenkel öffnen lassen. Und sie ließ zu, dass ihre Unschuld seiner Männlichkeit zum Opfer fiel. Ein Opfer war sie gewiss. Das war nicht vorgesehen. Sie hätte nicht befleckt werden dürfen. Er hatte sie zur Raupe gemacht, ihre Geschlechtlichkeit vor der Zeit heraufbeschworen, so wie man eine Knospe gewaltsam aufdrückt, bevor sie von selbst erblüht. Er hatte sie aufgebrochen. Sein blutiges Stemmeisen zeugte davon. Es war 1.24 Uhr, ein langer Tag lag vor ihm. Er sollte schlafen, also schloss er die Augen und lehnte sich zurück. Er war so erschöpft, so unendlich müde. Alles entglitt ihm – irgendwie …

Kapitel 39

Plötzlich schreckte er hoch. 2.03 Uhr.

Er hatte geschlafen.

Worüber hatte er eben nachgedacht?

Was für ein Unsinn. Seine Verwirrung war verständlich gewesen. Noch nie war es zu solch einem Geschehnis gekommen. Doch wenn er es nun, mit einigem Abstand, recht bedachte, war das Vorgefallene nichts anderes als eine logische Weiterentwicklung. Bis jetzt hatte er die Schmetterlinge vor der Verraupung bewahrt und dabei immer geglaubt, dass das Raupenartige und die Geschlechtlichkeit untrennbar miteinander verbunden waren. Doch dabei hatte er sich nur von der perversen menschlichen Entwicklung blenden lassen. Schließlich war es doch der Schmetterling, der den Partner suchte und sich paarte, und eben nicht die Raupe. Das war nur die Abart des Menschen.

Nun hatte er den letzten, entscheidenden Schritt getan. Er hatte den Schmetterling nicht nur vor dem Schicksal der Raupe bewahrt, sondern ihn am Mysterium der Leidenschaft teilhaben lassen – als Schmetterling und nicht als Raupe. Das Blut war dabei unvermeidlich. Es war nur natürlich, so, wie einige Tropfen aus der Puppe quellen, wenn es den Schmetterling zur Freiheit drängt.

Erst jetzt verstand er es wirklich. Sein Instinkt hatte ihn zum Ziel geführt, weil sein Verstand das Naheliegende nicht hatte sehen wollen. Darum war das Gefühl so stark, die Verzückung so groß. Er war das Werkzeug zur Umkehrung der Perversion der menschlichen Un-Natur. Durch seine Leidenschaft wurde der Schmetterling nicht nur bewahrt, sondern sogar befreit. Er konnte seine Erfüllung finden. Eine schwere Last fiel nun von ihm ab. Die Übelkeit wich einem starken Glücksgefühl. Eben noch hatte er eine starke Angst empfunden, eine Art von Ungewissheit, wie sie Jesus am Ölberg gespürt haben mochte. Doch nun wusste er, dass das, was er vollbracht hatte, gut und richtig war. So wie er hier allein dasaß, war er der einzige Mensch auf Erden, der wirklich verstanden hatte. Man würde ihn für das, was er tat, hassen. Man würde ihn verfolgen, doch verstehen würde man nicht. Denn wenn man es verstünde, würde es die Welt radikal verändern. Nichts wäre mehr wie zuvor. Er blieb allein mit seinem Wissen, konnte mit niemandem teilen, die Einsamkeit nicht und nicht die Freude. Doch das war gut so. Es war in Ordnung. Er war bereit.

Kapitel 40

Der Verkehr auf der A4 lief ausnahmsweise flüssig. Tim konnte den Wagen entspannt rollen lassen, hörte dabei Musik und trainierte mit der Fingerhantel. Er war auf dem Weg nach Frankfurt, wo er seine Tibet-Reportage besprechen würde. Es war noch früh. Er hatte das Haus verlassen, noch bevor Monika ihren Schulweg angetreten hatte. Das Handy klingelte. Er schaute auf die Anzeige und nahm das Gespräch an.

»Hallo, Julius, bin ich schon zu spät dran?«

»Morgen, Tim, nicht doch. Bist du schon unterwegs?«

»Klar. Was gibt es so Dringendes, was wir nicht gleich besprechen können, wenn ich in Frankfurt bin?«

»Das Gespräch ist kurzfristig abgesagt worden, tut mir leid. Neuer Termin übermorgen um die gleiche Zeit. Ist das okay für dich?«

»Kann ich irgendwas ändern, wenn nicht?«

Sein Agent lachte. »Nee, nicht wirklich. Also abgemacht?«

»Abgemacht, ciao.«

Tim beendete das Gespräch und legte das Handy weg. Ärgerlich eigentlich. Wer wusste, wie übermorgen der Verkehr auf der Autobahn sein würde.

An der nächsten Ausfahrt fuhr er ab, dann zweimal links und wieder zurück nach Köln. Jetzt, wo er keinen dringenden

Termin mehr hatte, spürte er, wie müde er noch war. Er freute sich sogar darauf, sich noch einmal ins Bett zu legen. Vielleicht hatte Veronika sich ja auch noch einmal hingelegt, nachdem Moni zur Schule gegangen war.

Als er zu Hause ankam, hatte der Tag schon richtig begonnen. Die Sonne schien hell, und die Hauptwelle des Berufsverkehrs war über Kölns Straßen hinweggerollt. Tim freute sich, wieder daheim zu sein. Mit jedem Schritt wuchs die Vorfreude auf eine zweite Runde Schlaf. Er öffnete die Tür. Angenehmer Kaffeeduft stieg ihm in die Nase. Veronika war nicht zu sehen. Sie würde wohl den Luxus genießen, ihren Morgenkaffee im Bett zu trinken. Er ging ins Schlafzimmer.

Der wohlgeformte, nackte Rücken in seinem Bett war nicht zu übersehen. Aber besonders auffällig war das dunkle Haar, das in glatten Wellen über die Schultern floss. Als sie Tims Eintreten bemerkte, drehte die Frau sich herum und gewährte ihm einen Blick auf einen üppigen Busen. Darüber ein junges, hübsches und ihm völlig unbekanntes Gesicht. Jetzt drehte sich auch Veronika um, die auf dem Bauch gelegen und offenbar eine Massage der unbekannten Schönen genossen hatte. Ihr Gesichtsausdruck verriet Schrecken. Tim schossen in einer Sekunde gefühlte hundert Gedanken durch den Kopf. Überraschung, Ärger, Eifersucht, Belustigung, Erregung. Er wunderte sich, diese klaren Kategorien in einem Moment erfassen zu können.

»Guten Morgen zusammen«, sagte er. Dann trat er rückwärts hinaus und schloss die Tür. Er ging in die Küche, nahm sich eine Tasse aus dem Schrank und goss sich den Rest Kaffee aus der Kanne ein. Er war noch heiß.

Die dunkelhaarige Fremde stand plötzlich in der Küchentür, immer noch völlig nackt und offensichtlich ohne jede Scham.

»Sorry, meine Sachen liegen hier«, sagte sie mit einem netten amerikanischen Akzent und sammelte ihre Kleidungsstücke ein, die in der Küche verteilt herumlagen und die Tim noch gar nicht aufgefallen waren. Also waren sie beim Kaffeetrinken in der Küche übereinander hergefallen. Er musste lachen. Sie lächelte zurück, unverschämt locker in ihrer aufreizenden Nacktheit. Veronika hatte einen guten Geschmack.

Er konnte es eigentlich nicht fassen. Andererseits – hätte seine Frau eine bessere Wahl für eine Affäre treffen können als eine attraktive Lesbe?

Sie ging hinaus, um sich anzukleiden. *Hätte noch gefehlt, dass sie sich hier vor meinen Augen anzieht,* dachte Tim. Veronika stand in der Tür. Wenigstens sie hatte sich etwas übergeworfen; sie konnte sich wohl in diesem Moment nicht nackt vor ihn hinstellen.

»Tim«, sagte sie leise und schaute ihn aus feuchten Augen an.

»Hey, Schatz«, antwortete er betont schwungvoll. »Sag jetzt bitte nicht, es sei nicht so, wie es aussieht. Ich bin ja froh, dass es so ein hübsches Ding ist und nicht irgendein behaarter Affe, der mir am Ende noch eine reinhauen will, weil ich ihn beim Abspritzen gestört habe.«

Sie legte die Hände schweigend vors Gesicht. Ihre Freundin hatte sich mittlerweile angezogen und ging zur Tür. Im Vorbeigehen berührte sie Veronika flüchtig mit der Hand an der Schulter, dann war sie hinaus. Wenigstens hatte sie den Anstand, sich den Abschiedskuss zu verkneifen.

»Es tut mir leid, ich hätte anrufen sollen«, hörte Tim sich sagen. Er wusste selbst nicht, ob er das ehrlich meinte oder damit bei Veronika ein schlechtes Gewissen erzeugen wollte. Sie begann unter ihren Händen zu schluchzen. Dann drehte sie sich um und lief ins Schlafzimmer zurück. Dort hörte er sie weinen. Er wusste gar nicht, wieso. Immerhin war jetzt doch nur offenbar, was bestimmt schon seit längerem lief. Warum jetzt weinen? Er trank seinen Kaffee aus. Jetzt wollte er sich gern ins Bett legen und schlafen. Doch da lag Veronika und schluchzte vor sich hin. Aber warum sollte ihn das abhalten? Er stand auf und ging ins Schlafzimmer. Während er sich auszog, bemerkte er den Duft der fremden Frau, der fein, aber unverkennbar im Raum schwebte. Veronika hatte sich mittlerweile wieder im Griff und schaute ihn aus geröteten Augen an. Tim fand sie sehr schön in diesem Augenblick. Er spürte die Erotik, die immer noch in der Luft lag, in Form des fremden Dufts der Dunkelhaarigen. Jetzt war ihm klar, dass eine Frau für ihn keine Konkurrenz darstellte, zumindest nicht in seiner Gefühlswelt. Er fand das Ganze eher erregend als abstoßend. Frauen in lesbischer Liebe vereint waren nun einmal etwas Erotisches für die voyeuristische Sexualität des Mannes – selbst wenn es die eigene Frau war. Gleichzeitig ärgerte es ihn, wie

schnell er sich mit der Situation abzufinden schien. Umgekehrt wäre das sicher anders gewesen. So einfach wollte er
es Veronika nicht machen. Er legte sich ins Bett, drehte sich
zur Seite und schloss die Augen. Er nahm sich vor, sofort
einzuschlafen.

Kapitel 41

Ein lauer Samstagabend. Er wollte das letzte Licht des schwindenden Tages für einen entspannenden Waldlauf nutzen.

Es war schon recht spät, als er seine Laufschuhe zuschnürte. Dabei hatte er das seltsame Gefühl, nicht er selbst zu sein. Irgendwie hatte er den unwiderstehlichen Drang, das Haus so ordentlich wie möglich zu verlassen. Nein, er wohnte gar nicht in einem Haus, sondern in einer kleinen, dunklen Wohnung, die ihn fast erdrückte mit ihrer Enge. Nachdem er alle Zimmer auf offenstehende Fenster kontrolliert und die Kissen auf dem Fernsehsofa zurechtgerückt hatte, trat er in den Hausflur. Er schloss die Wohnungstür, nicht ohne sich vorher zu vergewissern, dass der Schlüssel am vorgesehenen Platz in der rechten Hosentasche war. Danach sicherte er die Tasche mit einem Schnupftuch gegen ein Herausrutschen des Schlüssels beim Laufen.

In der Sicherheit des nicht einsehbaren Hausflurs begann er, die Muskeln und Sehnen seiner Beine sorgfältig zu dehnen. Irgendwie wollte er nicht, dass man ihn dabei beobachtete. Er hatte das Gefühl, dass der Anblick seines Körpers bei jedem Bewegungsablauf Anlass zu Spott und Gelächter gab.

Erst steif und ungelenk, dann aber immer beweglicher bereitete er sich auf seinen Lauf vor. Dabei beobachtete er ein etwa desserttellergroßes Spinnennetz, in dem eine dürre Schnake zappelte. Ihre langen Beine und Flügel erzeugten ein seltsames Brummen. Es war der klägliche Versuch, der tödlichen Falle zu entkommen. Er betrachtete die Szene mit einem gewissen Unbehagen, das sich steigerte, als er die Spinne bemerkte. Sie näherte sich dem Opfer mit den typischen schnellen Bewegungen ihres kompakten, haarigen Körpers. Er beendete hastig seine Vorbereitungen und verließ das Haus. Es war einen Augenblick zu spät, um nicht doch noch mit ansehen zu müssen, wie die Spinne das Insekt erreichte.

Als er die Tür hinter sich zufallen ließ, atmete er tief durch. Die laue Abendluft umspielte sanft seinen Körper und glättete seine aufkeimende Gänsehaut. Es war ein angenehmer Hauch wärmenden Lebens, der ihn beruhigte. Wie selbstverständlich fielen seine Beine in einen Rhythmus, der ihn mit langen, federnden Schritten in Richtung eines nahegelegenen Waldgebiets laufen ließ.

Kaum hatte er seine Atmung mit dem Takt der auf die Bürgersteigplatten klopfenden Sohlen koordiniert, wechselte der Untergrund. Er lief auf dem grasbewachsenen Erdboden eines Feldwegs, der zwar aufgrund der großen Trockenheit ähnlich hart war wie der Asphalt, dafür jedoch natürlich und ohne den beißenden Geruch von Öl und Benzin. Auch hier gab es noch vereinzelt plattgetretene Coladosen oder zerrissenes Schokoladenriegelpapier, doch diese Dinge wurden seltener und verschwanden ganz, als er den Wald erreicht hatte.

So lief er dahin, nichts oder nur wenig denkend. Er durchquerte Lichtungen, dann wieder dichte Waldstücke, die hin und wieder von Wiesen und Feldern durchbrochen wurden, die schon ausgebeutet und stoppelig dalagen. Schließlich drang er in ein größeres Waldgebiet ein, durch das sich der schmale Weg wand wie ein heimlicher Wurm. Der Untergrund gestaltete sich nun weicher. Seine Schrittgeräusche erstickten im einsetzenden Dunkel des abendlichen Waldes.

Mit der Zeit wurde ihm bewusst, dass er vielleicht etwas zu spät aufgebrochen war. Es wurde schnell dunkel, und mit dem Licht des Tages schwand auch die Wärme, die ihn eben noch so freundlich auf seinem Weg begleitet hatte.

Er hatte irgendwie Angst vor der Dunkelheit. Einen kurzen Moment wusste er, dass er träumte, dass dieser Läufer nicht wirklich er selbst war. Aber diese Erkenntnis verflog rasch. Er spürte eine Art von Beklemmung, wie sie wohl jeder normale Mensch an seiner Stelle empfunden hätte. Sie wurde hervorgerufen durch die dunklen Schatten der Bäume und Sträucher sowie der Summe von mehr oder weniger unbewusst wahrgenommenen Geräuschen, die der Wald und seine harmlose Fauna hervorbrachten.

Dann aber hörte er einen Laut, der sich deutlich von den üblichen Geräuschen des Waldes abhob. Er blieb am Wegesrand stehen und versuchte, seine erhöhte Atemfrequenz zu drosseln. Einige Herzschläge lang lauschte er angestrengt.

Es war nichts mehr zu hören.

Er sagte sich, dass er keineswegs geängstigt, nicht einmal beunruhigt, sondern einfach nur neugierig war. Welches Geräusch konnte ihn zum Anhalten veranlassen? Er konnte nicht einmal mehr mit Bestimmtheit sagen, wie dieser Laut überhaupt geklungen hatte. Er lachte leise über sich selbst. Als er sich wieder in Bewegung setzte, kam er sich doch recht kindisch vor. Schnell hatte er seinen Rhythmus wiedergefunden. Seine Gedanken ordneten sich. Es wurde ihm klar, dass er alles Mögliche oder auch gar nichts gehört haben mochte. Um sich zu vergewissern, dass dort im Wald wirklich nichts war, lauschte er während des ruhigen Dahingleitens erneut in die Dunkelheit hinein. Es war nichts, aber auch gar nichts zu hören bis auf das leise Rauschen des Blutes in seinen Ohren. Laut sagte er zu sich selbst: »Manni, du bist ein echter Dummkopf!«

Seine Stimme klang seltsam schräg und zittrig, wohl wegen der Belastung der Lungen durch das Laufen. Er wollte sich gerade mit einem Lachen aufmuntern, da hörte er das Geräusch erneut.

Diesmal war es so deutlich, dass er diesen seltsamen Laut sehr genau hätte beschreiben können. Es war ein Rascheln, das auf einen größeren Körper schließen ließ, der sich geschmeidig durchs Unterholz bewegte. Begleitet wurde das Rascheln von einem hechelnden Laut wie aus einem weit geöffneten Rachen, aus dem triefend eine lange Zunge heraushing.

Ein Hund, schoss es ihm durch den Kopf. Ein Hund, womöglich ein streunender Schäferhund, der Rehkitze riss und harmlose Jogger anfiel. Es konnte allerdings auch ein Pitbull-Terrier sein, abgerichtet von einem dieser geltungsbedürftigen Zuhälter, der sich seines gewalttätigen Herrchens entledigt hatte und nun im Blutrausch auf der Suche nach weiteren Opfern war.

Das hatte ihm gerade noch gefehlt. Er konnte jetzt unmöglich weiterlaufen, um den Hund, der unsichtbar um ihn herumstreifte, nicht zum Zuschnappen zu reizen. Vielmehr musste er stehen bleiben, sich ruhig verhalten und abwarten, bis der Köter abgezogen war. Er spähte vorsichtig zwischen die Büsche, natürlich ohne sich von der Stelle zu bewegen, und horchte in die Dunkelheit. Jedes Geräusch, insbesondere dieses seltsame Hecheln, war erstorben. Es wurde fürchterlich still um ihn herum. Einige Sekunden verstrichen, ohne dass auch nur das Geringste geschah. Er versuchte, seinen Atem zu beruhigen. Er fühlte sich sehr allein, ja geradezu einsam. Andererseits war er froh, dass niemand diese Szene mit ansah, denn er war jetzt sicherlich ein höchst lächerlicher Anblick. Er wusste, welchen Lärm beispielsweise ein Vogel verursachen konnte, wenn er im trockenen Laub herumhüpfte. Dieses Hecheln jedoch, das er laut und deutlich vernommen hatte, konnte wohl kaum der Kehle einer Amsel entwichen sein.

Allmählich löste er sich aus seiner Starre. Er begann, die steif gewordenen Beine zu lockern, und bemerkte, dass er das betont langsam und verhohlen tat. Wie um sich zu zeigen, dass er einem kindlichen Angstmoment zum Opfer gefallen war, führte er die Lockerungsübungen nun bewusst kräftig und vehement aus. *Amsel oder Pitbull, das ist hier die Frage,* dachte er und entschied sich dafür, einen langsamen Trab zu beginnen. Die Bewegung tat ihm gut, und er richtete seine Aufmerksamkeit wieder mehr auf den Weg. Der war noch etwas heller als die Umgebung und bot dem Läufer an, das unheimliche Dunkel des Dickichts zu verlassen. Der Weg war sein Freund, sein Verbündeter, gegen wen oder was auch immer. Vielleicht sogar nur gegen ihn selbst, oder gegen eine blutgierige Amsel, die ihm nach dem Leben trachtete, um einmal einen etwas größeren Wurm verspeisen zu können. Das war lächerlich. Wann hatte er schon einmal solche Angst gehabt? Er musste ein kleines Kind gewesen sein. Wieder die Gewissheit, nur zu träumen.

Er erinnerte sich, gelesen zu haben, dass man in luziden Träumen das Geschehen mitbestimmen kann, dass man sogar selbstbestimmter ist als im wirklichen Leben. Einen Moment konnte er nun wieder freier atmen. Die Angst war nur mehr eine kleine schwarze Spinne, die in der hintersten Ecke ihres Netzes auf ein dummes, zappelndes Opfer wartete.

In diesen Zustand der Erleichterung brach das entsetzliche Knurren ein, auf das er insgeheim schon gewartet hatte. Es verwandelte die trügerische Hoffnung, dass er nur träumte, in panischen Schrecken. Irgendwie hatte er gewusst, dass er nicht träumte, dass er nicht vor einem im Laub raschelnden Vogel floh, sondern dass er wirklich und ernsthaft in Gefahr war. In diesem Moment bemerkte er, dass er wirklich davonlief, dass er in langen, hektischen Sätzen vor einem unsichtbaren Verfolger flüchtete, und das in einem Tempo, das er sonst nur an guten Tagen als Endspurt wählte. Das Geräusch im Unterholz war jetzt kein Rascheln mehr. Ein kräftiger Körper brach ungestüm durch das Geäst. Aus einer dunklen Kehle klang ein durchdringendes Knurren, das ihm den Schweiß aus den Poren trieb. Knurrte ein Hund während des Laufens? Er wusste, dass er unbedingt stehen bleiben musste, wenn er von einem Hund verfolgt wurde, doch er brachte es einfach nicht fertig. Zu stark war die panische Angst, die ihn zwang, seinen Lauf noch zu beschleunigen. Hinter ihm erklang ein Geräusch, eine Art Heulen oder vielmehr Schreien, das sich kaum noch hundeähnlich anhörte und seine Panik in höchste Todesangst steigerte. Er rannte nun um sein Leben. Was immer ihn in diesem verdammten Wald verfolgte, es war eine Kreatur, die ihn nicht nur erschrecken, sondern ihn angreifen und zerfleischen wollte. Sein Herz krampfte sich zusammen, und seine Nackenhaare sträubten sich. Mit einem Mal war es ihm vollkommen gleich, ob er wie ein kleines Kind Angst in der Dunkelheit hatte. Er gab sich ganz seiner Panik hin und erhöhte nochmals die Geschwindigkeit. Ja, laufen konnte er, das würde er seinem Verfolger schon zeigen. Doch trotz des erhöhten Tempos wurden die unheimlichen Geräusche immer lauter und bedrohlicher. Es schien jetzt mehr von der Seite zu kommen. Er wusste, dass bald eine Abbiegung des Weges nach rechts kommen musste, die ihn wieder aus dem Wald heraus und auf ein Terrain bringen würde, in dem sich Wiesen und Felder abwechselten. Jetzt galt es, diese Biegung als Erster zu erreichen und den Wald möglichst schnell zu verlassen. Immer lauter, immer näher klangen die fürchterlichen Laute der ihn verfolgenden Kreatur. Doch nach kurzer Zeit war die Abzweigung erreicht.

Er bog ab und war froh, die dunklen Bäume auseinander treten zu sehen. Mittlerweile war es aber auch im Freien dunkler geworden.

Zur Linken erstreckte sich ein noch nicht abgeerntetes Roggenfeld, zur Rechten eine Wiese, durch einen Stacheldrahtzaun vom Weg abgetrennt. Er hörte es nun laut und deutlich im Feld rascheln, die hohen Roggenhalme teilten sich, offensichtlich von einem großen, aber dicht am Boden laufenden Körper durchwuchtet. Die Kreatur stieß ein entsetzliches Geheul aus, das dem Läufer durch Mark und Bein fuhr. Dieses Geheul machte ihm klar, dass es sich unmöglich um einen gewöhnlichen Hund handeln konnte. Er sträubte sich gegen die Vorstellung, etwas Fremdes, völlig Andersartiges verfolge ihn und trachte ihm nach dem Leben. Doch was es auch war, er hatte panische Angst vor diesem Wesen. Nun kam die Spur der sich teilenden Halme direkt auf ihn zu. Er musste den Weg verlassen. Er gab sich einen Ruck und setzte in kühnem Sprung über den Stacheldraht, der den Weg von der Wiese trennte, hinweg. Er strauchelte kurz, als er auf dem weichen und feuchten Untergrund auftraf, sammelte sich jedoch sofort und rannte über die Wiese davon. Er brauchte gar nicht zu horchen, er wusste ganz einfach, dass der unheimliche Verfolger dicht hinter ihm war. Er wandte seinen Kopf während des Laufens zu beiden Seiten, konnte die Kreatur aber nicht entdecken, obwohl sie da sein musste.

Er näherte sich jetzt einem Stacheldrahtzaun, der quer zu seiner Fluchtrichtung verlief, und es blieb ihm nichts anderes übrig, als darüber hinwegzuspringen. Der Zaun war vielleicht achtzig bis neunzig Zentimeter hoch, kein besonderes Problem für einen guten Läufer mit langen Beinen. Aber er keuchte bereits schwer, und das hohe Tempo der letzten Minute hatte ihn viel Kraft gekostet. Er nahm alle Energie zusammen und sprang über das Hindernis hinweg. Weiterhetzend, bemerkte er eine Reihe weiterer Zäune, die sich ihm in den Weg stellten. Verzweiflung breitete sich in ihm aus. Das Hecheln, Knurren und Heulen, diese entsetzlichen Töne, die nur einer monströsen Kehle entstammen konnten, kamen immer näher. Eigentlich musste das Untier ihn schon beinahe erreicht haben. Er versuchte, seine Geschwindigkeit noch weiter zu steigern, spürte dabei aber, dass er am Ende seiner Kräfte war. Der schnelle Lauf durch den Wald und über die weiche Wiese und die Todesangst hatten seine Beine ausgelaugt. Sein Atem ging rasend schnell. Das Herz schlug ihm bis zum Hals, und Schweiß brannte in seinen Augen. Der nächste Zaun war vor ihm. Er sprang, blieb jedoch mit einem Fuß hängen und stürzte schluchzend ins Gras. Ein stechender Schmerz durchzuckte seinen Knöchel.

Als er den Kopf hob, sah er aus den Augenwinkeln einen riesigen Schatten, der sich rasend schnell auf ihn zu bewegte. Mit einem Aufschrei fuhr er hoch und rannte trotz seiner entsetzlichen Schwäche und den Schmerzen im Fußgelenk weiter, hinter ihm die Bestie wissend, die ihn gleich niederreißen und zerfleischen würde. Er rannte und rannte, längst all seiner Kräfte beraubt, und als der nächste Zaun sich vor ihm aufbaute, wusste er, dass er ihn nicht würde überspringen können. Er machte einen müden Satz und prallte gegen den Zaun, dessen rostige Stacheln sich tief in sein Fleisch bohrten. Er wollte laut aufschreien, seine panische Angst und seine Schmerzen herausschreien. Aber es wollte kein Laut seiner Kehle entweichen. Er strampelte hilflos mit Armen und Beinen, verhakte sich dabei immer mehr in den scharfen Stacheln des Zauns. Er sah alles wie durch einen roten Schleier. Im nächsten Moment raste ein monströser Schatten auf ihn zu. Er fühlte sich wie eine Schnake im Spinnennetz.

»Hilf mir, Tim!«, schrie er, so laut er konnte.

Manfred saß aufrecht im Bett, am ganzen Körper zitternd und schweißgebadet. Er wusste nicht, wo er war.

Ganz langsam wurde er wach und realisierte, dass es tatsächlich ein Traum gewesen war. Er schaute sich im Zimmer um. Alles war fremd. Das Fenster war auf der falschen Seite, es roch seltsam, und er war allein.

Nach einem weiteren Moment der Besinnung war er wieder im Bilde. Er war in Hamburg, hatte den letzten Flieger nach Hause verpasst und musste nun eine Nacht im Hotel verbringen. Das Zittern ebbte ab. Er hatte sich wieder unter Kontrolle. Jetzt merkte er, dass ihm übel war. Er stand auf und ging ins Badezimmer. Erst einmal kalt duschen. Danach würde es ihm schnell wieder besser gehen.

Kapitel 42

Der nervige Taxifahrer hatte es endlich aufgegeben, ihm ein Gespräch aufzwingen zu wollen. Er beschränkte sich aufs Fahren, redete dafür jedoch unsinnigerweise ständig mit dem einen oder anderen Verkehrsteilnehmer, als könnten die ihn hören.

Manfred hatte eine unnötige Nacht in einem überteuerten Hotelzimmer verbracht, schlecht geschlafen und nicht gefrühstückt. Was er jetzt am allerwenigsten vertragen konnte, war ein fremder Mensch, der allerlei Inhaltsloses schwatzte. Zum Glück hatte er sich auf die Rückbank gesetzt. Auf dem Beifahrersitz wäre er wahrscheinlich ein völlig hilfloses Opfer dieser nervtötenden Redseligkeit oder aber gewalttätig geworden. So hatte er etwas mehr Distanz, doch dafür sah er ständig den Hinterkopf des Fahrers vor sich. Wäre es nicht seinem Ziel hinderlich gewesen, so schnell wie möglich zum Flughafen zu kommen, hätte er die größte Lust gehabt, irgendeinen harten Gegenstand auf diesen Schädel zu schmettern und dem Geplapper ein Ende zu machen.

Als das Taxi endlich am Flughafen hielt, hatte Manfred sich alle für den finalen Schlag in Frage kommenden Gegenstände in Handhabung und Wirkung ausgemalt. Er ließ sich eine Rechnung über den exakten Betrag ausstellen und beglich diese auf den Cent genau. Dann betrat er das Gebäude. Es war kurz vor sieben. Das Hotel hatte gestern für ihn den Flug um 07.45 nach Köln gebucht. Also hatte er genug Zeit, um am Schalter das alte Ticket in Ruhe gegen ein neues zu tauschen. Diese Formalität sollte schnell erledigt sein.

Er trat an den Lufthansa-Schalter. Die Frau in der blauen Uniform fragte ihn nach seiner Reservierungsnummer. Die interessierte ihn aber überhaupt nicht, da es im System doch eine Umbuchung für ihn geben musste. Er nannte ihr seinen Namen und den Flug, auf den er gebucht war. Sie erklärte im Gegenzug etwas, was er nicht verstand. Irgendwie erhielt er dann endlich einen Abschnitt, auf dem ein Flug, eine Abflugzeit und ein Gate gedruckt waren. Er empfand einen unbändigen Hass auf diese Frau. Uniformierte Weiber waren ihm ohnehin ein Greuel. Er hatte noch zwanzig Minuten Zeit bis zum Check-In und schlenderte durch die Halle. Neben den typischen Businessfliegern warteten offenbar auch eine Reihe von Urlaubern auf ihre Maschinen. Es waren fast ausnahmslos Paare, da keine Ferienzeit. Eine Familie fiel Manfred dennoch auf. Die Eltern gaben gerade ihr Urlaubsgepäck auf, während die Kinder, ein Mädchen und ein Junge, in der Halle herumliefen. Als die Mutter sich kurz umdrehte und den Kindern in englischer Sprache zurief, sie sollten sich nicht zu weit entfernen, klärte sich damit die Frage nach dem Urlaubsflug außerhalb der Ferien.

Jetzt hielt sich das Mädchen die Hände vors Gesicht und zählte, während ihr Bruder davonlief, wohl um sich zu verstecken. Dann öffnete sie die Augen und begann den Jungen zu suchen. Der hatte sich nicht sehr clever angestellt. Manfred hörte bald das helle Lachen des Mädchens, das ihren Bruder hinter einem Ticketautomaten aufgespürt hatte. Nun war sie an der Reihe, sich zu verstecken. Während der Junge die Augen schloss, sah Manfred ihr nach, wie sie in einem Gang verschwand. Während ihr Bruder noch zählte, folgte Manfred ihr. Er konnte gerade noch sehen, wie sie durch eine offen stehende Tür lief und diese hinter sich schloss. Als er dort ankam, stellte er fest, dass es sich um einen Technikraum handelte, der normalerweise unzugänglich sein sollte. Er öffnete die Tür und trat ein. Eine Menge Aggregate füllten den Raum. Ein ständiges Summen sowie der Geruch nach Schmierstoffen lagen in der Luft. Dann ihr helles Lachen, laut und fröhlich, als sie glaubte, ihr Bruder habe sie entdeckt. Als sie Manfred sah, wurde sie still, sah ihn aber offen und freundlich an. Manfred fand sie sehr hübsch, noch nicht so fraulich wie die Kleine aus Düren. Aber ihre Augen waren klug und klar. Sie strahlte eine unschuldige Reinheit aus, von der er jetzt genau wusste, dass sie sie niemals verlieren würde. Bevor sie Angst bekommen konnte, war er mit einigen schnellen Schritten bei ihr. Er spürte ihren warmen Atem an seiner Hand. Was für ein glückliches Zusammentreffen das doch war. Sie verstanden sich ohne Worte. Es dauerte nicht lange, und sie hing ruhig in seinen Armen. Wieder gab es Blut.

Ihr Höschen lag auf dem Boden. Manfred konnte sich nicht erinnern, wie es dorthin gekommen war. Doch das war ihm nun gleichgültig. Damit konnte er sie beide säubern. Er bettete sie in eine Ecke hinter eine Kiste, damit sie nicht sofort entdeckt werden würde. Dann ging er hinaus. Niemand hatte ihren Liebesakt bemerkt. So hatten sie noch etwas Zeit. Sie, die hier bleiben konnte, und er, der im Flieger sein musste, bevor sie gefunden wurde. Auf dem Weg zum Terminal ging er noch kurz in eine Toilette und wusch sich die Hände. Eine Wunde an seiner Linken. Sie hatte ihn gebissen, die kleine Wilde. Beim Einchecken hörte er ihre Eltern nach ihr rufen. Lisa hieß sie. Als er mit den anderen Fluggästen zum Shuttlebus ging, war er sicher, dass man sie nicht vor seinem Abflug entdecken würde. Sie war ein kluges Mädchen und hatte ein sicheres Versteck gewählt.

Kapitel 43

»Sie haben mir diesen LKA-Schnösel vor die Nase gesetzt!«

Lena kippte den Rest ihres Biers hinunter und schaute Tim mit blitzenden Augen an. Zornig fand er sie noch attraktiver. Er zog es vor, in der Rolle des Zuhörers zu bleiben.

»So ein Lackaffe. Hat bis jetzt nichts anderes als Fallanalysen gemacht. Die kann er ja gern machen, aber mir die Leitung der Ermittlungen wegzunehmen, und dieses Arschloch … Wenn der die nächste Tote sieht, fällt er um!« Sie leerte das nächste Kölsch, das der Wirt unaufgefordert vor sie hingestellt hatte, zur Hälfte. »Das Erste, was er zu mir gesagt hat, war: ›Ich will am Tatort keine dubiosen Journalisten mehr sehen‹, und irgendwas von wegen ›Provinzkommissariat‹. Ein echter Düsseldorfer, arrogant und unverschämt, hohl wie 'ne leere Flasche Altbier!«

Obwohl Lenas Ausbruch ihn belustigte, waren diese Veränderungen ärgerlich für Tim. Er konnte damit diesen Fall nicht mehr an vorderster Front verfolgen. Zwar hatte auch er Verbindungen ins Landeskriminalamt, jedoch waren diese Kontakte bei weitem nicht so eng wie zu Lena. Die kippte den Rest des zweiten Glases hinunter und winkte dem Wirt zu, noch zwei Kölsch zu bringen. Tim trank schnell aus, denn an diesem Abend wollte er der trinkfesten Urkölnerin nicht nachstehen.

Als die beiden frischen Gläser vor ihnen standen, sagte sie: »Du hattest übrigens völlig recht, was den Tathergang der Vergewaltigung in Düren angeht. Es ist unser Mann. Er hat sie mit brutaler Gewalt penetriert und in sie abgespritzt, die Sau. Das Mädchen hat schwere Verletzungen im Vaginalbereich, ansonsten die üblichen Würgemale am Hals. Allerdings wird sie kaum etwas mitbekommen haben, denn sie wurde mit Chloroform betäubt. Ich verstehe das nur nicht. Was mag die Änderung im Verhalten des Mörders bewirkt haben?«

Tim trank nachdenklich einen Schluck und meinte: »Ich habe das Gefühl, dass er mit dieser Vergewaltigung sein Coming Out erlebt hat. Es war schon lange in ihm drin, und jetzt hat er es herausgelassen. Er hat sie betäubt und an einen anderen Ort geschafft. Also war der Hergang genau geplant. Allerdings glaube ich, dass er nicht von vornherein gewusst hat, dass er sie vergewaltigen wird. Er ist eher der sexuell gehemmte, bürgerliche Typ mittleren Alters, der es sich bis zu diesem Zeitpunkt immer verkniffen hat, die Mädchen zu penetrieren. Jetzt ist der Damm gebrochen. Nun wissen wir, dass er nicht impotent ist. Die Blockade war eher kognitiver, möchte sagen intellektueller Natur. Dieser Kerl denkt sich irgendwas dabei. Aber er hinterlässt keine Symbole, keine Hinweise auf seine Motivation. Er ist aalglatt, wahrscheinlich bewegt er sich sogar recht geschickt in der Gesellschaft. Keinesfalls ist er ein verhaltensgestörter Blässling, sondern eher der Typ Politiker oder Autoverkäufer.«

Während Tims Ausführungen hatte Lena ihr Glas schon

wieder geleert und zwei neue Gläser geordert. Er trank schnell aus, als der Köbes den Nachschub vor ihnen abstellte.

»Jetzt müssen wir klären, woher der Mörder das Mädchen in Düren kannte«, meinte sie und überlegte gleich weiter: »Er hat sie zwar im Wald getötet wie die anderen, aber er hat sie nicht dort aufgegriffen. Vielmehr muss er sie auf dem Heimweg von der Schule abgepasst haben. Er wird wahrscheinlich irgendwelche Verbindungen nach Düren haben, familiär oder beruflich, was weiß ich. Die ersten Morde hat er jedenfalls im Raum Köln verübt, und nach Düren verirrt man sich nicht zufällig.«

»Du hast völlig recht. Vielleicht stammt er aus Düren, vielleicht arbeitet er da. Letzteres wäre für einen Kölner jedoch ziemlich unwahrscheinlich. Eher zieht es einen aus der kleineren Stadt in die Metropole als umgekehrt. Vielleicht wohnt er in Düren und arbeitet in Köln, und jetzt, wo er sich von seinen moralischen Fesseln befreit hat, mordet er in seiner Heimat weiter.«

»Was nützt uns diese Hypothese?«

»Zuerst einmal zeigt es uns, dass der Täter beginnt, seine Beherrschung zu verlieren. Von nun an wird er immer häufiger den neu entdeckten Kick brauchen, er wird unvorsichtiger werden, Fehler machen.«

»Das heißt, wir werden noch mehr Opfer haben?« Lena trank schon wieder aus.

»Ja, und die Sache wird sich beschleunigen. Wir werden ihn bald fassen. Es fragt sich nur, wie viele Mädchen er bis dahin noch umbringen kann. Dieser Mann ist ein völlig wahnsinniges Monster, und dabei könnte es der nette Kollege vom Nebenbüro sein. Ich glaube, man müsste ihn schon gut kennen, um ihn entlarven zu können. Wahrscheinlich hat er sogar Frau und Kinder, und niemand ahnt etwas. So ein Typ ist das, völlig integriert in die Gesellschaft und innerlich total krank.«

Schon wieder standen zwei volle Gläser vor ihnen. Tim beeilte sich, das alte zu leeren. Er befürchtete, dass sie ihn unter den Tisch trinken könnte. »Lena, ärgere dich nicht so über den LKA-Typen. Der wird bald wieder weg nach Düsseldorf sein. Das hier ist deine Stadt, hier arbeitest du erfolgreich. Und den Mörder schnappen wir, nicht das LKA.«

Sie lächelte ihn an. »Du bist süß, Tim. Aber mach dir keine Gedanken wegen meiner Befindlichkeit. Ich trinke ein paar Kölsch, und dann ist der Ärger weggespült. Und morgen wird gearbeitet wie immer. Aber wie geht es dir eigentlich? Und wie hat deine Frau die Sache am Tatort verkraftet?«

»Schlechte Frage.«

»Wieso, gibt's Probleme?«

Tim leerte sein Glas und winkte dem Wirt. Jetzt legte er einmal vor. »Veronika betrügt mich.«

»Was, bist du sicher?«

»Ich habe sie erwischt, in unserem Bett.«

»Das ist neu, oder? Ist es ernst oder nur ein Seitensprung?«

»Woher soll ich das wissen?«

Sie schaute ihn kopfschüttelnd an. »Wenn du sie in flagranti erwischt hast, habt ihr doch wohl darüber gesprochen. Da muss sie dir doch gesagt haben, was sie mit dem anderen Typen will?«

»Da liegt ja schon der Haken. Es ist kein Typ.«

Lena pfiff augenzwinkernd und trank nun ihrerseits ihr Glas aus, als der Nachschub kam. »Sie hat sich Abwechslung aus dem eigenen Lager gegönnt?«

»Nett gesagt. Sie hat mit einer rattenscharfen Dunkelhaarigen rumgemacht!«

Lena lachte auf. »Entschuldige, das ist sicher nicht leicht für dich, aber du solltest das nicht überbewerten. Frauen haben ein anderes Verhältnis zueinander als Männer. Offenbar braucht sie nichts Zusätzliches aus der männlichen Ecke, also sei froh. Oder ist sie etwa wirklich lesbisch?«

»Keine Ahnung, ich hatte bis jetzt nicht den Eindruck, dass sie keinen Spaß am Sex mit mir hat.«

»Na, dann ist es halb so wild. Manchmal braucht Frau das eben. Mach kein Drama daraus.«

»Mache ich auch nicht. Du kennst mich doch. Wie oft schläfst du denn mit Frauen?«

Lena grinste frech. »Nicht wirklich regelmäßig. Aber ab und an …«

»Da habe ich ja gerade die Richtige um Rat gefragt. Am Ende machst du noch ein Date mit Veronika aus.«

»Nicht doch, ich habe noch einen Rest Anstand in mir«, meinte sie schelmisch und leerte ihr Glas schon wieder. »Im Moment stehe ich eher auf die andere Fraktion.«

Dabei zupfte sie an den Haaren seiner Unterarme herum und lächelte ihn an. In seiner Hose regte sich etwas, als hätte dort jemand auf ein Stichwort gewartet. Lenas Fingerspitzen auf seiner Haut erzeugten ein wohliges Kribbeln. Eine

Zeitlang saßen sie so da, dann kam das nächste Bier. Als Tim einen Schluck aus dem frischen Glas getrunken hatte, spürte er mit einem Schlag die Wirkung des Alkohols. Auch Lena musste schon angetrunken sein.

»Spielst du jetzt nur mit meinen Haaren, oder spielst du mit mir?«, fragte er sie und sah ihr dabei tief in die Augen.

Sie schaute sich kurz um und antwortete lächelnd: »Mehr als ein bisschen spielen würde ich hier niemals tun. Wenn wir das Bier ausgetrunken haben, bringst du mich nach Hause.«

Tim winkte dem Kellner und holte sein Portemonnaie hervor.

Während er bezahlte, klingelte Lenas Telefon. Sie sagte kaum etwas, hörte nur zu und beschloss das Gespräch mit einem knappen »Bin gleich da«.

»Was ist los?«, fragte er.

Sie schaute ihn kühl an. Er bemerkte sofort, dass ihr Schwipps und die frivole Stimmung wie weggeblasen waren.

»Am Hamburger Flughafen ist heute ein neunjähriges Mädchen vergewaltigt und erwürgt worden. Wir haben die ersten Untersuchungsergebnisse vorliegen und besprechen uns im Büro. Es scheint wieder unser Mann zu sein. Wenn das zutrifft, wird es heiß.« Sie nahm ihre Jacke, winkte ihm noch einmal kurz zu und verließ eilig die Kneipe.

Tim blieb noch eine Weile grübelnd sitzen. Der Mörder hatte wieder zugeschlagen. Wieder war ein Mädchen tot, und diesmal hatte er mit seinem bestialischen Werk Tim sogar davon abgehalten, mit Lena angetrunken im Bett zu landen. Es war ein solcher Wahnsinn.

Kapitel 44

»Wir sollten schon noch mal darüber reden.«

»Ach ja?«

Veronika schaute ihn ernst an. Ihre Stimme klang dagegen fast spöttisch. Er wunderte sich schon ein wenig, tat sie doch damit so, als wäre er in der Bringschuld, was eine Aussprache anging. Sie hatte es doch mit diesem Luder getrieben und nicht er. Natürlich war er nicht verärgert. Die Klarheit über seine Gefühle, die er in jenem Moment der Entdeckung gehabt hatte, war aber leider auch wieder verschwunden.

Sie sollte jedenfalls nicht den Eindruck bekommen, dass ihm alles egal war. Tim konzentrierte sich darauf, nicht abzuschweifen und beim Wesentlichen zu bleiben.

»Bist du lesbisch oder suchst du nur mal gelegentlich etwas Abwechslung?«

Sie schien sich auf diese Frage vorbereitet zu haben, war kein bisschen überrascht. »Nein, ich bin nicht lesbisch. Aber ich habe herausgefunden, dass ich mit einer Frau Dinge erleben kann, die mit einem Mann nicht möglich sind, selbst wenn ich ihn liebe.«

Tim ignorierte die Schlussbemerkung und bohrte weiter. So einfach wollte er es ihr nicht machen. »Macht es dir nichts aus, mich zu betrügen? Wie lange geht das schon?«

»Ich habe dir nichts davon erzählt, weil es unsere Beziehung nie gefährdet hat. Ich liebe dich wirklich, und auch der Sex mit dir ist schön. Die Sache mit Jenny ist einfach wie die Sahne auf dem Kaffee.«

»Ich nehme an, Jenny ist die Masseuse von neulich.«

»Jenny ist eine gute Freundin, sie ist Cutterin und ebenfalls glücklich verheiratet. Wir haben gemeinsam entdeckt, dass es uns Spaß macht, einen Busen zu streicheln und einen weichen Körper zu spüren. Ich denke, das kannst du nachvollziehen?«

Natürlich konnte er das nachvollziehen. Aber ein wenig sollte sie noch nach Erklärungen suchen müssen. »Bis jetzt dachte ich, du fändest meinen harten Männerkörper erotisch.«

»O Tim, jetzt sei bitte nicht albern. Du weißt genau, dass ich es genieße, mit dir zu schlafen. Ich möchte um nichts auf der Welt darauf verzichten, falls du daran zweifelst!«

Er wollte ihr sofort sagen, dass sie es ruhig hin und wieder mit dieser schönen Frau treiben sollte, wenn sie dann glücklich wäre – solange sie nichts dagegen hatte, dass er sich gelegentlich mit Lena traf. Er fühlte sich wie ein Pharisäer, der Gotteslästerung anklagt und sich insgeheim selbst für den Messias hält. Eigentlich war es jetzt auch gut mit der Aussprache. Da er nicht vorhatte, ihr Vorwürfe zu machen und selbst im Glashaus saß, reichte es.

Die Türklingel entband sie beide von einer Fortsetzung des Gesprächs. Das musste Moni sein, die vom Tanzunterricht kam. Tim ging zum Eingang und öffnete. Wie erwartet war

Moni vor der Tür, doch zu seiner Überraschung stand Manfred Jeschke daneben.

»Hallo, Papa«, sagte Monika und schlüpfte an ihm vorbei.

»Hi, Tim«, begrüßte Manfred ihn. »Ich habe mich etwas früher als geplant freimachen können. Bist du schon so weit, oder bin ich zu früh?«

»Ach was, komm rein.«

Manfred trat ein und ging direkt auf Veronika zu. »Guten Tag, ich bin Manfred.«

Die beiden gaben sich die Hand.

»Tim und ich wollen heute eine Runde klettern gehen. Darf ich ihn entführen?«

»Gegen Tims Kletterpartner habe ich noch nie eine Chance gehabt«, erwiderte Veronika lächelnd.

»Ich verstehe, was Sie meinen. Klettern ist kein Hobby, es ist eine Leidenschaft. Dagegen anzukämpfen wäre völlig sinnlos.«

»Niemand kommt gegen seine Leidenschaften an«, schaltete sich Tim ein. »Früher oder später gewinnen sie die Oberhand, und dann tragen sie dich auf einer Welle der Begeisterung davon, oder du ertrinkst elend darin.«

Veronikas Gesicht überzog sich mit einer sanften Röte.

Manfred lachte. »Da hört man den professionellen Autor.« Dann streichelte er Moni über den Kopf. »Eure charmante Tochter habe ich vorhin im Treppenhaus auch schon kennengelernt. Was für ein wunderschöner Schmetterling sie ist.«

Tim sah, dass das Veronika nicht recht gefiel, doch Manfred schien es nicht zu bemerken. Er sagte: »Ich packe schnell meine Tasche, dann können wir los. Vero, Manfred holt mich deswegen ab, damit du gleich den Wagen hast. Britta holt mich dann von der Kletterhalle ab, und ich übernachte bei Vater. Heute ist ja unser Schachabend. Und morgen kommt ihr beide zum Mittagessen zu ihm.«

Veronika schüttelte den Kopf. »Es ist unglaublich, welches Organisationstalent du entwickelst, wenn es ums Klettern geht.«

Tim bestückte seine Sporttasche schnell mit den Kletterutensilien, dann machten sie sich auf den Weg. Während der Fahrt in Manfreds Jaguar sprachen sie über die großen Wände, die sie gemeinsam durchsteigen wollten – eine gute Motivation für das Training in der Halle, die so wenig von dem Naturerlebnis Bergsteigen hatte. Tim hörte verwundert zu, was Manfred alles erzählte. Er hatte den Unternehmer als recht stillen Menschen kennengelernt, der nur sagte, was gesagt werden musste. Doch nun redete er wie ein Wasserfall. Er beschrieb die interessantesten Routen der Marmolada-Südwand, ihre Schwierigkeiten im Sommer und welche im Winter machbar waren. Dann kam er wieder auf die Matterhorn-Nordwand zurück, auf die er total fixiert zu sein schien, um dann über die Neuvermessung des Mount Everest zu dozieren, von der Tim längst wusste, 8850 Meter mittlerweile. Messtechnik mit Hilfe von Global Positioning System – er hatte selbst ein GPS-Gerät, was Manfred eigentlich hätte wissen oder zumindest vermuten können. Er schien gestresst zu sein und steckte Tim an mit seiner Nervosität.

Er sprach von seiner Tochter, verglich sie mit Moni, die er

sehr hübsch fand. Während er redete und redete, sah Tim ihn von der Seite an und versuchte, ihn mit dem Mann in Einklang zu bringen, den er kennen und als schweigsamen Kletterpartner schätzen gelernt hatte. Während der Fahrt wanderte sein Blick hektisch umher, mal zur Straße, mal auf die Armaturen, dann wieder zu Tim herüber. Tim fiel auf, dass Manfreds Vollbart, den er sonst immer sehr kurz gestutzt getragen hatte, gewachsen war und etwas ungepflegt wirkte. Der Eindruck verstärkte sich, den er von Anfang an gehabt hatte: Manfred Jeschke war einer jener Bartträger, die sich hinter dem Gesichtsbewuchs verstecken wollten.

Tim war froh, als sie bei der Kletterhalle ankamen. Nachdem sie sich umgezogen hatten, gingen sie zum Warmmachen an die Boulderwand, wo sie in geringer Höhe ungesichert üben konnten. Manfred kletterte unkonzentriert und rutschte ständig von den Griffen und Tritten ab. Tim wunderte sich, was den sonst eher unterkühlt wirkenden Unternehmer so aus der Ruhe gebracht haben mochte. Aber er hütete sich, ihn danach zu fragen.

Nach ein paar Minuten meinte Manfred: »Heute habe ich richtig Lust, eine hammerschwere Route im Vorstieg zu versuchen. Eine Acht sollte drin sein.«

Tim schaute ihn zweifelnd an. Er meinte das offenbar ernst, aber heute war ihm nicht einmal der sechste Grad zuzutrauen. Doch Manfred war schon zum Vorstiegsturm geeilt und band sich in ein Seil ein. Er wollte losklettern, noch bevor Tim ihn in die Sicherung genommen hatte. Jetzt reichte es ihm aber doch.

»Nun mal langsam, Manfred. Was ist denn los, warum so hektisch? Bist du überhaupt richtig eingebunden?«

Er schaute auf den Knoten, mit dem Manfred das Seil am Klettergurt befestigt hatte. Tatsächlich war das kein Achterknoten, wie er üblicherweise verwendet wurde, sondern ein undefinierbares Geschlinge. Es entsprach keinem Knoten, den Tim kannte. Sofort öffnete er das Gewirr und knüpfte eine vernünftige Sicherung. »Mit diesem Zauberknoten wolltest du doch wohl nicht einsteigen?«

Manfred beachtete den Kommentar gar nicht und kletterte los. Tim konzentrierte sich jetzt besonders, denn er war sicher, dass es zu einem Sturz kommen würde. Zu seiner Verwunderung kletterte Manfred höher und höher, meisterte schwierige Stellen in denkbar schlechter Technik. Aber der Sturz blieb aus. Erst im oberen Drittel blieb er stecken und fand keinen Griff mehr. Er stand im Überhang, und Tim sah seine Beine unter der Dauerbelastung zittern. Er drehte sich um und schaute ihn an. Ein paar Sekunden ruhten ihre Blicke ineinander, ein Moment, der Tim seltsam anmutete. Dann ließ Manfred einfach los. Er kippte aus der Wand, ohne den Blick von Tim abzuwenden. Er fiel einige Meter, bevor das Seil sich straffte und die Sicherung griff; er tat nichts, um die Wucht des Sturzes abzufangen. Obwohl Tim versuchte, dynamisch zu sichern und das Seil kontrolliert durch den Sicherungskarabiner gleiten zu lassen, prallte der Stürzende gegen die Wand. Tim glaubte, das Knacken seines Schädelknochens zu hören. Doch als er ihn zu Boden gelassen hatte, stand Manfred da und grinste ihn an. Er wirkte verstört, schien aber unverletzt zu sein.

»Ich habe schon schlechtere Kletterer cleverer stürzen sehen«, sagte Tim.

Manfred grinste in einem fort und schüttelte den Kopf. »Dieser Moment, Tim. Hast du es gespürt? Das war es mir wert.«

Tim wusste nicht, was er damit meinte, und antwortete nicht.

»Ich habe mein Leben in deine Hand gegeben, verstehst du nicht? Kein Mensch kann behaupten, jemanden zu kennen, bevor er nicht dessen kleines, zappelndes bisschen Leben in seinen Händen gehalten hat. Oder von ihm gehalten wurde.«

Tim band erst Manfred, dann sich selbst aus dem Seil. »Wir sollten erst einmal ein Bier trinken.«

Einige Kletterer waren zu ihnen getreten, um zu schauen, ob etwas passiert war. Tim winkte ab und zog dann den immer noch verwirrt wirkenden Manfred hinter sich her zu einem Tisch im Gastronomiebereich.

Die Kellnerin bediente gerade einige Tische von ihnen entfernt. Manfred warf ihr einen Blick zu, der unmissverständliches Interesse zeigte.

Tim sagte: »Na, das Mädel ist doch wohl einiges zu jung für unsereins.«

Manfred grinste. »Ich schau ja nur. Sie ist aber wirklich ein süßer Schmetterling. Hast du sie schon klettern sehen?«

Jetzt drehte sie sich um und kam auf die beiden zu. Tatsächlich erkannte Tim das Mädchen. Er hatte sie beim letzten Besuch an der Kletterwand in Aktion gesehen. Sie hatte leicht wie eine Feder gewirkt, dabei ungeheuer viel Spannkraft in ihren Bewegungen gezeigt. Höchstens sechzehn Jahre alt. Eine sehr talentierte Sportkletterin.

»Was kann ich euch bringen?«, fragte sie freundlich lächelnd.

»Wir nehmen zwei Kölsch«, antwortete Manfred.

»Kommt gleich.« Sie ging zur Theke.

Die beiden sahen ihr hinterher und bewunderten den knackigen Po. In diesem Moment fiel Tim der Mörder ein. Was empfand er wohl bei einem solchen Anblick? War es Attraktion, Erregung oder eher Aggression, Hass? Vermutlich würde dieser Mann die unverbrauchte Schönheit des jungen Mädchens genau so bewundern, wie er es jetzt tat. Warum auch nicht?

»Was für ein Geschöpf«, seufzte Manfred.

»Da hast du recht. Könnte aber fast deine Tochter sein.«

»Macht ja nichts. Ich bin mal für zwei Wochen in einer Reha-Klinik gewesen, da waren nur alte Weiber mit künstlichen Hüften um mich herum. Seitdem weiß ich den Anblick eines gesunden, straffen Körpers zu schätzen!«

Einige Zeit schwiegen beide. Dann schüttelte Manfred lachend den Kopf und fuhr sich durch den Bart. »Mensch, Tim, ich würde lieber heute als morgen in eine große Wand einsteigen. So eine, bei der du nicht weißt, ob und wie du zurückkommst. Wo du alles zurücklassen musst, um zu überleben, wo du bedeckt mit der Käseschmiere der Zivilisation hinaufsteigst und als ein anderer, reinerer Mensch wieder hinunterfindest. Egal wie der Gipfel heißt, ins ewige Eis musst du gehen. Das ist es!«

Manfred sprach aus, was auch Tim seit langem beschäftigte. Aber er war sich nicht mehr so sicher, ob er so etwas mit jemandem wie Manfred machen wollte. Er hatte an diesem Abend ein schlechtes Gefühl. Etwas stimmte nicht mit dem Mann. Aber er war noch etwas verwirrter wegen der Sache mit Veronika, als ihm eigentlich lieb war, und die vergebliche Suche nach dem Mörder setzte ihm auch zu. Außerdem hatte er zu wenig Story und zu viele tote Mädchen. Er freute sich darauf, gleich mit seinem Vater zusammenzusitzen. Er wollte seine ruhige Stimme hören, sich austauschen. Er war sehr müde.

Kapitel 45

Tim hatte ihn nicht verstanden. Vielleicht hatte er auch nicht verstanden werden wollen. Darüber war er sich nicht ganz im Klaren. Als der Journalist ihn eben verlassen hatte, war ihm sein Unverständnis deutlich anzumerken gewesen. Aber Manfred war es gewohnt, nicht verstanden zu werden. Nicht umsonst leitete er eine Unternehmung, und andere arbeiteten für ihn. Nicht umsonst befreite er die Schmetterlinge, und andere fanden die leeren Puppen und wussten nicht, wen oder was sie anschließend jagen sollten. Auch Tim wusste das nicht, natürlich nicht. Niemals würden sie die große Wand gemeinsam durchsteigen. Zu unterschiedlich waren ihre Wege. Manfred wusste, er hatte den eisigen Grat allein zu gehen. Kein Seil verband ihn mit einer sichernden Hand. Das war sein Schicksal, es war ihm vorbestimmt. Er würde weiter einsam durch die dunkle Nacht steigen, um einen Moment lang am Gipfel ins unendliche Blau des Himmels zu sehen. Danach führte es ihn immer nur abwärts.

It's hard to be down when you're up. Diesen Spruch hatte er auf dem Dach des World Trade Centers gehört, wenige Wochen, bevor die Türme zusammenstürzten. Er hatte damals keinen Aufzug benutzt, war Stufe für Stufe nach oben gestiegen. Die Treppen gab es längst nicht mehr.

Aber ihn gab es noch. Und es gab diesen süßen Nachtfalter, der gleich das Gebäude verlassen musste. Es war schon sehr spät. Die Lichter waren fast alle erloschen. Es würde wieder geschehen, es war unvermeidlich. Sie war fast schon zu weit. Nicht länger warten, sonst war sie verloren. Sie war bestimmt schon älter, als sie aussah, sonst hätte sie nicht so spät noch bedienen dürfen, dachte Manfred. Beinahe kokett war sie. Aber auch dieses Geschöpf würde nicht zur Raupe mutieren. Es würde seine Anmut und Natürlichkeit behalten dürfen. Dafür musste er sorgen.

Kapitel 46

Es war schon etwas kühl geworden in dieser hereinbrechenden Nacht. An der Seitenwand des Gebäudes erreichte ihn der störende Schein der Laternen, die den Parkplatz und den Eingang beleuchten, nicht. Ein nicht ganz billiges Mountain-Bike stand hier gleich vor ihm. Manfred wusste, es war ihres. Er hatte sie schon damit fahren sehen. Sie würde das Rad nehmen wollen und stattdessen ihn bekommen. Er hatte jetzt schon ein ungutes Gefühl bei dem Gedanken an den Absturz danach. Bei dem Mädchen in Düren war es so gewesen, und im Flugzeug von Hamburg nach Köln war es ihm ähnlich schlecht gegangen. Das war der Preis, den er zu zahlen hatte. Aber es ging dabei ja auch nicht um ihn. Das musste er erdulden.

Die Tür wurde geöffnet. Ihre klare, fast erwachsen klingende Stimme war unverkennbar. Daneben eine männliche Stimme. Die beiden unterhielten sich, während er die Tür abschloss. Sie gingen gemeinsam zu seinem Wagen, der gleich neben dem Jaguar stand. Dann stieg der Mann ein. Sie folgte ihm nicht, sondern winkte noch kurz und kam dann in Manfreds Richtung. Das Auto fuhr los. Sie wurde für einen Moment in das gleißende Licht der herumschwenkenden Scheinwerfer getaucht, dann war sie bei ihm, schaute ihn an. Sie wirkte überrascht, aber nicht erschrocken.

»Hey, hast du etwa auf mich gewartet?«

»Ja.«

Mehr sagte Manfred nicht, unnötiges Gerede war nie seine Art gewesen. Sie wurde etwas unsicher, wusste vermutlich nicht, was sie erwartete. Er trat einen Schritt näher.

»O Mann, geh nach Haus zu Mutti, wo du hingehörst!« Ihre Stimme klang ärgerlich. Oder war da auch Angst darin?

»Was sagst du da?«

»Geh zu Mutti, sagte ich. Oder wartet zu Hause etwa keine Mutti auf dich?«

Sie war ein kleines, freches Luder. So konnte sie ihn nicht behandeln. Mit zwei schnellen Schritten war er bei ihr. Sie wollte ausweichen, er packte sie und versetzte ihr einige klatschende Ohrfeigen. Sie wehrte sich, war gewandt wie eine Katze. Doch er drückte sie schnell zu Boden und hielt ihren Hals in der Armbeuge. Mit der freien Hand ertastete er ihren Körper, der sich unter ihm wand. Sie versuchte zu schreien, doch ihre Kehle wurde zusammengeschnürt und brachte keinen Ton heraus bis auf ein heiseres Krächzen. Warum machte sie es sich und ihm so schwer? Auf diese Art war es nicht schön. Mit ihren kleinen Fäusten schlug sie auf ihn ein. Doch sie konnte ihm keine Schmerzen zufügen.

»Wo ist jetzt deine Mutti?«, fragte er sie, während sich seine freie Hand auf die warme Stelle zwischen ihren Schenkeln presste. Sie bäumte sich auf, wollte freikommen. Er drückte mit aller Macht zu. Jetzt sollte sie seine Stärke spüren. Wildes Zucken, ihre Zunge kam heraus. Er berührte sie mit der seinen. Feuchter Kontakt, ihre großen Augen ganz nah. Jetzt zitterte sie nur noch, er hatte sie fest im Griff. Hastig riss er ihre Kleidung auf. Richtige Brüste hatte die Kleine schon, und einen Strich dunkler Schamhaare, soweit er im spärlichen Licht sehen konnte. Er spreizte ihre Schenkel, das Aufbäumen ihres Körpers bereitete ihm keine großen Schwierigkeiten. Jetzt befreite er seinen harten Stab und drang in sie ein. Sie schüttelte den Kopf hin und her, versuchte ihn zu beißen, zu schreien. Er presste eine Hand fest auf ihre Kehle und stieß sie, wie sie es verdiente. Er brauche nicht lange, kam heftig und schnell. Beinahe erschien es ihm wie Selbstbefriedigung. Das Luder hatte es ihnen beiden irgendwie verdorben. Sie bewegte sich nicht mehr. Außer seinem schweren Atem war es totenstill. Er zog sich aus ihr zurück und ließ sie so liegen, wie sie war. Seine Hose schloss er, während er zum Wagen ging.

Diese dumme kleine Nutte. Was wusste sie denn schon von seiner Mutter? Warum musste das freche Luder sie erwähnen? Warum das zerstören, was sie hätte verbinden können? Sie hatte nicht teilhaben wollen an dem, was er ihr anbot. Sie war vielleicht schon zu verdorben gewesen. Letztlich konnte sie wohl nichts dafür. Es war nicht ihre Schuld.

Manfred startete den Motor und fuhr los. Der Jaguar suchte sich wie ferngesteuert den Weg nach Hause, doch eigentlich wollte er jetzt nicht dorthin. Zu viel war geschehen, über das er nachdenken musste. Das konnte er zu Hause nicht. So bog er in Straßen ab, von denen er nicht wusste, wohin sie führten, fuhr einfach nur so herum.

Vielleicht erwartete ihre Mutter sie bereits und fragte sich, wo das Mädchen blieb. So wie jeden Abend Mütter sich fragten, wo ihre Kinder steckten, warum sie mal wieder so lange weg waren. Manfred konnte sich nicht daran erinnern, wie das bei ihm gewesen war, als er in diesem Alter war. War er überhaupt abends ausgegangen? Hatte seine Mutter dann geschimpft, wenn er zu spät war? Er wusste es nicht. Vielleicht lag es daran, dass er niemals einen Vater gehabt hatte. Väter bestrafen die Kinder, wenn sie zu spät nach Hause kommen, die Mütter machen sich Sorgen und schlichten später den unvermeidlichen Streit. Seine Mutter hatte immer gesagt, dass sie keinen Mann außer ihm brauchte. Aber was hatte er gemacht in dieser Zeit? Manfred konnte sich an viele Tage, an unzählige Einzelheiten aus seiner Studienzeit erinnern. Die Schulzeit und das Leben daheim mit seiner Mutter hatten irgendwie ohne ihn stattgefunden.

Claudia hatte ihn oft gefragt, warum er so ein schlechtes Verhältnis zu seiner Mutter hatte. Allein die Frage war schon ärgerlich. Kein Mensch musste begründen, warum er eine andere Person nicht mochte. Wieso sollte das bei der eigenen Mutter anders sein? Es wäre doch ein großer Zufall, wenn man Sympathie für einen Menschen empfände, dessen Bekanntschaft man sich nicht ausgesucht hat. Geradezu pervers, wenn man darüber nachdachte. Man nehme einen beliebigen Menschen aus der Masse und prüfe, ob er ein guter Freund werden könnte. In den seltensten Fällen wird man zu einem positiven Ergebnis kommen. War der Zufallsversuch, welchen Weibes Sohn man wird, irgendetwas anderes?

Manfred konnte seine Mutter nicht ausstehen. Ihr Geruch,

wenn sie ihm nahe kam. Ihre Brüste, an die man eine Melkmaschine hätte anschließen können. Wieso nur musste er ausgerechnet daran denken? Jetzt hatte er diesen ekligen Geschmack schleimiger Milch im Mund.

Eine Tankstelle kam in Sicht, die erleuchtet und offen war. Dort hielt er an, stieg hastig aus und betrat den Kassenraum. Es schien ihm ein Ausschnitt aus einem Supermarkt zu sein, Abteilung Partybedarf. Dazu die unvermeidlichen Magazine, blöde grinsende Mädchen mit geschwollenen, aufgeblähten Milchdrüsen auf mehreren Quadratmetern Auslage. Manfred kaufte zwei Dosen Coke. Eine machte er auf, noch bevor er bezahlt hatte. Dankbar nahm er wahr, wie die widerwärtige Illusion von Milch durch das kalte Getränk hinweggespült wurde. Aus der Gewohnheit langer Dienstreisen nahm er auch noch eine Red Bull mit.

Als er die Fahrt fortsetzte, war er in Richtung Brühl unterwegs. An jeder zweiten Ecke fand sich ein Wegweiser zum Phantasialand. Das war der Vergnügungspark, den jedes Kind dieser Gegend besucht haben musste und den es schon gegeben hatte, als er ein Kind gewesen war. Wie viele Male war er dort gewesen? Er wusste es nicht. Nicht etwa, weil es so oft gewesen wäre, dass er das Zählen aufgegeben hätte. Er wusste es einfach nicht. Er hatte sich selten Gedanken darüber gemacht, warum er so wenig Erinnerungen an seine Kindheit hatte. Die meisten Rückblicke erhielt er, wenn er an die vertrauten Orte dieser Zeit zurückkehrte. Vielleicht würde er im Laufe dieser Nacht noch nach Düren gelangen. Dort hatte alles angefangen – irgendwie.

Warum hatte sich alles so schwierig entwickelt? Es schien so klar gewesen zu sein, so erfüllend und schön. Nachdem er einmal begriffen hatte, worum es ging, sollte er doch seinen Weg gehen können. Er war davon überzeugt gewesen, er besäße die Kraft, die schwierigen Phasen des Zweifelns endlich hinter sich zu lassen. Warum ging das nicht? Dieses hübsche Mädchen eben hätte mit ihm gemeinsam seine Erfüllung finden sollen. Er hatte es zwar vor dem schlimmen Schicksal der drohenden Verraupung bewahrt, doch so hätte es nicht ablaufen sollen.

Er wusste nicht, was er machen sollte. Wer konnte ihm sagen, was falsch war und was richtig? Tim Schuster war an diesem Abend zu seinem Vater gegangen. Wohin aber konnte er gehen? Zu seiner Mutter? Was hatte er mit ihr gemeinsam? Es musste doch eine Zeit gegeben haben, wo sie sich nah gewesen waren, wo sie beieinander Wärme und Verständnis gefunden hatten, so wie das bei Mutter und Kind ist. Hatte es das für ihn nie gegeben?

Manfred wollte Antworten auf diese Fragen, noch in dieser Nacht. Und er wusste, wo er suchen musste.

Kapitel 47

»Es ist schön, dass wir mal wieder zusammensitzen.«

Robert Schuster hatte das Schachbrett aufgebaut, während Tim ihnen einen Whisky auf Eis bereitet hatte. Die Gespräche mit seinem Vater hatten ihm in den letzten Tagen gefehlt. Er spürte die beruhigende Wirkung, die von ihm ausging. Genauso wie früher, wenn er ihn ins Bett gebracht und ihm einen Kuss auf die Stirn gegeben hatte.

Der Alte lehnte sich zurück, mit dem Glas in der Hand, und sah Tim forschend an. »Ehrlich gesagt, mein Junge, siehst du nicht unbedingt gut aus. Bist du nur müde, oder läuft was schief?«

Tim war froh, dass er ihn so direkt ansprach. Damit machte er es ihm leichter. Er ließ die Eiswürfel in der bernsteinfarbenen, aromatischen Flüssigkeit klimpern. Dann nahm er einen großen Schluck, fühlte den Whisky in sich wirken und atmete tief durch. Der Vater wartete geduldig, bis er bereit war.

»Ich habe Veronika mit einer anderen Frau im Bett erwischt.«

Robert Schuster sah den Sohn lange schweigend an, trank auch einen Schluck. »Ist sie lesbisch?«

»Sie sagt nein.«

»Kann ich mir auch nicht vorstellen. Deine Frau würde nicht gegen ihre Natur handeln. Sie hätte niemals eine Familie mit dir gegründet, wenn sie eine echte Lesbe wäre.«

»Mir scheint, du siehst das sehr locker. Und ich ärgere mich ein wenig darüber, dass ich so gar nicht eifersüchtig bin. Ist das normal?«

Der Alte seufzte. »Worüber solltest du dich auch aufregen? Habt ihr euch ausgesprochen?«

»Nun ja, wir haben *darüber* gesprochen.«

»Lasst euch beide etwas Zeit. Eure gemeinsame Zukunft ist zu wichtig, um in einer solchen Angelegenheit hektisch zu werden.«

Tim grinste. Er war es gewohnt, seinen Gefühlen zu misstrauen. Sein Vater schien das aber ähnlich zu sehen wie er selbst. Jetzt wollte er auf andere Gedanken kommen, also beugte er sich vor und eröffnete die Partie mit dem Bauern c2 auf c4.

Robert Schuster ging überhaupt nicht auf diese Figur ein und erwiderte mit dem Königsbauern e7 auf e5. Tims Springer folgte dem eigenen Bauern mit b1-c3 nach. Vielleicht konnte er seinem alten Herrn über den Damenflügel zusetzen. Der Vater zog den Läufer auf b4. Offenbar wollte er das Pferd sofort kassieren. Tim zog die Dame auf b3 und forcierte damit das Spiel weiter.

Der Alte blickte lächelnd auf und trank einen Schluck. Dann sagte er: »Bedächtigkeit ist deine Sache heute Abend nicht!«

»Warum? Hältst du den Zug für einen Fehler?«

»Nein, aber diese Eröffnung ist so gar nicht deine Art.« Und nach einer kurzen Pause fuhr er fort: »Was macht eigentlich dein Mörder? Bist du ihm näher gekommen?«

Wieso fing er jetzt davon an? Tim hatte gehofft, die Sache für diesen Abend vergessen zu können.

»Er beginnt die Kontrolle zu verlieren. Leider wird er dabei auch immer brutaler und mordet in immer kürzeren Abständen. Ich glaube, es ist bald vorbei.«

»Schreibst du schon an der Story?«

»Nein, ich liefere diesmal keine Einzelartikel ab, sondern fertige eine Dokumentation an. Vielleicht schreibe ich ein Buch über diesen Fall.«

Der Vater schaute ihn ernst an. »Tim, du weißt, ich hätte es damals lieber gesehen, wenn du zur Kripo gegangen wärst. Das wäre für dich besser gewesen. Ich sehe doch, wie es dich zerreißt, dein Geld nicht damit zu verdienen, diese Monster zu fassen, sondern damit, die Neugierde der Menschen zu befriedigen. Was könntest du nicht alles für die Polizei leisten.«

»Das hatten wir doch alles schon. Gut, ich bin ein bezahlter Voyeur, der andere Voyeure bedient. Aber du kennst die Verzweiflung der Polizisten, die wieder und wieder an einem neuen Tatort stehen und unter der Verantwortung fast zerbrechen. Ich muss den Eltern nicht sagen, dass irgendjemand, dessen ich nicht habhaft werden kann, ihr Kind für seinen perversen Trieb benutzt und dann weggeschmissen hat. Und ich bin auch nicht scharf darauf!«

»So habe ich das nicht gemeint. Ich habe niemals einen Hehl daraus gemacht, dass ich mir, wie auch deine Mutter, für dich einen etwas anderen Berufsweg erhofft hatte. Aber das ist eine Schwäche, die wir wohl mit vielen Eltern teilen. Das, was du machst, machst du gut, und so soll es sein. Erzähl mir von dem Mörder. Was ist er für ein Mensch?«

»Ich denke, er ist ein Mann mittleren Alters, wahrscheinlich hat er Familie und ist sozial gut gestellt. Er ist gebildet und keineswegs ein scheuer Außenseiter, sondern eher ein ganz normaler Bürger, dem man keine geistige Anomalie zutrauen würde. Aber er ist zweifellos psychopathisch und handelt unter einem enormen Zwang, den er selbst vermutlich nicht als solchen wahrnimmt. Seine ersten Opfer hat er nicht sexuell missbraucht, so als hätte er sich das nicht erlaubt. Dann jedoch ist diese Beschränkung aufgebrochen. Jetzt vergewaltigt und tötet er bei jeder sich bietenden Gelegenheit. In Hamburg hat er ein Mädchen im Flughafen ermordet. Das war sicher ein zufälliges, völlig ungeplantes Zusammentreffen. Jetzt ist es nur noch eine Frage von Tagen oder allenfalls Wochen, bis er gefasst wird. Vermutlich ist er ein Geschäftsmann aus dem Großraum Köln, der in Hamburg zu tun hatte. Es müssen alle Passagierlisten der Flüge zwischen Hamburg und den hiesigen Flughäfen überprüft werden. Der Name des Mörders wird darauf stehen. Er läuft jetzt da draußen herum wie ein waidwunder Wolf. Hoffentlich kann er gefasst werden, bevor er noch mehr tötet. Ich bin sicher, er kann sein gewohntes Leben nicht mehr aufrechterhalten. Zu sehr ist der Trieb jetzt handlungsbestimmend geworden.«

»Du weißt eine Menge über diesen Mann. Hoffen wir, dass die Polizei schnell genug sein wird. Lass uns jetzt dieses düstere Thema verlassen und weiterspielen.«

Robert Schuster schlug Tims Springer auf c3, Tim nahm sich seinen Läufer sofort mit der Dame wieder. Damit griff er seinen Königsbauern an und hatte ein Tempo gewonnen. Der Alte grübelte. Er war offenbar unschlüssig, wie er das Gleichgewicht der Kräfte im Zentrum wiederherstellen sollte. In die Stille des Überlegens hinein klingelte Tims Mobiltelefon.

»Entschuldige bitte.«

Im Display stand *Lena*. Tim stand auf und ging einige Schritte zur Seite, bevor er das Gespräch annahm. »Hallo, Lena.«

»Tim, ich bin gerade in Wesseling.« Ihre Stimme klang heiser. Wahrscheinlich hatte man sie aus der Kneipe geholt.

»Hier an der Kletterhalle ist ein Mädchen vergewaltigt und erwürgt worden. Sie war hier Kellnerin. Du kennst doch die Location.«

Tim durchzuckte es wie ein Stromschlag. »Ich kenne sie nicht nur, ich habe das Mädchen heute Abend noch dort gesehen.«

»Was?«, rief Lena laut aus. Dann fuhr sie ruhiger fort: »Jemand ist aber anscheinend länger geblieben als du. Hast du irgendeine Ahnung?«

»Ja, die habe ich. Pass auf, Lena, ich rufe dich gleich zurück, warte nur fünf Minuten!«

Schnell beendete er das Gespräch. Es schien unfassbar, aber der Gedanke ließ sich nicht von der Hand weisen. Es konnte gar nicht anders sein. Jetzt musste er ruhig bleiben und denken. Manfred war scharf auf dieses Mädchen gewesen, das war überdeutlich geworden. Gerade an diesem Abend hatte er ihm von der Reha-Klinik erzählt, und er hatte nicht weiter darüber nachgedacht. Jetzt erschien es ihm plötzlich in ganz anderem Licht. Als aktiver Bergsteiger joggte er regelmäßig. Wenn er in Hamburg gewesen war, musste er es sein. Tim hatte seine Nummer im Telefon gespeichert. Er wählte den Festnetz-Anschluss.

Sein Vater sah ihn fragend an. »Tim, was ist los, was machst du?«

»Ich rufe den Mörder an!«

Tim ließ es lange klingeln. Fast kam es ihm zu lange vor, doch dann fiel ihm auf, wie spät es bereits war. Endlich meldete sich eine Frauenstimme.

»Jeschke.«

»Guten Abend, Frau Jeschke. Entschuldigen Sie die Störung um diese Uhrzeit, aber es ist sehr wichtig. Ich arbeite in der Firma Ihres Mannes. Wir benötigen ganz dringend Unterlagen über einen Kunden in Hamburg und glauben, dass Herr Jeschke sie hat. Ihr Mann war doch dieser Tage in Hamburg?«

»Ja, das war er, aber ich weiß doch nichts über seine Arbeitsunterlagen. Da müssen sie ihn schon selbst fragen. Ist er denn nicht in der Firma?« Ihre Stimme klang wenig besorgt, nicht einmal verwundert. Offenbar war dieses Gespräch für sie nichts Absonderliches.

»Nein. Also zu Hause ist er auch nicht?«

»Nein, tut mir leid.«

»Okay, ich danke Ihnen sehr, Frau Jeschke.«

Tim beendete die Verbindung. Manfred Jeschke war zweifellos der Mörder. Er musste jetzt sofort Lena anrufen. Da fiel ihm ein, dass er auch Manfreds Handynummer gespeichert hatte. Er rief sie auf und wählte die Verbindung. Das Freizeichen ertönte, dann ein »Hallo?«

Tim atmete tief durch. »Hallo, Manfred, Tim hier.«

Ein seltsames Lachen erklang. Dann sagte Manfred: »Was für ein Zufall, dass du gerade jetzt anrufst.«

»Manfred, wo bist du gerade?«

»Warum willst du das wissen?«

Seine Stimme kam Tim nun eiskalt vor.

»Deine Frau rief mich gerade an und wollte wissen, wo du bleibst.«

Einen Moment lang war es still in der Leitung.

»Tim, meine Frau hat gar keine Ahnung, dass es dich gibt. Aber gut, du weißt endlich Bescheid. Und wenn du es wissen willst: Ich bin gerade in deiner Wohnung. Ich habe Fragen und suche Antworten. Ich dachte, deine Familie könnte mir helfen.«

Mit kalter Hand legte sich ein Würgegriff um Tims Kehle. »Manfred, um Gottes willen! Was hast du getan?«

Das Monster am anderen Ende der Leitung lachte böse. »Wie gesagt, ich suchte Antworten. Aber ich habe keine bekommen. Jetzt muss ich gehen und weitersuchen.«

Es knackte in der Leitung. Dann Stille.

»Manfred!«, schrie Tim, aber es antwortete niemand mehr. Das Gespräch war beendet.

Tims Vater stand neben ihm und fasste ihn an der Schulter. »Mein Gott, Tim. Was ist hier los?«

»Er ist in meiner Wohnung. Er hat Moni und Vero.«

Der Alte war kurz geschockt, fasste sich aber schnell wieder. »Dann musst du sofort die Polizei anrufen.«

Tims Gedanken zogen sich wie Kaugummi. Er war wie gelähmt. Natürlich musste er sofort Lena anrufen. Mit zitternden Fingern wählte er ihre Nummer. Sie meldete sich.

»Lena, hör mir gut zu. Der Mörder ist in meiner Wohnung, er hat meine Familie in seiner Gewalt. Schick da sofort ein Einsatzkommando hin. Du weißt doch meine Adresse?«

»Ja. Wer ist es?«

»Der Mann heißt Manfred Jeschke, alles Weitere erzähle ich dir später. Bitte beeilt euch!«

»Klar. Halt die Leitung frei, ich melde mich gleich wieder.«

Robert Schuster legte Tim die Hände auf die Schultern. »Du darfst jetzt nicht die Nerven verlieren. Die Polizei wird alles tun, was möglich ist.«

In Tims Kopf rotierte es. Warum seine Familie? Wollte er sich an ihm rächen, weil er ihn jagte? Was hatte er ihnen angetan?

Er musste sofort nach Hause.

»Vater, ich brauche einen Wagen.«

Der Alte sah ihn an und schüttelte den Kopf. Dann sagte er: »Wir nehmen Brittas MG, aber ich fahre.«

Sie eilten hinaus. Tim konnte an nichts anderes denken als das eine: *Was hat er ihnen angetan?*

Kapitel 48

Das Telefon klingelte, als sie schon fast am Ziel waren. Tims Nerven lagen blank. Der verkrampfte Klumpen in seinem Bauch fühlte sich größer an als sein ganzer Körper.

»Ja?«

»Hier ist Lena. Wir sind in eurer Wohnung. Die beiden sind etwas mitgenommen, aber wohlauf!«

Eine unendliche Last fiel von ihm ab.

»Tim, hörst du?«

»Ja, Lena, ich höre dich. Sind sie unverletzt?«

»Körperlich absolut unversehrt, aber verständlicherweise noch unter Schock. Eine Kollegin kümmert sich um die beiden. Die kleine Moni ist ungeheuer tapfer.«

»Lena, ich bin fast da. Warte auf mich.«

»Natürlich. Was weißt du über den Mann?«

»Habt ihr ihn nicht gefasst?«

»Nein, er war schon weg, als wir kamen. Wer ist es?«

»Er heißt Manfred Jeschke, wohnt im Hahnwald. Die Adresse kenne ich nicht, aber ich habe seine Telefonnummer. Er hat eine Beratungsfirma, aber wie die heißt und wo die ist, weiß ich nicht mehr.«

»Dann sag mir seine Nummer. Den Rest haben wir schnell!«

Tim schaute im Adressbuch seines Handys nach. Dort fand er den Eintrag und nannte Lena die Nummer. Dann fügte er noch hinzu: »Er ist mit einem auffälligen roten Jaguar unterwegs, Modell XJR.«

»Okay, wir greifen ihn uns. Bis gleich!«

Als Lena aufgelegt hatte, lehnte Tim sich erstmals während der Fahrt zurück und atmete tief durch. Für einige unendlich lange Minuten war sein ärgster Albtraum wahr geworden, und nun war er doch an ihm vorübergegangen. Er war so erleichtert und trotzdem immer noch so geschockt, dass sich sein ganzer Körper betäubt und hohl anfühlte.

»Sind sie in Sicherheit?«, fragte Robert Schuster, der das Gespräch ungeduldig abgewartet hatte.

»Ja, es geht ihnen gut. Es ist offenbar nichts Schlimmes passiert.«

»Was für ein Glück, Junge«, sagte der Alte und nahm den Fuß etwas vom Gas.

Die letzten Stufen im Treppenhaus eilte Tim mit zitternden Knien hinauf. Die Wohnungstür stand offen. Eine Menge Polizisten waren dort. Er fand Lena unter einer Gruppe schwerbewaffneter Kollegen des Einsatzkommandos.

»Wo sind sie?«, fragte er hastig.

»Im Schlafzimmer, mit einer Kollegin von der Psyche.«

Er schob sich an den Beamten vorbei, die in der Diele herumstanden, und eilte ins Schlafzimmer. Moni sprang von der Bettkante auf und lief ihm entgegen. Sie sagte nichts, schlang nur ihre dünnen Ärmchen um ihn. Tim streichelte ihren vom

Weinen heißen Kopf und hielt sie fest. Dabei schaute er Veronika an. Ihre Blicke trafen sich.

Sie hatte sich bislang nie wirklich Gedanken darüber gemacht, ob seine Reportagen ihn oder gar die Familie einmal in Gefahr bringen könnten. Jetzt traf es sie mit der ganzen Härte, die jene Art von Gewalt mit sich brachte, mit der Tim sich beschäftigte. Sie war nun Teil ihres Lebens geworden. Und er trug die Verantwortung dafür. All das las er in ihren Augen, und er hatte Mühe, ihrem Blick standzuhalten.

Die Frau, die die beiden betreut hatte, kam auf ihn und Moni zu. Sie lächelte die Kleine an und sagte: »Hey, Monika, du wolltest mir doch eben dein Zimmer zeigen. Sollen wir jetzt?«

Tatsächlich löste sich Moni von Tim und nahm die Hand der Frau. Sie verließen gemeinsam das Schlafzimmer, Veronika und Tim blieben allein zurück. Langsam ging er auf sie zu und setzte sich neben sie. Er traute sich nicht, sie zu berühren.

»Was hat er euch angetan?«

Sie sah ihn an, ihre Augen füllten sich mit Tränen. Stumm schüttelte sie den Kopf.

»Bitte, Vero. Sprich mit mir. Was ist hier geschehen?«

Eine ganze Weile saßen sie schweigend nebeneinander. Dann lösten sich doch endlich die Worte aus ihrem Mund.

»Er sagte ständig, dass er Antworten suche. Aber ich habe keine Ahnung, worauf. Er redete lauter wirres Zeug von Raupen und Schmetterlingen. Ich habe Angst bekommen und wollte ihn rauswerfen. Da hat er sich Moni geschnappt und gesagt, er würde ihre Entwicklung stoppen oder so was. Dann sagte er, du würdest ihn suchen. Da wusste ich plötzlich, dass er der Mörder ist, hinter dem du her bist. Dann hat er mich gezwungen, mich auszuziehen, und Moni auch. Am Schluss hat er uns aneinander gefesselt. Ich habe gedacht, er bringt uns um. Es war schrecklich. Dann hat sein Telefon geklingelt. Er ist kurz rausgegangen, und dann ist er einfach verschwunden.«

Tim wurde nachträglich übel. Vielleicht hatte sein Anruf die beiden sogar gerettet. Was wollte Manfred denn nur? Auf welche Fragen hätte seine Familie ihm Antworten geben können? Mit der Erleichterung, dass den beiden nichts Schlimmeres passiert war, kehrte die Neugier zurück.

Veronika erzählte weiter: »Dann kamen kurze Zeit später die Polizisten. Es war peinlich, wie sie uns hier nackt gefunden haben, aber ich war trotzdem unendlich froh.«

Tim legte endlich einen Arm um ihre Schulter. »Das kann ich mir vorstellen. Ihr müsst Todesängste ausgestanden haben. Wie hat Moni reagiert?«

»Sie ist so tapfer. Sie hat mich sogar getröstet. Aber sie hat bestimmt einen Schock erlitten. Die Psychologin von der Polizei ist aber sehr nett. Sie hat uns eben sehr geholfen.«

»Das ist gut.«

Lena stand in der Tür und klopfte leise an. »Tim, kann ich dich mal sprechen?«

»Sofort, Lena.«

Er küsste Veronika auf die Stirn, dann sahen sie sich noch einmal tief in die Augen. Er spürte, dass sie es überstehen würde. Dann stand er auf und ging zu Lena.

Sie berichtete: »Wir haben den Zugriff bei ihm zu Hause und in der Firma versucht. Er war nicht dort. Auf dem Firmengelände haben wir seinen Jaguar gefunden. Er ist wahrscheinlich mit einem anderen Wagen von dort weitergefahren. Seine Frau konnte keinerlei Angaben über seinen Verbleib machen. Wir haben ein paar seiner Mitarbeiter aufgetrieben und versuchen jetzt herauszufinden, mit welchem Auto er unterwegs ist. Aber wohin will er? Kannst du mir etwas darüber sagen?«

»Er hat hier irgendetwas gesucht, aber nicht gefunden. Offenbar hat er meine Familie aus einem ganz bestimmten Grund aufgesucht. Aber ich habe keine Ahnung, warum. Ich weiß nicht, was ihn umtreibt.«

Lena sah auf ihren Notizblock. »Was sagen dir die Begriffe Raupe und Schmetterling? Davon hat er hier gesprochen.«

»Nun, Raupe und Schmetterling sind verschiedene Entwicklungsstufen desselben Tieres. Aus der Raupe entwickelt sich der Schmetterling. Moment mal – Vero sagte mir eben, er hätte davon gesprochen, Monis Entwicklung zu stoppen. Vielleicht sieht er junge Mädchen als Raupen?«

»Raupen sind Schädlinge«, spann Lena den Faden weiter. »Vielleicht findet er sie eklig?«

»Möglich, aber nicht wahrscheinlich. Er empfindet Lust bei den Mädchen, keinen Ekel. Das passt irgendwie alles nicht.«

Tim schlug sich mit der Hand an die Stirn. Soeben hatte ihn die Erinnerung an das Mädchen in der Kletterhalle durchzuckt.

»Heute im Bronx Rock hat er die kleine Kellnerin als Schmetterling bezeichnet!«

»Was?«, rief Lena. »Du warst heute mit dem Kerl zusammen?«

»Ja. Wir kennen uns seit einiger Zeit, sind ein paarmal zusammen geklettert. Im Nachhinein denke ich, er hat gezielt meine Bekanntschaft gesucht. Unser gemeinsames Hobby war eine günstige Gelegenheit.«

Lena schaute ihn grübelnd an, vielleicht auch zweifelnd. »Aber zurück zu dem Mädchen«, sagte sie dann.

»Wieso bezeichnet er sie als Schmetterling und Monika als Raupe? Ist es der Altersunterschied? Immerhin ist deine Tochter einige Jahre jünger.«

»Warte mal. Er hat Moni nicht als Raupe bezeichnet. Das war nur unsere Interpretation.«

Dann fiel es ihm wieder ein: »Er hat Moni auch als Schmetterling bezeichnet, als er mich hier zum Klettern abgeholt hat!«

Lena schüttelte den Kopf und zuckte mit den Achseln. »Aber wenn die Mädchen beide Schmetterlinge sind, was sind für ihn dann die Raupen?«

»Ich habe keine Ahnung. Diese Symbolik ist zu vieldeutig. Wer weiß, was er damit verbindet. Aber lass uns etwas anderes überlegen. Was hat er bei Vero und Moni gesucht? Und warum hat er sie gezwungen, sich nackt auszuziehen?«

»Erniedrigung, Kontrolle, Macht?«

»Das habe ich spontan auch gedacht. Aber vielleicht wollte er sich auch den Unterschied zwischen einem Mädchen und einer erwachsenen Frau vor Augen führen?«

»Aber, Tim, erstens kennt er das wohl, und zweitens hat er selbst eine Frau und eine Tochter. Die kann er sich jeden Tag ansehen.«

»Aber die sind ihm vielleicht zu vertraut. Was wissen wir über seine Tochter? Gibt's da was Spezielles?«

»Der Superbulle vom LKA befragt die Familie gerade.« Lena sprach kurz mit einem Kollegen, der ihr wenig später ein Funkgerät reichte. Nach einem kurzen Gespräch war sie wieder bei Tim. »Das Familienleben und die Beziehung zu seinen Kindern scheint unauffällig.«

»Und was ist mit seiner eigenen Mutter? Hat er noch eine?«

Wieder ging Lena beiseite und kam dann eiligen Schritts wieder zurück. »Bingo, Tim! Seine Frau sagt, er kann seine Mutter nicht ausstehen, und die wohnt in Düren. Und zwar in der Nachbarschaft des vor kurzem dort getöteten Mädchens!«

»Das ist es!«, rief Tim. »Schick deine Jungs schnell dahin!«

»Schon unterwegs.« Lena grinste wölfisch. »Wir haben ihn, Tim. Wir haben ihn.«

Kapitel 49

Er drückte auf den Klingelknopf, einmal lang, einmal kurz, dann noch einmal lang. Das Klingelzeichen aus Kindertagen, das seiner Mutter immer signalisiert hatte, dass kein Fremder an der Tür war, sondern ihr Manni.

Er kam nach Hause.

Mama schlief wohl, es war mitten in der Nacht. Er wartete etwas und klingelte noch mal. Das Licht ging an. Er sah es durch die Schlitze der Rollläden. Jetzt war sie wach. Sicher wusste sie, dass er es war. Er drückte gegen die Tür, bis der Öffner betätigt wurde und sie aufging. Dann betrat er den Hausflur. Mama stand in der geöffneten Wohnungstür, den Morgenmantel schief über das Nachthemd gelegt. Sie lächelte und sagte etwas. Er konnte sie nicht verstehen. Es rauschte so laut in seinen Ohren. Er war sehr müde. Das spürte er erst jetzt, als er diesen langen, dunklen Flur durchschritt. Unwillkürlich schaute er hoch zur Decke und suchte die Ecken nach einem Spinnennetz ab. Mama trat beiseite, damit er hereinkommen konnte.

Sie roch nach altem Weib.

Er ging durch die Diele ins Wohnzimmer. Dort setzte er sich aufs Sofa und nahm den Platz ein, der im Zentrum des Zimmers mit dem direktesten Blick auf den Fernseher aufwartete. Der Männerplatz, wie Mama ihn immer genannt hatte. Er war sicher, dass hier sein Vater gesessen hätte – wenn es ihn gegeben hätte. Das war sein Platz, er war es immer gewesen. Bis heute. Nun saß er da, als wäre er niemals fortgegangen.

Mama sagte etwas. Jetzt verstand er es auch.

»Wie schön, dass du gekommen bist, mein Junge. Aber um diese Zeit?«

»Ja, es ist Zeit«, antwortete er leise. Er hatte das sichere Gefühl, hier Antworten auf die Fragen zu finden, die sich aufgetan hatten. Dabei war es weniger seine Mutter, von der er sich etwas erhoffte, als vielmehr diese Wohnung, in der die Zeit gestorben zu sein schien.

Sie murmelte etwas von Kaffee machen und verschwand in der Küche. So konnte er in Ruhe die Regalwand hinter dem Fernseher betrachten. In diversen Nischen standen Bilder aus einer Kinderzeit, die von einem früheren Leben berichteten, das nicht das seine gewesen sein konnte. Dieser magere, unscheinbare Junge war ihm völlig unbekannt. Es handelte sich jedoch dabei angeblich um seine Person. Die Fotos befremdeten ihn in ihrer Buntheit. Eigentlich hätten sie ihre Lügen aus grauer Vorzeit in Schwarzweiß verbreiten müssen. Manfred erinnerte sich daran, als Kind gedacht zu haben, die Farbe sei erst nach dem Krieg in die Welt gekommen. So, als hätte alles schwarzweiß sein müssen, solange man es nicht mittels Colorfilm ablichten konnte. Natürlich war er selbst lange nach dem Krieg geboren worden. Die bunten Bilder waren also trotz seines gegenteiligen Eindrucks folgerichtig.

War damals schon klar, dass er einmal sieben Mädchen würde töten müssen?

Mama kam wieder zurück.

»Warum nur bist du all die vielen Jahre nicht mehr nach Hause gekommen? Ich bin doch so stolz auf dich.«

»Worauf bist du stolz, Mama?«

Sie schaute ihn kopfschüttelnd an, so als sei die Frage völlig unverständlich. »Schau doch, was du erreicht hast! Die große Firma und all das.«

Er wollte nicht weiter darauf eingehen. Das Thema interessierte ihn nicht.

Als er nicht antwortete, sprach sie weiter. »Und wir haben doch damals nichts Unrechtes getan.«

Er wusste nicht, was sie meinte. »Sag mir, haben wir zwei hier immer allein gelebt?«

»Aber ja, das weißt du doch!«

»Nein, Mama, das weiß ich nicht. Ich kann mich an kaum etwas von früher erinnern. Haben wir immer hier gewohnt?«

Sie lächelte ihn an und strich sich das aus der Façon geratene Haar zurück. »Wir sind hierher gezogen, als du noch nicht laufen konntest. Hier bist du aufgewachsen. Wir hatten ein schönes Leben, wir zwei. Das war die glücklichste Zeit meines Lebens. Du warst ein so süßer kleiner Kerl. Und wir haben uns immer gut verstanden. Auch als du älter wurdest.«

Er versuchte sich zu erinnern – ein kleiner Junge und seine Mama. Doch je angestrengter er nachdachte, desto mehr kam er sich vor wie ein Autofahrer, der nachts bei dichtem Nebel mehr sehen will und dafür das Fernlicht einschaltet.

Sie erzählte weiter. Schon wieder war da dieses Rauschen, das ihre Stimme übertönte. Ihr Gerede drang nur in Fetzen zu ihm durch. Er schluckte, um den Druck in den Ohren zu vermindern. Jetzt hatte er schon wieder den schleimigen Geschmack von Milch im Mund.

»Was ist mit dem Kaffee?«, fragte er durch das Rauschen hindurch.

Sie sprang auf und ging erneut in die Küche. Dabei schwatzte sie ständig in einem fort.

Ihm war übel. Er musste wirklich einmal seinen Magen untersuchen lassen. Mama kam mit zwei Tassen zurück. Schwarzer Kaffee, zum Glück. Er trank in einem Zug aus und spülte ihn im Mund herum, damit dieser eklige Milchgeschmack endlich verschwand. Sie sah ihn erstaunt an, machte eine Bemerkung über den heißen Kaffee und wie er den so schnell trinken konnte. Er spürte nichts.

Mama redete weiter und weiter. Er verstand kaum etwas, es ging wohl um ihre Liebe, ihre wunderbare Beziehung. Plötzlich stand sie auf und kam ihm ganz nah, immer noch redend. Er verstand kein Wort. Sie nahm seinen Kopf in beide Hände und drückte ihn an ihren Busen. Er war wie gelähmt und konnte sich nicht bewegen. Ihr Geruch betäubte ihn. Doch er drang auch in ihn ein und zerrte Bilder aus der Tiefe empor, die mit jedem halb erstickten Atemzug klarer wurden. Ihre Brüste an seinem Gesicht, ihre dicken Nippel. Milch auf der Zunge, dann ihr Mund an seinem

Schwanz. Nein, ich komme nicht in deinem Mund, ich will es nicht. Ich will es nicht! Seine Hände mussten ihr Nachthemd öffnen. Die Brüste baumelten offen, angeschwollene Segmente ihres Raupenkörpers. Seine Lippen fanden saugend ihr Ziel. Mama stöhnte, streichelte seinen Kopf. Alles war wie früher. Nein, es war anders! Er war nun ein Mann, nicht mehr der schmächtige Knabe auf den Bildern. Er hatte die Kontrolle, nicht sie. Seine Hände waren stark, nicht ihre. Der Magen rebellierte, er musste würgen. Seine Finger krampften sich zusammen. Sie schrie auf. Ihre Brüste waren ebenso empfindlich wie monströs. Nein, schreien war nicht erlaubt. Die Raupe sollte still sein, endlich Ruhe geben. Er umfasste ihren faltigen Hals und drückte fest zu, so dass sie still sein musste. Sie zuckte, der aufgequollene Körper spannte sich. Der Mund stand weit offen. Nein, jetzt wurde nicht mehr geblasen. Er würde sowieso nicht in ihr kommen, heute so wenig wie damals. Mit aller Kraft drückte er zu. Beenden musste er das grauenvolle Ringen. Noch einmal zuckte und röchelte sie, dann war es vorbei. Schlaff hing die leblose Raupe in seinem eisernen Griff. Dann ließ er los. Sie sackte in sich zusammen und fiel mit einem dumpfen Geräusch zu Boden.

Es war vorbei. Die Raupe war tot. Der Ekel flaute ab und machte einer großen Erleichterung Platz. Dieses Gefühl füllte ihn ganz aus. Es drang aus ihm heraus mit einem Lachen. Leise erst, dann immer lauter. Er konnte gar nicht mehr aufhören zu lachen, selbst als die Tür mit einem lauten Krach gewaltsam geöffnet wurde und mehrere Gestalten mit vorgehaltenen Maschinenpistolen eindrangen. Er empfing sie mit seinem befreiten Lachen. Was konnten sie ihm jetzt schon noch wollen? Sie kamen näher, packten ihn, schrien ihn an. Er lachte immer weiter. Die Raupe war tot.

Kapitel 50

Ihm war kalt. Es war jene Kälte, die einen von innen heraus frieren lässt, die einem in den Knochen sitzt und einen kraftlos macht. Man spürt sie, wenn man krank wird, oder wenn man sich einen Tag und eine Nacht lang durch den Schneesturm kämpft. Wenn man nicht weiß, wo das rettende Lager ist, todesmüde und dem Absturz nah.

Tim fragte sich, warum er jetzt diese Eiseskälte fühlte, wo er vor dieser Metalltür stand, in diesem hell erleuchteten Gang voll glatter, weiß lackierter Türen. Er hätte sich sagen können, dass dies nur natürlich sei, wenn man bedachte, dass er gleich durch diese Tür treten und dem gefangenen Monster begegnen würde. Es kauerte dort in seinem Abgrund, der leicht auch der seine hätte werden können.

Doch in Wahrheit war es nicht so einfach. Schon oft hatte er Mörder in ihrer Zelle besucht. Er hatte sie dort interviewt, wo sie in der Tristesse der funktionalen Enge auf sich selbst reduziert schienen. Er verspürte meist eine gewisse Beklemmung, wenn er mit ihnen gemeinsam in einem kleinen, abgeschlossenen Raum war. Doch niemals war er dieser Art innerer Vereisung ausgesetzt gewesen, die ihn jetzt gefangen hielt, noch bevor der Wärter die Tür geöffnet hatte.

Tim hatte sich das Übertreten dieser Schwelle vorgestellt

wie den letzten steilen Schritt vor dem Erreichen eines Gipfels. Doch nun, als sein Blick in Manfred Jeschkes Zelle fiel, spürte er nichts vom Triumph über das Monster. Das Tier war an der Kette, er hatte seine Story. Sie würde sich gut verkaufen lassen, aber er kam nicht als Sieger hierher.

Manfred saß auf der Kante seines Bettes. Er stand auf, als Tim eintrat. Tim ging auf direktem Weg zu dem kleinen Tisch, der an der Wand stand und ob der engen Abmessungen doch gleich mitten im Raum. Seltsamerweise standen dort zwei Stühle, so als wäre man als Insasse ständig auf Besuch vorbereitet. Tim setzte sich. Manfred war glatt rasiert, Tim erkannte ihn kaum. Er stand einen Moment lang neben ihm. Dann zog er den zweiten Stuhl schräg vom Tisch weg und setzte sich neben Tim.

Sie redeten nicht, sondern sahen sich nur stumm an. Tim versuchte zu ergründen, was der Gefangene empfinden mochte. Manfreds Blick versenkte sich in seine Augen, völlig ruhig und ohne jeden Anflug von Verwirrtheit. Tim hielt ihm stand, auch wenn es nicht angenehm war. Er wusste, dass der beherrschte Eindruck täuschte. Dieser Mann war total wahnsinnig. Tim hatte in den letzten Tagen viel über Opfer und Täter nachgedacht, wie man von einer Rolle in die andere geraten konnte. Hier in dieser Zelle erschien alles so einfach. Das Monster saß dort. Er konnte hineingehen und auch wieder hinaus, während Manfred als gefasster Täter zurückblieb. Enge Mauern und diese nackte Tür zogen klare Grenzen. Doch da draußen waren sie einfach zwei Männer gewesen. Was trieb jenen zu töten, was bewahrte den anderen davor?

Hätte Tim die Kindheit dieses Menschen gehabt, wäre er nicht der Mann, der er heute war. Doch wäre er ebenso zum Mörder geworden?

»Bist du mir noch böse, weil ich dich getäuscht habe?«

Gesprochene Worte klangen seltsam in diesem Raum. Eine Antwort fiel Tim schwer.

»Es wäre nicht angemessen, einem Mann, der ein halbes Dutzend Menschen ermordet hat, wegen einer Täuschung böse zu sein.«

»Acht.«

»So, also waren es acht. Hast du da deine Mutter mitgezählt?«

Manfred lächelte vor sich hin und lehnte sich im Stuhl zurück. »Willst du nicht wissen, was ich mit deiner Familie gemacht habe und warum?«

»Deine Beweggründe in diesem Punkt interessieren mich nicht. Zumindest nicht die, die du bewusst äußerst. Du bist ein Psychopath, und als solcher hast du keine rationalen Beweggründe.«

»Für einen Schreiberling kannst du unfassbar schlecht lügen, mein lieber Tim. Was du behauptest, passt nicht zu deinem Job. Außerdem bist du hier. Das sagt mir genug.«

Tim hätte ihn in diesem Moment erwürgen mögen. Er bedauerte nun, hierher gekommen zu sein. Veronika hatte ihn gebeten, es nicht zu tun, doch er hatte nicht widerstehen können. Es gehörte einfach zu einem Projekt dazu, den Mörder am Schluss noch einmal zu sehen. Jetzt wusste er nicht, was er hier suchte.

»Du musst für mich die große Wand machen, Tim.«
Manfreds Stimme hatte etwas Beschwörendes, fast Bittendes.
»Du wirst keinen Berg mehr besteigen können, ohne an mich
zu denken.«

»Du nimmst dich zu wichtig«, antwortete Tim. Aber insgeheim stimmte er ihm zu. Er war mit diesem Monster durch
ein Seil verbunden gewesen, er wäre auch mit ihm durch die
große Wand gestiegen, wenn Manfred diesem Albtraum
nicht vorher selbst ein Ende bereitet hätte. Tim musste ihm
eine letzte Frage stellen, die eine Frage, auf die er noch nie
eine Antwort erhalten hatte.

»Warum? Warum all diese armen Mädchen?«

Manfred lächelte ihn an und verschränkte die Hände hinter
dem Kopf. Da war keine Regung, keine Verzweiflung, keine
Reue. Nichts.

Sie verharrten beide eine Zeitlang so. Tim blieb nur noch
eins zu tun. Er nahm seine Nikon aus der Tasche, fokussierte
Manfred im Sucher, wie er da so entspannt lächelnd im Stuhl
saß, und betätigte den Auslöser. Abschlussfoto.

Dann stand er auf, ging zur Tür und klopfte. Er drehte sich
nicht mehr um, bis ihm geöffnet wurde. Ein großer Druck
lastete auf seiner Brust. Er atmete tief ein und wünschte sich
auf den Gipfel eines hohen Berges, auf dem Einsamkeit etwas
Schönes ist.